夜叉の都

伊東潤

Jun Ito

文藝春秋

目次

【主要登場人物一覧】

北条政子《ほうじょうまさこ》　尼御台《あまみだい》・尼将軍。北条時政の長女、頼朝《よりとも》の正室。

源《みなもとの》　頼家《よりいえ》　万寿・左衛門督《さえもんのかみ》・中将。頼朝と政子の長男。二代将軍。

北条義時《よしとき》　小四郎・相州・右京兆《うけいちょう》。北条時政の次男。政子の弟。頼朝の家子《いえのこ》。二代執権。

駿河局《するがのつぼね》　政子の側近女房。

二階堂行光《にかいどうゆきみつ》　掃部允《かもんのじょう》。公家出身の文士。政所執事《まんどころ》（長官）の行政《ゆきまさ》の子で政所寄人《よりうど》。

安達景盛《あだちかげもり》　弥九郎・高野入道。頼朝の側近だった盛長の息子。

安達盛長《もりなが》　頼朝が伊豆の流人だった頃からの側近。

阿野全成《あのぜんじょう》　頼朝の異母弟。義経の同母兄。妻は政子の妹の阿波局。頼朝の次男実朝の乳父。

北条時政《ときまさ》　遠州。伊豆・駿河・遠江三国の守護。頼朝の舅、政子と義時の父。初代執権。

阿波局《あわのつぼね》　時政の娘。政子や義時の妹。阿野全成の妻。実朝の乳母。

畠山重忠《はたけやましげただ》　次郎。武蔵国男衾郡を本拠とする有力御家人。

北条時房《ときふさ》　五郎・相州。政子と義時の異母弟。後に鎌倉幕府の初代連署となる。

源実朝《さねとも》　千幡・右大臣。頼朝と政子の次男。三代将軍。

北条政範《まさのり》　左馬助。時政と牧の方の長男。時政の嫡男。

三浦義村《みうらよしむら》　相模国の有力御家人・三浦氏の当主。公暁の乳母夫。

大江広元《おおえのひろもと》　大官令。鎌倉幕府政所の初代別当（長官）。代表的文士（吏僚）の一人。

三《み》善康信《よしやすのぶ》　問注所入道。初代問注所執事（長官）。

大岡時親《おおおかときちか》　三郎。時政の後妻牧の方の兄。北条時政の側近。

公暁《くぎょう》　善哉《ぜんざい》。頼家の次男。実朝の猶子。鶴岡八幡宮寺別当。

源仲章《なかあきら》　実朝の侍講《じこう》として京都から招聘。院近臣・在京御家人・文章《もんじょう》博士。

和田《わだ》義盛《よしもり》　三浦一族の有力御家人。侍所《さむらいどころ》別当（長官）。

和田朝盛《とももり》　三郎・新兵衛尉《しんひょうえのじょう》。義盛の長男にあたる常盛の長男。

三浦駒若丸《こまわかまる》　後の光村。義村の四男。公暁の門弟。

北条泰時《やすとき》　金剛・修理亮《しゅりのすけ》・駿州。義時の庶長子。三代執権。

坊門信子《ぼうもんのぶこ》　坊門信清の娘。後鳥羽の従兄妹。実朝の正室。

大内惟義《おおうちこれよし》　代表的在京御家人。六カ国（伊勢・伊賀・越前・美濃・丹波・摂津）守護。

源・北条一族関係略系図

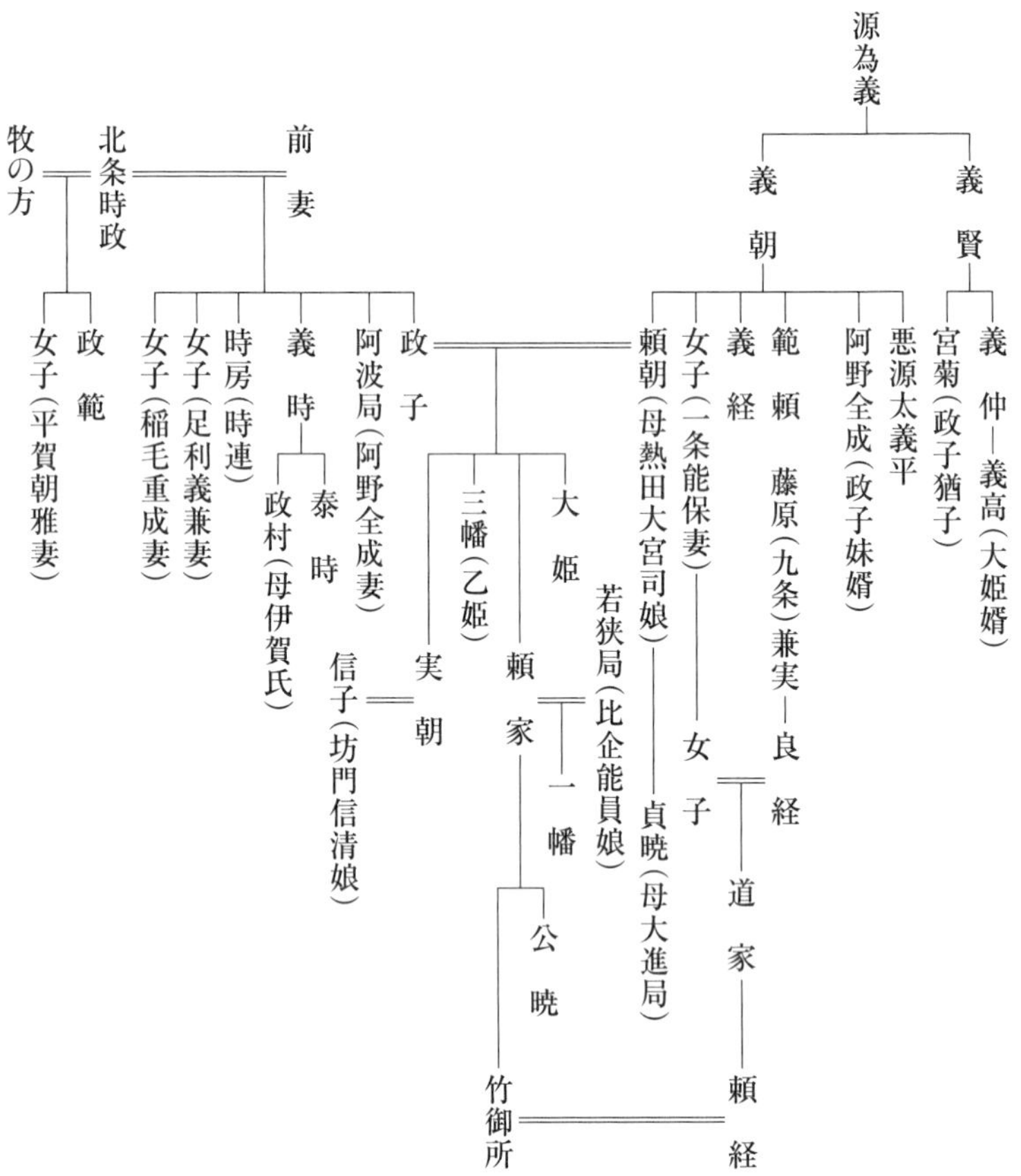
源為義
義朝
義賢
義仲
義高（大姫婿）
宮菊（政子猶子）
悪源太義平
阿野全成（政子妹婿）
範頼
藤原（九条）兼実
良経
義経
女子（一条能保妻）
女子
道家
頼経
頼朝（母熱田大宮司娘）
貞暁（母大進局）
政子
大姫
頼家
若狭局（比企能員娘）
一幡
公暁
竹御所
三幡（乙姫）
実朝
信子（坊門信清娘）
前妻
北条時政
牧の方
阿波局（阿野全成妻）
義時
泰時
政村（母伊賀氏）
時房（時連）
女子（足利義兼妻）
女子（稲毛重成妻）
政範
女子（平賀朝雅妻）

政子の時代の鎌倉（概念図）

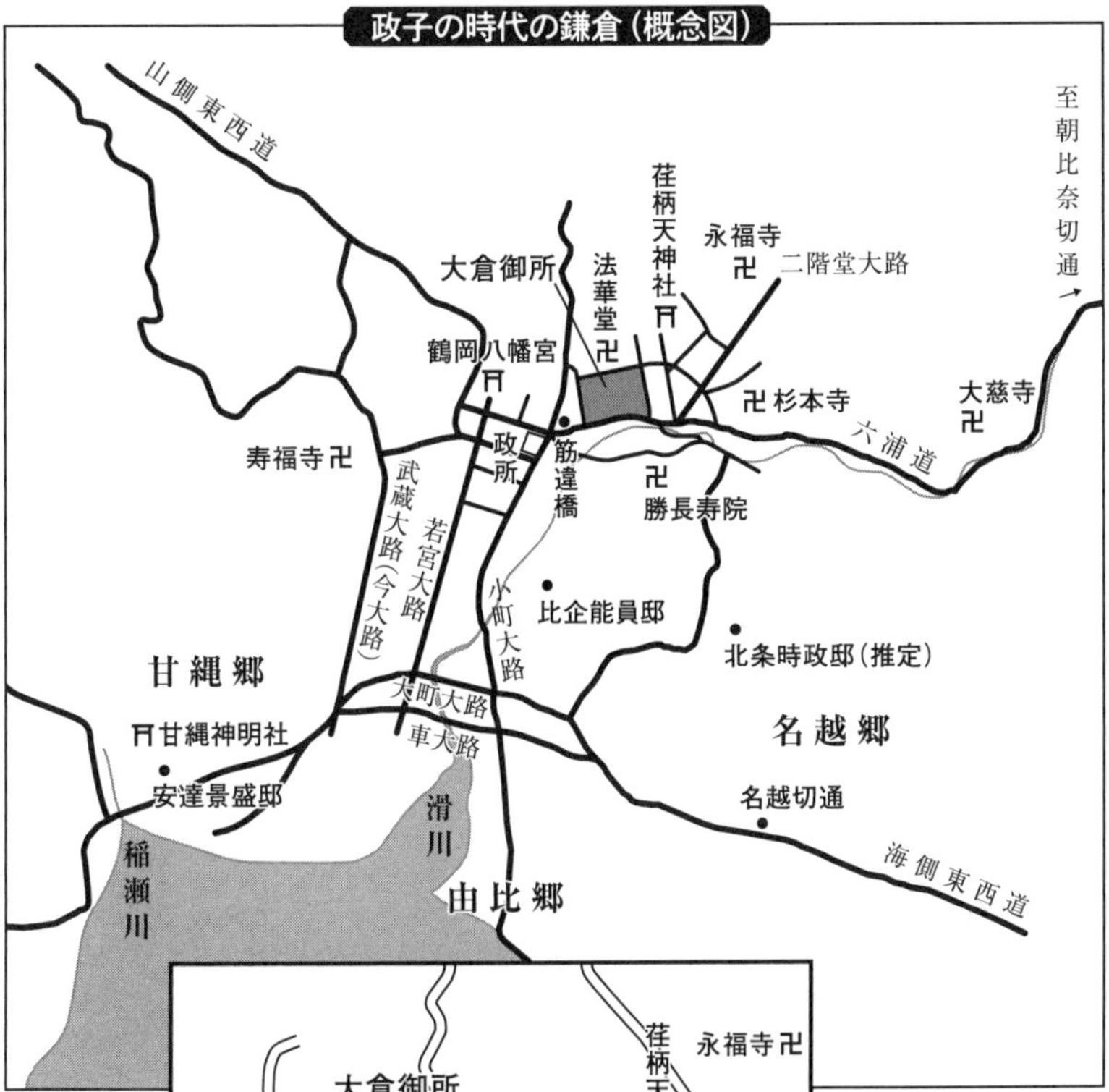

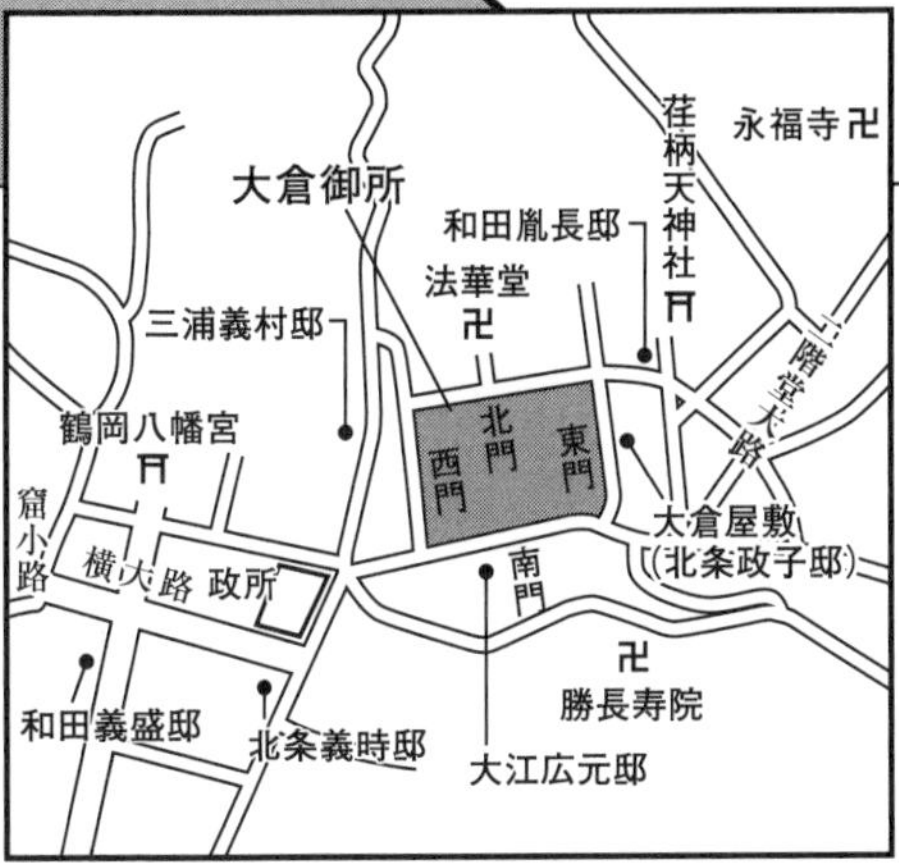

夜叉の都

第一章　王位を継ぐ者

一

初めて鎌倉に来た時のことを、政子《まさこ》はよく覚えている。「ここに居を定める」という言葉を頼《より》朝《とも》から聞いた時、政子は「本気ですか」と聞き返したものだ。故郷の北伊豆北条《ほうじょう》郷も辺鄙《へんぴ》なところだが、それにも増して鎌倉は寂しい漁村だった。

鎌倉には寺社もわずかしかなく、鶴岡八幡宮《つるがおかはちまんぐう》は由《ゆ》比《い》若宮《わかみや》という名の小さな社で、ほかには人気《ひとけ》のない山中に、あばら家のようないくつかの寺社が、ひっそりと立っているだけだ。

「どうして、こんな寂しいところを本拠とするのですか」と問う政子に、頼朝は「ここには海がある。海があれば、船でどこにでも行ける」と答えた。

むろん鎌倉は源氏《げんじ》ゆかりの地であり、また三方を山に囲まれた要害地形なことも、本拠に定めた理由だと後に知った。

二人は由比ヶ浜から陽光きらめく鎌倉の海を眺め、多くの夢を語り合った。頼朝は半ば本気で、「この地をこの国の中心にしてみせる」と言っていた。政子にとって、この国の中心は京の都でしかなく、なぜこんな辺鄙な地がこの国の中心になるのか、いっこうに分からなかった。

首をかしげる政子を見ながら、頼朝は涼やかな笑みを浮かべ、「こういうことは口に出して言わないと、自分でも信じられないからな」と言って笑った。

治承《じしょう》四年（一一八〇）十月、頼朝は三十四歳で、政子は二十四歳だった。

それから様々なことがあった。そして頼朝は「鎌倉をこの国の中心にする」、すなわち「武士の府を作る」という夢を実現した。しかしその過程で起こった様々なことは、決して楽しいことばかりではなかった。否、楽しいことなど一つもなかった。

そして建久《けんきゅう》十年（一一九九）一月、二人の旅にも突然の終焉が訪れた。落馬によって頼朝が帰らぬ人となったのだ。

それまでの頼朝の苦しみを知る政子は、かつてのように怜悧な顔つきで横たわる頼朝に、「お疲れ様でした」という言葉を掛けるしかなかった。

だが政子の戦いは終わらない。政子には、頼朝と共に築き上げた武士の府を守り抜くという使命があるからだ。


「たった今、息を引き取られました」

法印《ほういん》の言葉の意味がようやく分かり、政子はわれに返った。

――三幡《さんまん》が息を引き取ったのか。

三幡とは頼朝と政子の次女にあたる乙姫《おとひめ》のことだ。

目の前に横たわる三幡は十四歳。その肌は政子に似て肌理《きめ》が細かく、口元も政子にそっくりだ。

記憶の中の三幡は、いつも笑っていた。

「乙姫、母はここにおりますぞ。こっちに来なされ」

政子が呼ぶと、満面に笑みを浮かべた三幡は、覚束ない足取りで走ってきたものだ。

「尼御台様《あまみだい》、三幡様はお亡くなりになられたのです」

隣で医家が何か言っているが、その言葉は頭を素通りしていく。

三幡が三歳の時に行われた「髪置き」の日のことを、政子はよく覚えている。「髪置き」とは、幼児が髪を伸ばし始める三歳の頃、無事な生育を願って行われる儀式のことだ。

その時、頼朝はもちろんのこと、長女の大姫《おおひめ》と長男の頼家《よりいえ》も、それぞれの乳父《めのと》の家から集まって食事をした。それだけのことだが、頼朝一家にとっては一年に何度もあることではない。この時ばかりは乳母や女房たちも次の間に下がっているので、政子は子らと水入らずで話をしながら、晴れ着が汚れないよう、三幡の世話を焼いていた。

――あの時が、私の幸せの頂点だったのかもしれない。

一つ咳払いすると、法印がさらに同じことを繰り返そうとした。

「尼御台様、三幡様は――」

「分かっておる。三幡は亡くなったのですね」

「はい。残念ですが身罷《みまか》られました」

法印や薬師《くすし》が下がり、背後から女房たちのすすり泣きが聞こえてきた。だが政子だけは、三幡が亡骸《なきがら》になったという実感が湧かない。

――もはや悲しみの涙も乾いたのか。

三幡の顔を見ていると、ただ眠っているとしか思えないのだ。

建久十年三月二日、頼朝の四十九日の仏事を執り行ってから三日後のことだった。三幡が風病（風邪）にかかったとの知らせが入り、急いで三幡の住む中原親能《なかはらちかよし》（大江広元《おおえのひろもと》の兄・十三人の宿老《しゅくろう》の一人）の屋敷に行った。だが三幡は、少しばかり熱があるだけで元気にしており、政子は歓談して帰ってきた。

これまで三幡は病一つしたことがなく、いつも走り回っている印象のある元気な子だったので、政子は杞憂《きゆう》を笑ったものだ。ところがその三日後、容体が急変し、高熱を発して瞬く間に危篤に陥った。

慌てた政子は鎌倉中の大社大寺に病気平癒の祈禱を依頼し、都にいる鍼《はり》の名医の丹羽時長《にわときなが》に鎌倉下向を懇請した。だが時長は仕掛かりの仕事があるとかで、なかなか来てくれない。そこで後《ご》鳥羽《とば》上皇から院宣《いんぜん》まで出してもらい、五月六日になり、ようやく時長が到着した。

その甲斐あってか五月の下旬には、三幡は食事が取れるほど回復した。しかし時長は渋い顔のままだった。その後も鍼治療は続けられたが、六月の半ばになると病状は再び悪化し、手の施しようがなくなった。

そして六月三十日、三幡は息を引き取った。享年は十四だった。政子は建久八年（一一九七）に長女の大姫を失っており、これで血を分けた娘はいなくなった。

――大切な者たちが、私の許から去っていく。

ここ二年で、政子は夫と二人の娘を立て続けに失った。だが別れの悲しみに慣れてしまったのか、なぜか涙は湧いてこない。

周囲の者たちに矢継ぎ早に指示を飛ばし、政子が葬儀の支度を整えていると、「中将家様、御成り」という声が聞こえた。

同年四月六日、頼朝が就いていた日本国総追捕使《そうついぶし》の職を、頼家が引き継ぐことを承認する使者が京から着き、頼家は鎌倉殿、すなわち二代将軍となった。だが征夷大将軍の宣下《せんげ》はまだなので、朝廷を憚《はばか》った鎌倉の者たちは、公式の場では中将家ないしは左衛門督《さえもんのかみ》と呼んでいた。

「母上、どうやら間に合わなかったようですね」

背後で頼家の声がしたので、政子が振り向いた。

「やっとお越しになりましたね」

「はい。馬を飛ばして駆けつけてまいりました」

「それは本当ですか。あれほど『急いでお越し下さい』と申し上げたのに、使いを出してから二刻（約四時間）は経っています。本当に急いでいたのですか」

頼家を前にすると、どうしても非難めいた口調になってしまう。

「もちろんです。しかし雑務が多く、あれやこれやと指示を出しているうちに、時間ばかりが経ってしまいました。三幡の死に目に会えなかったのは、慙愧《ざんき》に堪えません」

そう言うと、頼家が隣に座した。

「三幡、苦しかったか。だがもう苦しみは去った。これからは仏の許で修行に励むのだぞ」

だがその言葉には、感情の欠片《かけら》も籠もっていない。

「三幡は血を分けた妹ではありませんか。その雑務とやらは、それほど急を要するものだったのですか」

「母上」と言いつつ頼家がため息をつく。

「そもそも、それがしへの直訴を禁止し、十三人の宿老（取次役）などという制度を設けたため、さような仕儀になったのですぞ」

頼家が将軍になってから六日後の四月十二日、頼家に親政は無理と判断した北条時政《ときまさ》や大江広元らは、「十三人の合議制」と呼ばれる制度を発足させた。というのも、頼家が同年配の側近たちを重用するのが明らかだったからだ。そのため権力を手放したくない時政や大江広元らは、先手を打ったのだ。

この時、政子にも相談があったので、異存がない旨を伝えた。

ただしこの制度は、十三人の宿老が一堂に会して合議するのではなく、数名が評議し、その結果を頼家に提示し、裁決を仰ぐという方式だったため、頼家に最終決定権は委ねられていた。

だが頼家は、この制度に不満を示した。側近たちの存在意義がなくなるからだ。それでも最終決定権は握っている上、あくまで頼家が将軍の政務に慣れるまでの暫定的措置とすることで、ようやく納得した。

「それほど多忙なら、境目相論《さかいめそうろん》などの些細なものは、宿老に任せればよいではありませんか」

「母上、たとえ小さな村であっても、入会地《いりあい》や水源の権利は村人にとって死活問題です。それらに目を通し、証文などをじっくりと吟味した上で裁可を下すのが、それがしの仕事です」

そこまで言われてしまっては、返す言葉がない。

「分かりました。もはや致し方なきことです。この子の冥福を祈って下さい」

頼家は数珠を取り出すと、しばし手を合わせた。

「可哀想な妹でした。冥福を祈っております」

そう言い残すと、頼家は立ち上がった。

「えっ、それだけですか」

「それ以外、何ができるのです」

「せめて葬儀の差配など、直々に執り行ってはいただけないのですか」

「それがしは将軍ですぞ」

政子は啞然としたが、たとえ父母が一緒でも、乳父の家で育てられた兄妹では、情が通わないのも無理はないと思い直した。

政子があきらめたように言う。

「もう結構です。行きなさい」

「母上」と言いつつ、頼家が座り直す。

「では母上は、三幡のために何をしてきたというのです」

「唐突に何を言い出すのです」

頼家の瞳には、憎悪が宿っていた。

「母上は大姫の代わりとして、三幡を京に送ろうとしたではないですか」

「何のことを言っているのですか」

「入内《じゅだい》という名を借りた人身御供《ひとみごくう》のことです」

当初の頼朝の構想は、大姫を後鳥羽（当時は天皇）の后《きさき》として入内させ、朝廷との融和を図ると同時に、天皇外戚の地位を手に入れることだった。だが大姫が亡くなったので、その代わりに三幡を入内させようと画策していた。ところが頼朝が亡くなることで、その構想は頓挫し、あらためて政子が話をまとめようとしていた矢先に、三幡は死んでしまった。

「人身御供とは何という言い草ですか。帝に嫁げるなど、この上なき幸せではありませんか」

「果たして本人は、どう思っていたのか」

「三幡も納得していました」

「それは源家《げんけ》に生まれた姫として、自らの運命を覚っていたからでしょう」

「そなたは、なぜさようなことを申すのですか」

「父上も母上も、大切なのは子ではなく家でした。子は家の繁栄のために働く駒でしかなく、本人たちの意向を全く考慮しませんでした」

「さようなことはありません。私は――」

政子の言葉にかぶせるように、頼家が言う。

「母上は、夜叉とは何か知っていますか」

「まさか――、私が夜叉だと言うのですか」

「そうです。夜叉は本来、性質が猛々しく人を食べる邪神だったとされています。しかし仏の慈愛に触れて悔い改め、善神となりました。まさに母上のようではありませんか。われらは野蛮な東夷《あずまえびす》にもかかわらず、母上は天皇家と血縁となることで、その汚れた血を浄化させようとした。それがどれほど鎌倉府を危機に陥らせたか、母上はご存じですか」

頼朝はその晩年、大姫を天皇に嫁がせたいがために、内大臣の源通親《みなもとのみちちか》という辣腕家《らつわんか》の言いなりになり、せっかく諸国に浸透させた「総追捕使・地頭」の制度を形骸化させた。頼朝は天皇外戚の地位を手に入れたいという誘惑に負け、御家人たちの権益を守れず、今では西国の御家人たちの心は、鎌倉幕府から離れてしまっていた。

「私が何をしたというのです。武衛《ぶえい》様（頼朝）も私も、ただひたすら天下の静謐《せいひつ》だけを願ってきたのです。そのためには天皇家との融和は必須です。それゆえ大姫を、続いて三幡を入内させようとしたのです」

「果たしてそうでしょうか。己の血を天皇家に入れ、源家の血が未来永劫続くようにしたかったのではありませんか」

頼家は立ち上がると、政子の背後に立ち、その場から去っていった。

――佐殿《すけどの》（頼朝）、われらの歩んできた道は間違っていたのでしょうか。

政子は自分の人生を振り返った。

二

保元《ほうげん》二年（一一五七）、政子は北伊豆の小国人・北条時政の長女として生まれた。北条氏は桓《かん》武平氏《むへいし》高望《たかもち》流の平直方《たいらのなおかた》を始祖とし、伊豆国田方《たがた》郡北条に根を下ろした在地土豪で、肥沃な狩野川《かのがわ》流域を所領としていたことから、商業にも通じた財力のある一族だった。

北条氏の所領内にある蛭《ひる》ガ小島《こじま》という巨大な中洲に、一人の少年が流されてきたのが永暦《えいりゃく》元年（一一六〇）、政子が四歳の時だった。

その流人の少年はなぜか困窮しておらず、近隣の土豪の子弟と狩りを楽しんだり、勉学に励んだりしながら日々を送っていた。

その少年が源頼朝という名で、零落した河内《かわち》源氏の血筋を受け継いでいると知るまで、さほどの時を要さなかった。だが父母はもとより、傅役《もりやく》や乳母たちまでもが、怖い顔で「決して近づいてはなりませぬ」と言っていたのを、今でもよく覚えている。

政子が長じるにつれ、頼朝の噂は自然と耳に入ってきた。

平治《へいじ》元年（一一五九）に勃発した平治の乱で平清盛《きよもり》に敗れた頼朝の父・義朝《よしとも》は、勢力基盤の東国に落ちようとする途次、味方の騙《だま》し討ちに遭って落命した。これにより河内源氏は没落し、伊《い》勢《せ》平氏（平家）の天下となる。

当初、伊勢平氏の氏長者《うじのちょうじゃ》の平清盛は、義朝の息子たち、すなわち頼朝や義経《よしつね》たちを殺そうとした。しかし清盛の義母にあたる池禅尼《いけのぜんに》の助命嘆願を認め、流罪とすることで済ませた。そのおかげで一命をとりとめ、流人とされたのが頼朝だった。

その後、政子は宴席に給仕に出た折、頼朝と知り合い、恋に落ちた。父の時政は頼朝の許に長女が嫁ぐことを嫌がり、二人を引き離そうとした。だが政子はそれを察知し、軟禁されていた部屋を脱出し、山を越えて頼朝の閑居に飛び込んでいった。

それを知った時政は「仕方がない」とあきらめ、頼朝への輿入《こし》れを認めた。そして治承元年（一一七七）、二人は晴れて夫婦となる。頼朝三十一歳、政子二十一歳のことだった。

ところが穏やかな日々は、長くは続かない。治承四年（一一八〇）、京では以仁王《もちひとおう》と源頼政《よりまさ》が平家に反旗を翻した。二人は各地に流されている源氏の縁者に令旨《りょうじ》を出し、蜂起を促した。

頼朝も令旨を受け取ったが、当初は静観していた。ところが各地に流刑となっている義朝の息子たちに追討令が発せられたとの情報が京から届き、旗揚げを決意する。配流から二十年目のことだった。

わずか三十騎前後の兵で伊豆国目代の山木兼隆《やまきかねたか》邸を襲撃した頼朝は、その首級《しるし》を挙げる。

その後、石橋山で手痛い敗戦を喫したが、関東各地から次第に与党が集まり、一大勢力を成すようになった。

その勢いで、鎌倉に本拠を定めた頼朝は、富士川の戦いで平家軍を一蹴すると、東国の地盤を固めることに注力した。

その間、頼朝同様に決起した木曽義仲《きそよしなか》によって平家は京を追われ、一時的に義仲が京を制圧する。だが頼朝は西上軍を派遣して義仲を駆逐し、さらに元暦《げんりゃく》二年（一一八五）に平家を壇ノ浦に滅ぼし、遂に覇権を確立した。

――そして佐殿は、邪魔者を次々と消していった。

頼朝の政権は、関東の有力国人たちが担ぐ神輿《みこし》の上に成り立っていた。彼らは互いに競い合い、時に反目することもあった。それゆえ頼朝はその対立感情を利用し、有力国人たちを各個撃破していった。さらに頼朝は、義経と範頼《のりより》という弟たちにも刃を向けた。

そうした血の坩堝《るつぼ》から生まれたのが鎌倉幕府だった。

——天はまだ血を欲しているのか。

もはや頼朝はおらず、鎌倉幕府の支配の障害となる者も、すべて消し去ったかに思える。だが政子は、これからも地獄を見なければならないという気がしてならなかった。

正治元年《しょうじ》（一一九九）七月九日の朝、政子の許に驚くべき情報がもたらされた。

その話を持ってきたのは、いつものように弟の小四郎義時《こしろうよしとき》だった。義時の仮名は正式には四郎《しろう》だが、父の時政の仮名も四郎なので、小四郎と呼ばれていた。

「此度《こたび》ばかりは参りました」

政子の住む大倉屋敷にやってきた義時が、困り果てた顔で言う。

ちなみに大倉屋敷は大倉御所に隣接した頼朝の居館だ。頼朝の死後も、そこに政子は住み続けていた。

「いったいどうしたのです」

「実は、かねてより将軍家が安達弥九郎《あだちやくろう》（景盛《かげもり》）殿の妾《しょう》に想いを寄せていたのは、姉上もご存じのはず」

「ええ、安達入道（盛長《もりなが》）から聞きました。それゆえ私は御所に行き、他人の妾に恋文を送るなど、将軍にあるまじき行為だと叱りつけました」

安達弥九郎景盛とは安達盛長の嫡男のことで、幕府草創期より父の盛長と共に頼朝の側近として働き、軍事に内政にと活躍してきた功臣の一人だ。頼朝の死を契機に盛長が出家したので、今は景盛が安達家の当主となっている。

「それで事が済めばよかったのですが、弥九郎殿が守護を務める三河国に赴いた隙を突き、将軍家は妾を拉致《らち》してしまったのです」

景盛が郎党を引き連れて三河国に行った隙を突いて、頼家が景盛の妾を奪ったというのだ。

「何という不始末――」

あまりのことに、政子は言葉もなかった。拉致したということは、頼家が思いを遂げたことは間違いなく、景盛としては収まりがつかないはずだ。

「昨夜、この知らせを聞いた弥九郎殿が鎌倉に戻り、大騒ぎとなりました」

この頃、父の盛長は高野山にいて、仲裁には入れない。

「で、どうしたのです」

「それがしが安達邸に赴き、いきり立つ弥九郎殿を何とか押しとどめました」

――よかった。

政子は胸を撫で下ろした。

「しかし事は、それですみません。いかに相手が将軍家だろうと、弥九郎殿は己の妾を盗まれ、面目をつぶされたのです。これで泣き寝入りなどすれば、弥九郎殿は御家人たちの笑いものにされます」

妾というのは正室とは異なり、家と家の公的なつながりを前提にして結ばれる婚姻ではない。しかし妾の家と何らかの話し合いが持たれた上で輿入れが決定する上、妾の家から財産を持ち寄るのが前提なので、他人の妾を奪う行為は強盗に等しかった。

「弥九郎殿は収まりませんか」

「将軍家が妾を返して詫びを入れるなら隠忍自重《いんにんじちょう》する、という線で納得させました」

「しかし将軍家がそれをのむでしょうか」

「のませねばなりません。さもないと安達一族は族滅覚悟で戦わねばならなくなります」

それがこの時代の御家人の作法だった。

「分かりました。私に将軍家を説得しろと言うのですね」

「そうです。まだ三幡様の喪が明けないというのに申し訳ありません」

「致し方なきことです」

政子が御所に出向く支度をすべく下がろうとした時、義時から「いま一つあります」と呼び止められた。

「何でしょう」

「事は成り行き次第ですが、この件がこじれれば、比企《ひき》や梶原《かじわら》の力を弱めることにつながるかもしれません」

比企とは武蔵国の大族の一つで、頼朝の乳母の比企尼の縁から、幕府内で重きをなしていた。現当主の能員《よしかず》は、頼朝から頼家の乳父に指名され、また頼家の正室に自らの娘を入れることで一大勢力を築いていた。

梶原景時《かげとき》も頼朝の側近として権力をほしいままにし、比企能員と同じく頼家の乳父となり、今は当主の景時が侍所《さむらいどころ》所司（別当の次官）の座に就いている。この時、侍所別当（長官）の座に就いたとも言われるが、実際は前任の和田《わだ》義盛《よしもり》を憚って別当を空位のままとし、所司の座に就いていた。

すなわち頼家の政権は、比企・梶原両家によって支えられていると言ってもよかった。

「比企や梶原の力を弱めるとは、どういうことです」

「いや、お話しするのが早すぎました。まだその方策は考えていません」

「今は下手な策動をすべきではありません。まずは、この件を収めることに力を尽くしましょう」

政子は支度を整えると、頼家の住む大倉御所へと向かった。

御所は京の公家屋敷に倣《なら》った寝殿造で、南門から入ると、右手に南池を見ながら北に進み、寝殿部分で客と会うことになる。

南門で門衛の雑色《ぞうしき》に来訪を告げると、驚いて走り去った。すぐに取次役が出てきて南池を望む四阿《あずまや》に案内された。

早速、女房によって冷水が運ばれると、頼家が渡廊《わたりろう》をゆっくりと歩いてきた。

「母上、お待たせしました」

「ご多忙の折にもかかわらず、申し訳ありません」

政子が皮肉交じりに言ったが、頼家は意に介さない。

「いやー、暑いですね。いつまでこの暑さが続くのですかね」

座に着いた早々、頼家は冷水を茶碗に注いで飲み干した。

「季節は人の思うようにはめぐってきません」

「ご機嫌が麗しくないようですな。また苦言ですか」

「自分の胸に手を当てて考えなさい」

頼家が反骨心をあらわにした笑みを浮かべる。

「弥九郎の件でしたら、お構いなく」

「何を仰せか。そなたは、たいへんなことを仕出かしたのですぞ」

「よろしいか」

頼家の声音が鋭くなる。

「それがしは、確かに弥九郎の妾を見初《みそ》めました。それゆえ筋を通すべく『妾を譲ってほしい』と持ち掛けました。当然、見返りは用意してあります。しかし弥九郎は断ってきたのです」

「お待ちなさい。弥九郎殿は妾を好いていたからこそ、断ったのではありませんか。それでこの件を終わらせれば、何の恥辱でもありません」

「母上！」

頼家が卓子を叩く。

「それがしは将軍ですぞ。御家人の妾や馬を所望すれば、喜んで差し出すのが御家人というものではありませんか。さような心得もない者を御家人とは呼べません」

「将軍だからといって、所望するものを何でも手に入れることはできません」

「では、将軍の威光はどうなるのです。せめて弥九郎がここに馳せ参じ、『愛妾なので、どうかご容赦下さい』と言えば、それがしもあきらめました。それをにべもなく断りの使者を送ってくるなど言語道断！」

頼家の言うことにも一理あった。これまでの貢献から、景盛が驕《おご》っていたのは事実だろう。

「分かりました。もうこの件は収めましょう。そなたは弥九郎殿に詫状を書き、妾を返しなさい。それをすれば、私が弥九郎殿の詫状を取り次ぎます」

しばし横を向いて考えた後、頼家が言った。

「分かりました。しかし詫状ではなく、弥九郎には、ここに来て詫びてもらいます」

「いいでしょう。それで話をつけます」

政子は深くため息をついた。


その後、頼家の詫状を届けさせ、北向御所《きたむきのごしょ》（御所の北に隣接する別邸）にいた妾を保護した政子は、それを伴って安達景盛邸に赴き、御所に参上するよう勧めた。だが景盛は、御所に行くことを頑として拒んだ。

景盛の言うことも当然だった。鎌倉の自邸にいる限り、頼家には景盛を殺す大義がない。しかし御所に入ってしまえば、周囲は頼家の手の者だけになる。いかにおとなしくしていようと、『乱心して斬り掛かってきたので、成敗いたした』と言えば、真実は闇の中に葬り去られる。

「それなら私が同行します」と政子は言ったが、それでも景盛は首を縦に振らない。いかに信頼厚い政子でも、頼家の母親なのだ。頼家が景盛を殺してしまえば、事を丸く収めるために頼家の言い分を追認すると思っているのだ。

これで事態は悪化の一途をたどる。

三

幕府挙げての一大宗教行事の放生会《ほうじょうえ》が終わったばかりの八月十九日の深夜、すでに就寝していた政子に、側近女房の駿河局《するがのつぼね》の震える声が聞こえた。

「何と、万寿《まんじゅ》（頼家）の命を受けた者どもが、弥九郎殿の甘縄《あまなわ》屋敷を囲んでいると申すか！」

「はい。将軍家から追討令が出たとのことで、御家人たちはわれ先にと甘縄に向かっています」

「分かりました。すぐに御所に参ります」

輿を用意させた政子は御所に向かおうとした。だが頼家を説いて追討令を撤回させようとしても、時間が掛かれば手遅れとなる。

輿に乗った政子は警固頭《けいごがしら》に命じた。

「甘縄を目指しなさい」

供の者たちが顔を見合わせる。誰も物騒なところに行きたくはないからだ。しかも政子に万が一のことがあれば、後で罰せられるのは警固の者たちだ。

警固頭が困り切った顔で言う。

「それは、ちと危ういのでは」

「構いません。すぐに行くのです！」

有無を言わさぬ政子の言葉により、弾かれたように輿が上げられ、一路甘縄を目指した。

甘縄の地は御所の西南半里ほどにあり、甘縄神明宮の前面を守るような場所に、安達一族は屋敷を構えている。

頼朝の鎌倉入部以来、安達一族は甘縄神明宮の管理を任されており、頼朝が甘縄神明宮を参拝した後には、「渡御《とぎょ》の場」として安達邸に入って休息した。また頼朝の仮御所の役割も果たしており、建久二年（一一九二）の大火の際は、鎌倉の中心部が焼けてしまったため、頼朝は安達邸にしばらく滞在した。

甘縄に近づくと、すでに松明《たいまつ》を持った者たちが走り回り、馬のいななきや甲冑《かっちゅう》の擦れ合う音が絶え間なく聞こえてきた。

たまたま二階堂行光《にかいどうゆきみつ》の姿が見えたので、輿の脇まで呼び寄せた。二階堂家は公家出身の文士（文官）で、父の行政《ゆきまさ》は政所執事《まんどころ》（長官）を、行光は政所寄人《よりうど》（吏僚）を務めている。

「掃部《かもん》殿、ちこう」

行光は掃部允《かもんのじょう》と呼ばれている。

「あっ、これは尼御台様。こんな場所に来てはいけません」

「御家人どもは、これから安達の屋敷に討ち入るのですか」

「はい。鎌倉内にいる御家人に将軍御教書《みぎょうしょ》が発せられ、皆で競うようにして集まってきたのです。それがしは検使役として派遣されました」

──何ということを。

政子は絶句した。御家人は事の正邪を問わない。土地の分配権を持つ将軍の命であれば、寸土でも得るために親兄弟でも殺すのが御家人なのだ。

「小四郎はどこにいるかご存じですか」

「はい。御所で評定衆《ひょうじょう》の方々と共に、将軍家に御教書の撤回を迫っています」

──それでは遅い。

御家人たちは、今にも安達邸に討ち掛からんとしているのだ。頼家が命令を撤回しなければ手遅れになる。

「掃部殿、御家人どもに道を開けさせて下さい」

「えっ、どうするのですか」

「屋敷の内に入ります」

「いや、それは無茶というもの。屋敷に入れば流れ矢に当たるかもしれませんし、抵抗が激しければ火矢も放たれるでしょう」

だが政子は、そんな諫言《かんげん》を聞くつもりはない。

「もはや猶予はないのです。大声で『尼御台様のお着きだ。門を開けよ』と怒鳴るのです」

「致し方ありませぬな」

行光は輿の前に馬を寄せると、その言葉を連呼しながら、表門に向かった。さすがに「尼御台様」という言葉に臆したのか、御家人たちが道を左右に開ける。

「尼御台様のお着きだ。開門せよ！」

それを聞いた安達家の者は、躊躇《ちゅうちょ》せずに門を開けた。

邸内に入ると、景盛が駆けつけてきた。

「尼御台様、よくぞお越しいただけました！」

自らの身が邸内にある限り、御家人たちが攻撃できないことを、政子は知っていた。それゆえ危険を顧みず邸内に入ったのだ。

「これで御家人たちは何もできません。すぐに将軍家に書状を書きます」

政子は筆を執ると、頼家を諫《いさ》める言葉を書き連ねた。

「武衛様が薨去《こうきょ》されてから、さほどの時を経ずに三幡もこの世を去り、母は悲嘆にくれていました。そんな時に他人の妾を強奪し、酒色に興じるとはあきれて物も言えません。それだけならまだしも、妾の主の安達弥九郎殿を追討しようとするなど許し難いことです。弥九郎殿は父の盛長入道と共に、武衛様を支えてきた功臣です。弥九郎殿に非があると言うなら、この母が正します。それでも弥九郎殿を討つと言うなら、この母を殺してからにしなさい」

それを一読した景盛が涙ながらに言う。

「ああ、尼御台様、この御恩は忘れません」

「礼は後で結構です。しかし安達家の者が使者では、行く手を阻まれるかもしれません。そうだ、掃部殿――」

「えっ、それがしですか」

行光がたじろぐように身を引く。

「これを持って御所に参じて下さい」

「いや、それがしは検使役として――」

気の荒い御家人たちがひしめく中を押し通って御所に向かうのは、危険極まりない。だがこの仕事は、将軍から任命された検使役の行光にしかできないことなのだ。

「頼みます」

「分かりました」

行光は覚悟を決めると、表門から出ていった。

「検使役の二階堂掃部允であるぞ、道を開けい!」という声が、邸内にまで聞こえてきた。

「弥九郎殿、これで一安心です。夜明けまでには包囲が解かれるでしょう」

「いやはや、危ういところでした」

景盛が額に浮かんだ汗を拭う。

「しかし向後のことを思うと、気が重くなります」

「向後とは――」

「私の死後のことです。私がいなくなれば、安達一族は間違いなく粛清されます」

それは景盛も思っていたのだろう。とくに驚きもせず首肯《しゅこう》した。

「その時はその時です。族滅覚悟で戦うまで」

「それがいけないのです。もっと知恵を働かせなさい」

「どういうことですか」

政子が強い口調で言う。

「将軍家の取り巻きどものことは、私も当初から警戒していました。かの者たちの専横を抑えるべく、十三人の合議制にも賛成しました。その中に、将軍家の側近とも言える比企能員と梶原景時も含めました」

「よく存じ上げております」

「しかし双方はさほど親しくなく、強いて言えば張り合っているようにも見えます」

「つまり将軍家を支える両輪のうちの一つを壊すと――」

「先走ってはいけません。事は慎重に運ばねばなりません」

政子は将軍権力を弱めねばならないという辛い立場に置かれていた。それは頼朝と一緒に作り上げた武家政権の弱体化につながるかもしれない。だが頼家の取り巻きを取り除かないことには、安達一族のように、頼家と縁の薄い御家人たちは各個撃破されていくだけだ。

――そして私が死ねば、北条家もそうなる。

それが見えているだけに、ここで何とかせねばならないという思いは強い。

「比企と梶原を離反させる手立てを、共に考えていきましょう」

「はっ、ぜひに」

景盛が神仏でも拝むかのように平伏した。

その後も安達家の甘縄屋敷は包囲されていたが、夜が明ける頃、行光が戻ってくることで事態が動き始めた。

行光は満面に笑みを浮かべ「うまくいきました」と報告するや、外に出て御家人たちに解散を命じた。

「将軍家の思し召しにより、安達一族は赦免《しゃめん》された。御一同、速やかに兵を引かれよ！」

それを聞いた御家人たちは、すごすごと去っていったが、政子は緊張を解かず、景盛に命じた。

「これで当面は安心です。しかしいつ何時、再び追討令が発せられるか分かりません。すぐに詫状を書くのです」

「分かりました」

景盛は政子に指示されるままに、詫状を書いた。そこには、「無礼の段、平にご容赦いただきたく」から始まり、頼家に対して一切の遺恨はなく、これからも忠節に励むと書かれていた。

それを確かめた政子は添状を書いた。

「安達弥九郎殿を誅殺《ちゅうさつ》しようとするなど、あまりに軽はずみで人の道に反しています。今のあなた様の置かれた状況を見ると、とても天下を統《す》べることができるとは思えません。政《まつりごと》を放り出し、酒色にうつつを抜かし、周囲の諫言を聞こうともしない。召し使う者に賢人はなく、そろって佞臣《ねいしん》ばかりで、その専横は目に余るものがあります。（中略）事にあたっては細心の注意を払い、末代までの恥辱となるようなことは慎まねばなりません」

かくして双方の確執を抑えた政子は、次の一手として、頼家の権力を弱める手を打たねばならなかった。

将軍権力の強化こそ、鎌倉幕府を永続させる基盤だと信じてきた政子にとって、頼家の権力を弱めることになるなど考えもしなかった。だがこのまま自分に死が訪れれば、頼家は権力を濫用《らんよう》し、創業の功臣たちを次々と追い込んでいくに違いない。

――佐殿、どうしたらよいのでしょう。

政子は亡き頼朝に問うたが、思い出の中の頼朝は何も言わず、ただ笑みを浮かべていた。

四

「お待たせしました」

遅れてやってきた政子が入室すると、四人が一斉に平伏した。

甘縄での騒動から四日後の八月二十四日、寒川にある安達景盛の別邸には、主の景盛、阿野全成《あのぜんじょう》、弟の義時、そして高野山から戻ったばかりの安達盛長が集まっていた。

頼朝の流人時代から従者として片時も離れず、頼朝から絶大な信頼を寄せられたのが安達盛長だ。盛長の妻の丹後内侍《たんごのないし》が頼朝の乳母の比企尼の娘だったことから頼朝との縁ができ、その従者に迎えられたことで、頼朝のよき相談相手となる。とくに頼朝挙兵前後の活躍は著しい。盛長が関東各地の土豪を回り、味方するように呼び掛けたことで、三浦義明《みうらよしあき》や千葉常胤《ちばつねたね》が源氏の旗の下に馳せ参じることになった。いわば鎌倉幕府の創設は、盛長の奔走あってのものだった。

盛長は頼朝と政子の仲を取り持ち、時政を説得し、二人が夫婦になることに力を尽くしたこともあり、政子にとって兄のような存在だった。

頼朝の異母弟の全成は、その室に政子の妹の阿波局《あわのつぼね》を迎えており、政子たちとは一族同然の付き合いをしている。

つまり安達父子と全成は、政子にとって肝胆《かんたん》相照らした仲と言ってよい。

政子には寒川神社に詣でた後、安達景盛の別邸に立ち寄り、一泊するという習慣があったので、頼家に近い者たちにも疑念を抱かれない。それゆえ密談は寒川の安達家別邸でよく行われた。

僧形の盛長が礼を述べる。

「尼御台様、此度のこと、弥九郎からすべて聞きました。わが安達一族をお救いいただき、お礼の申し上げようもありません」

「いえいえ、たとえ相手が将軍だろうと、子の間違いを正すのは母の務めです。それよりも此度は何とか凌ぎましたが、次はどうなるか分かりません」

義時が話を代わる。

「これで当面は将軍家の鋭鋒《えいほう》をかわせます。その間にすべきことは一つ」

三人の視線が義時に集まる。政子は義時の策をすでに聞いているが、ほかの三人はまだだ。

「将軍家を支えているのは乳父だった比企家と梶原家です。幸いにして、それぞれの当主の判官《ほうがん》（能員）と平三《へいざ》（景時）は仲が悪い。おそらく片方が失脚しそうになっても助けることはないでしょう。比企家は将軍家の外戚なので、いざとなれば将軍家が介入し、糾弾《きゅうだん》は難しくなるでしょう。

しかし梶原家は――」

黙って腕組みしていた盛長が口を開く。

「孤立していますな」

義時がうなずく。

「そうです。平三は武衛様に雑説（情報）を伝えることで成り上がったような男。その讒言《ざんげん》に恨みを持つ者は数多くいます」

景時は頼朝の側近として権力をほしいままにし、それを恨みに思う者も多い。頼朝の死後は頼家に取り入り、その側近になろうとしているが、比企能員はそれを好ましく思っていない。

全成が膝を叩かんばかりに言う。

「そうか。つまり平三に、あえて讒言させるというのだな」

「いかにも。讒言は癖になると言います。それを知る者たちは、平三がいる場では宴席の戯《ざ》れ言《ごと》でも言質《げんち》を取られぬようにしています」

盛長が問う。

「つまり誰かに危ういことを言わせるのですね」

「はい。そうなります」

政子が義時に問う。

「一つ間違えば、将軍家が讒言を認め、その者を追討するかもしれません」

「もちろんです。それゆえ罪とは認められないような曖昧なことを言わせるのです。そして御家人たちを焚きつけて弾劾状《だんがい》を書かせ、平三を失脚させます」

「誰に何と言わせるのですか」

「それはお任せ下さい」

「面白い見世物となりましょうな」

全成がうれしそうに言う。

「平三は、そろそろ讒言の虫がうずいてきているはず。そこに餌を投げれば食らいついてきます」

政子が義時に先を促す。

「そこまでは分かりましたが、讒言した後はどうするのです」

「評議の場で、それが事実かどうか確かめます」

「そのためには、証人が要るのではないですか」

義時がうなずく。

「心当たりはあるのですか」

「もちろんです。全成殿――」

全成が意外な顔をする。

「貴殿の室であり、われらが妹の阿波局は今、御所に出仕しているはずですが」

「うむ。御所の女房どもが若くなったので、様々な礼式や慣習を教えておる。まさかわが室に、評議の場で証人になれとでも言うのか」

「そうです」

「しかし――」

「ご心配には及びません。ありのままを話すだけで構いません」

政子が首をかしげる。

「小四郎、そなたは源太《げんた》殿とは懇意にしていたはず。それでもよろしいのですか」

源太とは景時の嫡男の景季《かげすえ》のことで、頼朝の生前、義時と景季は共に「家子《いえのこ》専一（家子の筆頭）」とされ、馬の轡《くつわ》を並べるようにして頼朝を守ってきた。

「姉上、逆の立場なら、源太は躊躇なくそれがしを陥れるはず。それが武士というものです」

義時が険しい顔で言う。その時、政子は弟の心の奥底に眠る魔を見た思いがした。

それでも幾度か仕掛けた罠に、景時は容易に掛からなかった。

ところが十月二十五日、御所で頼朝のための「一万返《いちまんべん》の念仏供養」が行われた際、下総《しもうさ》国人の結城朝光《ゆうきともみつ》が「私は『忠臣は二君に仕えず』と聞いている。とくに武衛様から厚恩を賜っているにもかかわらず、武衛様が身罷られた時、出家しなかったことを後悔している」と皆の前で語った。そこにいた者たちはそろって涙を拭い、朝光に同意した。

これは偶然で、朝光は自らの思いのたけを述べただけだった。

その座に景時もいた。そして後日、このことを頼家に告げた。頼家はさしたる反応を示さず、「過去に生きるしかない武辺者の繰り言だ。捨て置け」とだけ言った。景時もそう思ったのか、それ以上は何も言わなかった。

これでは讒言にならない。それで義時は阿波局に言い含め、今度は結城朝光を動かしてみた。阿波局が「先日、貴殿が仰せになった『忠臣は二君に仕えず』のことを、梶原殿が将軍家に伝えていました。そのことで呼び出されるかもしれません」と告げた。

それを聞いた朝光は憤り、親しくしている三浦義村《よしむら》に訴えた。義村は「それは尤もだが、軽挙は慎め」と言って、和田義盛と安達盛長に相談した。

義盛は景時の讒言によって侍所別当の座を追われたことを恨みに思っており、「捨て置けん」とばかりにいきり立った。それを見た盛長は、「では、弾劾状を作ろう」と発案し、景時に反感を抱く御家人たちを集めた。

政子と義時の想像を超え、事は大きくなっていった。

同月二十八日、六十六人もの御家人が鶴岡八幡宮に集まり、大江広元に弾劾状を提出した。

その中には比企能員の名もあった。

ところが広元は、十一月十二日までこの書状を握りつぶしていた。広元は景時との関係は悪くなく、事を荒立てたくなかったのだ。しかし御家人たちの突き上げに負け、頼家に披露した。

その翌日、こうした動きを察知した景時は一族郎党を引き連れ、自領のある相模国一宮に向かった。唯一、頼家の側近だった三男の梶原景茂《かげもち》だけは残り、頼家の裁決を待った。

万が一、弾劾が通った時、有無を言わさず殺されるのを回避したのだ。

だが頼家は景時を赦免することに決した。それを聞いた景時は十二月三日、鎌倉に戻った。しかし御家人たちは景時排斥を訴えて譲らず、阿波局も「讒言を聞いた」と証言したので、頼家も抗しきれなくなった。そのため景時を除く十二人の宿老は、梶原一族を鎌倉から追放することに決した。

この決定に頼家も異を唱えなかった。その裏には梶原一族を一掃し、頼家を独占したいという比企能員の思惑があった。

これで事は終わったかに見えたが、年が明けて正治二年（一二〇〇）一月二十日、鎌倉に早馬が入り、「梶原一族が都を目指して落ちていく」と告げてきた。これを聞いた北条時政は「鎌倉府に何の届け出もせずに西へ退去するとは、京に上って謀反を図るに相違なし」と決めつけ、追討軍を発することを頼家に勧めた。だが頼家はそこまでは考えておらず、裁可を与えなかった。

ところがこの頃、駿河国の清見関《きよみがせき》に達した景時は、吉川友兼《きっかわともかね》ら地元の武士たちに包囲され、女子供を含めた伴類《ばんるい》（血縁者）三十三人と共に虐殺された。景時を逃すまいとした時政が駿河守護という地位を利用し、ひそかに吉川らに待ち伏せさせたのだ。

景時は六十一歳にもかかわらず勇猛に戦い、見事な最期を遂げた。この時、景時の嫡男景季も討ち死にした。享年は三十九と伝わる。

これを聞いた頼家は激怒したが、後の祭りだった。

頼家は時政に「追討令の出ていない御家人を討つとは何事か」と迫ったが、時政は「平にご容赦を。事の次第をわきまえぬ辺土の郎従の仕業ですので、それがしから強く申し聞かせます」と言うだけだった。

さすがに頼家でも、創業の功臣をこれ以上は責められない。

この直後、時政は景時が就いていた遠江《とおとうみ》国の守護の座に就く。これにより時政は、伊豆・駿河・遠江三国の国司と守護を務めることになった。また鎌倉幕府の武を司る侍所別当の座には、和田義盛が返り咲いた。

かくして頼家の強力な与党だった梶原一族は、この世から消え去った。以後、「十三人の合議制」は「十二人の合議制」へと移行する。

また頼家は片腕を失ったに等しいが、さしたる危機感は抱いていなかった。というのも、頼朝の息子で二代将軍の己を排斥する者などいないと思っていたからだ。

頼家は蹴鞠《けまり》や狩りに熱中し、また春夏秋冬の祝宴は、それまでにも増して華やかなものとなっていった。

五

梶原一族の滅亡という大事件があったものの、鎌倉幕府を取り巻く情勢は安定してきていた。

事件らしい事件といえば、梶原一族の滅亡から約一年後の正治三年（一二〇一）一月、元越後守護の城長茂《じょうながもち》が蜂起したことくらいだ。だがこの反乱も瞬く間に鎮圧され、鎌倉幕府の人々は胸を撫で下ろした。しかし、かつて頼朝を中心にまとまっていた鎌倉幕府の求心力が、次第に弱まりつつあるのは事実だった。

その頃、京では、かつて政治的駆け引きで頼朝を手玉に取った源通親が、それまで朝廷を牛耳っていた九条兼実《くじょうかねざね》を失脚させ、独裁体制を築いていた。それでも鎌倉幕府との関係は以前に比べて平穏だったが、成人した後鳥羽上皇の発言力が増し始めると、不穏な空気が漂ってくる。

建仁《けんにん》二年（一二〇二）三月三日、名越《なごえ》の北条時政邸からは、多くの者たちの笑い声が聞こえていた。

旧東海道からつながる海側の東西道は、名越峠を越えて沼浜《ぬはま》（逗子）方面へと続いており、まさに名越は鎌倉の東南の出入口にあたっていた。

鎌倉は南一方が海に面し、残る三方は急峻な山で囲まれているため、陸路で鎌倉の中心部に至るには、切通《きりどおし》と呼ばれる掘削された道を通らねばならない。鎌倉には七つの切通があり、七口と呼ばれていたが、その中で最も南に位置するのが名越切通だ。

北条一族は三月三日、血縁者だけで桃の節句と観桜の宴を催すことが習慣となっていた。この日も時政の屋敷には、五十人余の老若男女が集まり、桜を楽しみながら管弦や舞に興じていた。

宴も終わり、親族が三々五々帰っていくのを見届けた政子は、時政の居室を訪れた。夜になってから内密の話があると、時政から告げられていたからだ。

すでに居室には、時政、義時、全成の三人が座していた。全成は時政の娘婿なので、一族同然の扱いとなる。

「さて、今日はわれら一族の肚を固めようと思い、皆をここに呼んだ」

それまで好々爺然としていた時政の顔が引き締まる。

三人がうなずくと、時政が続けた。

「梶原一族は何とか取り除いたものの、いまだ将軍家の背後には比企能員がいる。知っての通り、比企一族は武蔵国の名族で、その郎党は三百騎を下らない」

北条氏は頼朝旗揚げ時で三十騎、今でも百五十騎ほどの兵力しかない。これに対して比企一族は二倍する兵力を擁している。しかもその縁戚は武蔵国を中心に広く分布しており、当主能員の一声で、六百から七百騎は集まると言われていた。

「しかも梶原平三と違い、比企判官（能員）は人望もあり、これまで恩を受けた御家人も多い。何かで難癖をつけて糾弾しても、平三の時のように人は集まらぬ」

下手をすると、逆に北条氏が窮地に追い込まれる可能性すらあるのだ。

「しかし、いつかは除かねばならぬ相手だ」

何と言っても比企能員は、頼家の嫡男の一幡《いちまん》の外戚の座を獲得しており、頼家が早々に将軍位を一幡に譲れば、今以上の権力を握ることになる。しかも長男の宗員《むねかず》を筆頭に、五人の息子たちは武勇に優れている。

――比企一族を屠《ほふ》るのは容易なことではない。

あらゆる点から見て、比企一族は北条家単独で戦える相手ではない。

「そこでだ。わしもいろいろ考えた。何とか将軍家と比企一族を切り離し、比企一族を討伐する。だがその方策がないのだ」

頼家と比企一族は一体化しており、調略によって疑心暗鬼を生じさせ、仲を裂くといったことは至難の業だ。

「それで、いろいろ考えたのだが、将軍家に退隠いただくしかないと思っている」

胸に白刃を突き立てられたような衝撃が走る。

政子が震える声で問う。

「つまり万寿を失脚させるのですね」

「そういうことになる」

——これは比企一族だけでなく、わが息子を排斥する謀議なのだ。

ようやく政子にも、この謀議の重大さが分かってきた。

しかし頼家は、時政にとっても孫なのだ。頼家が生まれ、外祖父となった時の時政の喜びようは一方《ひとかた》ではなく、「これで北条家は末代まで安泰だ」と言っていたのを、政子ははっきり覚えている。

——それがどうして。

その答えを政子は知っていた。それだけ頼家の専横と比企一族の勢力伸長は目に余るものがあり、時政は危機感を抱いているのだ。

それを思うと、政子は強く反対できない。

義時が首をかしげる。

「お待ち下さい。将軍家に退隠いただくのはよいとして、一幡殿が将軍位に就けば、比企一族の勢威は、さらに高まるのではないでしょうか」

頼家が退隠すれば、その息子の一幡が将軍になり、外祖父となった能員の権力は、これまで以上に強くなる。

「そこよ」

時政が下膨れした頰を引きつらせつつ言う。

「一幡殿は幼い。すぐに将軍位に就けずとも、御家人たちから文句は出ないはずだ」

「では、どうすると――」

「千幡《せんまん》（後の実朝《さねとも》）を将軍職に据えようと思う」

息をのむ三人に、時政が穏やかな口調で言う。

「もちろんすぐではない。まず将軍家には、朝廷から将軍宣下《せんげ》をしてもらい、安心していただくのがよいと思っている」

この年の七月、頼家は従二位下、征夷大将軍に補任《ぶにん》される。これにより己の地位が盤石になったと確信した頼家は、これまで以上に酒色に溺れていく。

全成が息をのみながら問う。

「千幡殿の乳父として、拙僧に異存はない。だが尋常なことでは、将軍家は退隠しないだろう」

時政が渋い顔で言う。

「だろうな。御家人たちには、何があっても将軍家には服従するという考えが根付いている。これを覆すのは容易なことではない」

頼朝と政子、そして時政たち側近は「武士の府」を創り、それを守っていくために全力を尽くしてきた。中でも将軍権力の強化は最優先課題で、そのために様々な施策を打ち出してきた。

時政が苦虫を嚙み潰したような顔で続ける。

「われらのしてきたことが、逆にわれらの足枷になってしまったのだ。それでも宿老の合議制を認めさせたので、少しは緩和できた」

強めてしまった将軍権力を弱めるために、時政たちは「十三人の合議制」を敷いたが、それも頼家の成長と共に形骸化していくのは目に見えている。

義時が危機感をあらわに言う。

「今の将軍家は側近たちと酒色にふけり、政にも真剣に取り組む様子はありません。このままでは鎌倉府の威権は衰え、御家人たちからも見放されるでしょう」

時政が言う。

「そうなのだ。そうなる前に手を打たねばならぬ」

政子が問う。

「手を打つと言っても、将軍家に退隠しろと言うのですか。さように一方的なことに、将軍家が聞く耳を持つわけがありません」

義時が言う。

「その通りです。それはおくびにも出せません。まずは将軍家と比企一族の動静を的確に摑み、離反させる手立てを考えねばなりません」

全成が不審げに問う。

「しかし、それができないから困っておるのだろう」

「そうです。だから今は――」

義時が三人を見回すと言った。

「将軍家の近くに侍る若侍の中に、内通者を飼っておきます」

時政が膝を打つ。

「そうだな。それがよい」

——小四郎は成長した。

知らぬ間に密談の主導権を握るようになっていた義時に、政子は感心した。

時政が問う。

「で、内通者に誰か心当たりはあるのか」

「ないこともありません。というか、もう動静を探ってもらっています」

義時が思わせぶりな笑みを浮かべる。

「誰だ」

「細野《ほその》四郎《しろう》と申す者です」

「ああ、さような者がいたな。そうか。その件は任せた。慎重にな」

「抜かりはありません」

時政が話をまとめる。

「いずれにせよ、敵方の動静を探りつつ方策を考えていこう。今は、ここにいる者たちが『将軍家にご退隠いただく』という方針で一致していることが確かめられただけでよい」

——万寿は敵方なのか。

その事実に、政子は愕然とした。

時政の目が政子に据えられる。

「政子、よいな」

——将軍をやめたら、万寿はどうなるのだろう。

将軍をやめるということは、出家得度《とくど》せざるを得なくなる。だが若い頼家が、禁欲的な僧侶の生活に堪えられるとは思えない。

――もしかすると誰かの甘言に惑わされ、蜂起するかもしれない。

そうなれば、頼家と千幡が兄弟相討つという最悪の事態さえ考えられる。

だが政子は、そうした心配を振り払うように言った。

「その職に適していない者は、本人も含めて周囲にいる者たちすべてを不幸にします。残念ながら、万寿に将軍は務まりません」

「よくぞ申した。そなたがそれでよければ、われらは一丸となって千幡の擁立を進められる」

時政が力強く首肯した。この時、政子は渡ってはいけない橋を渡った気がした。


その後、鎌倉は嵐の前の静けさに包まれているかのようだった。頼家は蹴鞠に熱中し、毎日のように美妓《びぎ》を侍らせ酒宴に明け暮れていた。まれに大寺の落成供養に出席するといった公用を果たすものの、諸国から上がってくる訴状の裁決は、次第に宿老たちに任せるようになり、裁可の花押《かおう》を書くのさえ面倒くさがるようになっていた。

そんな最中の四月、長老的立場の安達盛長が死去した。二月には、同じく長老的立場だった三浦義澄《よしずみ》も死去しているため、十三人の宿老は十人になっていた。

六

建仁三年（一二〇三）となった。鎌倉では常の年と変わらず、「椀飯《おうばん》」や「御行始《みゆきはじめ》」といった正月の儀式が行われ、この年も無事に過ぎると、誰もが思っていた。

だが二日、頼家の息子の一幡が鶴岡八幡宮に奉幣《ほうへい》した際、小さな事件があった。

突然、巫女《みこ》が髪を振り乱して暴れると、一幡を指差し、「われは八幡大菩薩なり。今年中に関東で大事件が起こる。若君は家督を継いではならない。岸の上の木（頼家のこと）は、その根がすでに枯れている。だが人はこれに気づかず、梢が緑になるのを待っている」と言ったのだ。巫女は乱心したとされたが、不吉な託宣として、そこにいた者たちを不安がらせた。

その頃、正月恒例の「御鞠始《おまりはじめ》」の儀を行っていた頼家は、この話を聞いても意に介さず、「木は根から腐らぬ。梢の先から腐るものだ」と言って笑った。

そんな平穏が破られたのは五月のことだった。

五月十九日の深夜、政子が眠っていると、表口の方が騒がしくなり、人々が走り回る音が聞こえてきた。

――変事か！

政子が上体を起こすと、駿河局の声が襖越しに聞こえた。

「阿波局様がお見えです」

「何事ですか」と政子が問う間もなく、長廊《ちようろう》を走り来る音がして、「姉上！」という悲鳴に近い絶叫が聞こえた。

「ここです。いかがいたしたのです！」

「ああ、姉上！」

阿波局は障子を開けると、いまだ蒲団の上に上体を起こしただけの政子の膝にくずおれた。

「何があったのです。落ち着いてお話しなさい！」

「ああ、はい」と言って呼吸を整えた阿波局だったが、話し始めると、まくしたてるようになってしまう。

「子《ね》の刻（午前零時頃）、表口が騒がしくなると、門を破って武士たちが走り込んできたのです。何事かと思っていると、『謀反人、阿野全成はどこだ！』という声がしたのです。それで慌てて着替えていると、全成の『ここにおる』という声と、男たちの『神妙にしろ！』という声が聞こえてきて――」

後は言葉にならず、嗚咽《おえつ》に変わった。

「それで全成殿を連れていかれたのですね」

「はい。続いて男たちの私を探す声が聞こえたので、納戸の下の床板を外し、床下から外に出ました。それから――」

阿波局が泣き崩れる。

「ここまで走ってきたのですね」

阿波局の足裏は真っ黒になっていた。

「そうなんです。ああ、どうしたら――」

「安心なさい。ここなら心配は要りません」

「私はよくても、全成は――」

「すぐに手立てを講じます。しばらく奥で休んでいなさい」

政子は駿河局を呼ぶと、「湯浴みをさせて床を敷きなさい」と命じた。

――比企方が反撃に出たのだ。

政子はすぐに使者を走らせ、義時を呼び寄せた。

だが義時がやってきたのは、夜明けになってからだった。

「何をのんびりしておるのです」

義時に慌てた様子はない。

「まあ、落ち着いて下さい」

「どうしたのですか。早く手を打たないと、全成殿が斬られるかもしれません」

「姉上」と言うと、義時はため息をついた。

「まだ、お分かりにならないのですか」

「何がですか」

「全成殿は内通していたのです」

「何と――」

政子は唖然とした。

「どういうことですか。それならなぜ、将軍家は全成殿を捕らえたのですか」

「まあ、お聞き下さい」と言うと、義時は小さな声で語り始めた。

「比企屋敷で働く雑色の一人を籠絡《ろうらく》しておいたのですが、その者が申すには、深夜に度々女駕籠《かご》が着くとのこと。それで盗み見したところ、その駕籠に乗ってきたのは全成殿だったのです」

「その雑色は全成殿の姿を見たのですか」

「いいえ。法師頭巾をかぶっていたので、顔まではっきり見たわけではないとのこと」

「では、どうして――」

「三月の集まりで、それがしが御所に飼っている内通者の名を出したのを覚えていますか」

「もちろんです。確か細野四郎とか」

あの時、政子は何かの役に立つかと思い、内通者の名を覚えていた。

「そうです。その細野があの後、どうなったかご存じですか」

「いいえ。全く知りませんが」

「巻狩《まきがり》の最中に、傍輩《ほうばい》の矢が当たって死にました」

「密かに殺されたのですね」

「いかにも。ただし細野は、本当の内通者ではありません」

「えっ、どういうことですか。それが、どうして此度の件に結び付くのですか」

「私が細野四郎の名を出したのは、あの時だけです。つまり全成殿を試してみたわけです。すると案の定――」

「敵に内通していたのは、全成殿だったのですね」

「はい。内通とは行かないまでも、二股を掛けていたのでしょうね」

――何ということ。

妹の夫でさえ二股を掛けるほど、鎌倉では権謀術数が渦巻いているのだ。

「それで、比企屋敷の雑色から摑んだ比企一族しか知り得ない話を、それがしが将軍家の与党に話したのです」

「それは何ですか」

「比企屋敷の中がどうなっているかです」

北条家の者は、誰一人として比企屋敷に行ったことはない。つまり内部を知り得るのは、全成だけになる。それを義時自ら、頼家の与党に漏らしたというのだ。

義時によると、酒の席の雑談で、「全成殿から聞いたのですが、比企殿は屋敷内に見事な灯籠を置いていると」と言ったという。

政子は義時の周到さと賢さに舌を巻いた。

「それで敵の手で全成殿を捕らえさせたと――」

「はい。こちらで始末するとなると、いろいろ面倒ですからね。だいいち全成殿がおられると、背後で策動する者が出てきます」

義時が「やれやれ」といった顔をする。

「つまり全成殿を担いで、将軍位に据えようという者が出てくるというのですね」

「しかり。全成殿は武衛様の弟君であり、千幡殿を除けば、将軍職を継いでもおかしくない唯一のお方。ご本人にすれば、二股を掛けても生き残りたいでしょう。しかし千幡殿を三代将軍に擁立しようというわれらにとっては迷惑なだけ」

「そなたは、そこまで知恵をめぐらせていたのですね。何と恐ろしい――」

義時の目に獣のような凄みが宿る。

「姉上は、それがしのしていることが間違っているとでも言いたいのですか」

政子が顔を背ける。

「この世は生きるか死ぬかです。情けを掛けた方が滅びるのです。平清盛殿の継母にあたる池禅尼殿は、清盛殿が殺そうとした武衛様に情けを掛けて助命嘆願し、最後にはそれを認めさせました。しかしその武衛様によって、平家は族滅の憂き目に遭ったのです。たった一つの情けが、自らの血族を絶たれることにつながるのですぞ」

「それは分かっています。しかし全成殿は、これまでわれらのために――」

「確かにそうかもしれません。それゆえその生死をどうするかは、敵方に委ねました。もはや生かしておいても、おそらく流刑地で果てるだけのお方ですから」

全成は数えで五十一歳になる。すでに隠居してもおかしくない年齢の上、さほど遠くない先に死も待っているはずだ。

「分かりました。でも、われらの妹だけは――」

「比企らが阿波局の命まで狙うとは思いませんが、姉上は断固として妹を引き渡さぬようにして下さい」

「もちろんです」

比企方としても、阿波局の命まで取ろうとは思っていないだろう。だが阿波局さえ取り調べできるという将軍権力の強さを見せつけることで、どっちつかずの御家人たちを引き寄せようと考えるかもしれない。

「では、これにて」

そう言うと、義時が出ていこうとした。

「小四郎、われらは――、われらは、これからも夜叉の道を行かねばならぬのですか」

その言葉を背中で聞いた義時が振り返る。

「われらが夜叉の道を行かねば、武衛様と姉上が丹精込めて作り上げた武士の府は終わります。姉上には修羅にでも夜叉にでもなっていただかねばなりません」

そう言い残すと、義時は出ていった。

一人残された政子は、どうしてこんな宿命を背負わねばならないのか自問自答した。だが、もはや引き返すことはできないのだ。

――私は死ぬまで夜叉の道を行くのか。

道は一本しかなかった。となれば夜叉に徹するしかない。

この時、政子は「情」の衣を脱ぎ捨てた。

翌日、比企能員の息子の時員《ときかず》が大倉屋敷にやってきて、将軍家の命令として阿波局の引き渡しを求めてきた。だが政子は頑として譲らず、時員は引き下がらざるをえなかった。その報告を聞いた頼家は、遂に阿波局の連行をあきらめた。

五月二十五日、全成は常陸《ひたち》国に配流となったが、六月二十三日、頼家の命を受けた八田《はった》知家《ともいえ》によって殺された。殺された場所は下野《しもつけ》国という話だったので、どうやら全成は脱出に成功したものの、八田に追いつかれて殺されたらしい。

これにより、頼朝の兄弟は残らず鬼籍に入った。本来なら頼朝や頼家を支え、鎌倉幕府を盤石なものにしていったはずの者たちが、それぞれ陰惨な最期を遂げたことは、幕府の将来を暗示しているようでもあった。

だが唯一、政子と義時にとって誤算だったのは、全成と阿波局の息子で、京で僧として修行していた頼全《らいぜん》が殺されたことだ。頼全の罪は定かではなかったが、将軍職を奪おうとしていた全成に与《くみ》していたという罪だという。おそらく脱出した全成から書簡を受け取り、その身の隠し場所でも探していたのだろう。

全成のことはあきらめていたものの、頼全が殺されたと聞いた阿波局は半狂乱となり、比企一族に対して復仇《ふっきゅう》を誓った。だがその胸の内は、比企一族というより頼家に対する恨みなのは明らかだった。

七

全成を殺したことで、頼家陣営は北条氏に一矢報いた形となった。これに安堵したのか、頼家はいっそう蹴鞠と巻狩に精を出し、夜毎の酒宴も朝まで続くようになった。

その専横も次第に度を超すようになっていった。

六月に伊豆奥に狩りに出かけた際、山中に洞穴があるのを見つけた頼家は、御家人にそこを探索させた。この時は事なきを得たが、その足で向かった富士山麓でも大洞穴を発見した。頼家は新田《にった》忠常《ただつね》という豪の者とその郎従六人を探索に行かせたが、洞穴の中を流れる川に、四人の郎従が足を取られて流されるという事故が起こった。

六月十日、鎌倉に戻った頼家は、蹴鞠と酒色の日々を再開した。しかも西国の支配に関心がなく、昨年十月の源通親の急死によって権力の頂点に立った後鳥羽上皇が、着々と権力基盤を強化し始めていることに全く注意を払わない。

後鳥羽は財力の強化に力を入れ、皇室の血を引く者たちが所有する荘園を、半ば強引に自らのものとしていた。こうした荘園は独身のまま過ごすことが多い内親王が、父の天皇や上皇から贈与されたものなので、内親王が死ねば相続者はいなくなる。それに目をつけた後鳥羽は内親王に養子や養女を入れ、その死後、実質的に自らのものとしていった。とくに最大規模と謳われた八条院領と長講堂《ちょうこうどう》領を得たことは大きく、豊かな財力によって独自の武士団を養成し始める。

これが西面《さいめん》の武士である。

七月三日の夜、政子は突然、名越にある時政の屋敷に呼び出された。

時政の居室に入ると、時政と義時の二人が苦い顔をしていた。部屋の中が息苦しいことから、政子が来る前から、二人はずっと話し合っていたに違いない。

――ということは、何かの決定を二人で行い、それを私に追認させるつもりか。

政子の直感がそれを教える。

「よくぞ参った」と言うと、時政が悩ましげな顔をした。よほど話したくない話題なのだろう。

「父上、何なりと仰せになって下さい」

「実はな、少し前から小四郎と話し合っていたのだが――」

「ということはすでに結論が出ており、私に追認を迫るということですね」

「まあ、そういうことだ」

時政が助けを求めるように義時を見る。

「姉上」と、義時が真剣な眼差しを向けてきた。

「まず分かっていただきたいのは、このままでは鎌倉府は潰《つい》えるということです」

「潰えるとはどういうことですか」

「昨日、京から使いがあり、昨今の情勢を伝えてきました。それによると――」

昨年、朝廷内に絶大な権力を築いていた源通親が死すことで、時政らは一息つけると思っていた。その跡を継げるだけの大物公家がいないからだ。ところが、そんな甘い期待は踏みにじられた。

「源通親殿は外戚の地位を得るべく後鳥羽天皇に譲位を迫り、土御門《つちみかど》天皇を擁立しました。しかし譲位によって自由の身となった後鳥羽院は、ここに来て『治天《ちてん》の君』として朝廷に君臨するようになったのです。最近のことですが、院は除目《じもく》（諸官職の任命）さえ自ら行うようになりました。院は自らを『正統な王』と呼び、あらゆる面で故実の復古を行っているというのです」

義時によると、後鳥羽は様々な朝廷の行事、儀式、習慣、文化、作法、服装などを、平安の昔に戻そうとしているという。

「院は、奏楽から蹴鞠まで多彩な趣味をお持ちですが、馬に乗り、川を泳ぎ、鹿を追い、笠懸《かさがけ》まで行います。中でも好んでいるのは刀を打つことだそうです」

政子が驚いて確かめる。

「刀を打つとは文字通りのことですか。それでは武家と同じではないですか」

「はい。院は、備前や備中から集めた刀工たちに月番で作刀させる御番鍛冶の制度を作りました。彼らに打たせた刀には、菊の御紋が刻まれているとのこと」

「なぜ、さようなことを――」

「刀を打つこと自体が神聖な儀式で、何かを祈願するために行われることもあります」

「何を祈願しているというのですか」

「国家安寧や五穀豊穣もあるでしょう。しかしこれまで列挙したことを考えれば、院の目的は容易に察せられます」

「武士に取って代わるということですね」

「それしかありません」

時政が不愉快そうに言う。

「今聞いた通りだ。このままわれらが何もせねば、院は西国武士をかき集め、逆賊として、われらを討伐するだろう。それを未然に防がねばならぬ」

義時が言葉を引き継ぐ。

「しかし残念なことですが、今の将軍家では、院に抗していくことは難しいでしょう」

それについては、政子にも異論はない。

「しかし万寿、いえ将軍家を退隠させる手立てを、われらは考えつかないではありませんか」

義時が俯《うつむ》く。時政に発言を促しているのだ。

「政子、よく聞け。この武士の府は武衛様と政子、そしてわれらが血のにじむような思いで作り上げたものだ。これにより御家人たちは、自分で耕したものは自分のものにできるようになった。だが朝廷が天下を奪回すれば、また昔に逆戻りだ」

「そんなことは分かっています。私が聞きたいのは、将軍家を退隠させる方法です」

「それはな――」

時政が義時と視線を交わす。それを見れば、二人の考えていることは明らかだった。

「ま、まさか、父上！」

「姉上、落ち着いて下さい」

義時が厳しく制する。

「父上、それがしから申し上げましょう」

「すまぬな」

義時が大きく息を吸うと言った。

「将軍家には――、将軍家には薨去《こうきょ》していただきます」

政子は天地が覆《くつがえ》るような衝撃を受けた。

――私はここで何をしているの。

だが現世から逃避することはできない。

——何とか二人を翻意させなければ。

「将軍家は、武衛様と私の息子ですぞ！」

「政子よ」と、時政が嗄《しわが》れ声で言う。

「そなたの気持ちは分かる。将軍家は、わしの孫でもあるのだ。だが、このまま将軍家の専横を許せば、鎌倉府はどうなると思う。ここは私情を捨てて鬼にならねばならぬ」

「そ、そんな——」

政子の脳裏に様々な思い出が浮かんだ。とくに頼家が産まれた時の泣き声、最初に抱いた時の柔らかい感触、産所に飛んできた頼朝の「でかしたぞ、政子！」という声。それらが昨日のことのように思い出される。

「どうして、さようなことを私に言うのです。わが子を殺したければ、私に内緒で殺せばよいではありませんか！」

政子は捨て鉢になっていた。

「ところが、そうはいかないのだ」

「どういうことですか！」

驚いた政子が二人の顔を交互に見る。

「そなたの手を借りないと、この大事は達せられないのだ」

「えっ、何を言っているのですか」

「姉上、お聞き下さい」

義時が威儀を正す。

「これは姉上でなければできないことなのです」

「だから何なのですか！」

「姉上に――、附子《ぶし》（トリカブトの塊根《かいこん》）の毒を盛っていただきます」

その言葉の意味が分かった時、政子は卒倒しそうになった。

「そなたは正気ですか。父上、何か仰せになって下さい」

だが時政は、柿渋《かきしぶ》を飲んだような顔で口をつぐんでいる。

「ああ、父上――」

「姉上、心を鬼にして下さい。あの時と同じように――」

「私は武衛様に毒など盛っていません。武衛様は自ら――」

「姉上、それはもはやどうでもよいことです。とにかくわれら一族のため、そして鎌倉府のために、夜叉となって下さい！」

「嫌です！」

政子が身悶《みもだ》えすると、時政の冷たい声が聞こえた。

「もはや後に引くことはできぬのだ。七月十九日、由比ヶ浜では航海の安全と豊漁を海神に祈り、供物を捧げる漁師たちの祭りがある。それに将軍家を誘うのだ」

「そんな鄙《ひな》びた祭りに、将軍家が来るはずがありません」

義時が冷徹な声音で告げる。

「仰せの通り。それゆえ安達弥九郎殿から妾をもらい受け、それをその日、将軍家に献上すると伝えることにしました」

「なんと、あれだけ弥九郎殿が恋着していた妾を――」

「申し聞かせるのに苦労しましたが、最後は承知してもらえました。むろん事が終われば、お返しすると約束しました」

「何と酷《むご》いことを――」

つまり義時は、漁師たちの小さな祭りに頼家を誘い、漁師小屋で妾に一献捧げさせ、二人で過ごさせるというのだ。

「その時に出す食べ物に毒を仕込みますが、妾が運んでは、将軍家は疑って食べません。事が始まる前に、姉上が作ったものとして、姉上自ら結び飯を差し入れてもらいます。毒は結び飯に塗り込んでありますが、中に昆布を入れてあるので、その匂いで分からないはずです。ただし毒の量は抑え気味にしているので、すぐに苦しみは始まりません。おそらく翌日――」

「お待ち下さい。私はまだ何も同意していません!」

時政が辛そうな顔で言う。

「そなたの気持ちは分かる。だが、もしもこのまま何もせねば、いつか千幡も殺されるぞ」

義時が追い討ちを掛けるように言う。

「間違いなくそうなるでしょう。将軍家は武衛様に憧れています。武衛様のしたことを思えば――」

「ああ、何ということを――」

――万寿と千幡のどちらかを選べというの。

政子は半狂乱になって懊悩《おうのう》し、亡き頼朝に問うた。

――佐殿、どうしたらよいのです。

だが頼朝が何と答えるか、政子には分かっていた。

「それほどのことをしてまでも、武士の府を守らねばならないのですか」

二人がうなずく。

政子は断を下さねばならなかった。


初秋の由比ヶ浜は、これまで見たこともないほどきらめいていた。空は雲もなく晴れ渡り、風も穏やかで頰を撫でるように吹きすぎていく。

――こんな美しい日に、私は息子を殺すのだ。

その事実の前では、どのような風景も地獄のようにしか見えない。

――でも、これが私の選んだ道なのだ。佐殿と私が築き上げたものは、誰にも壊させない。

左右を女房に支えられながら、安達景盛の妾が漁師小屋から出てきた。それを確かめた政子は、重い足取りで小屋に向かった。小屋の周りには何人もの警固役が周囲に目を光らせている。だが政子には一礼しただけで、黙って通した。

――それだけ母というのは信用されているのだ。

そんな皮肉を嚙み締めつつ、政子が小屋の中に声を掛けた。

「ご無礼仕《つかまつ》ります」

「あっ、母上ですね。お入り下さい」

政子が漁師小屋の蓆《むしろ》を引き上げると、頼家が胡坐《あぐら》をかき、酒を飲んでいた。その傍らにある笊《ざる》に載っていたはずの二つの結び飯は、跡形もなく消え失せていた。

それを見た瞬間、波のような絶望感が打ち寄せてきた。だが政子は平静を装って言った。

「こんなところで逢瀬をさせねばならず申し訳ありません。誰にも知られぬためには、こうするしかなかったのです」

「いえ、構いません。それにしても、あの弥九郎が妾を差し出すとは驚きました」

「将軍家の威光に逆らってもしょうがないと覚ったのでしょう。これからは弥九郎殿を大切に扱いなさい」

だが頼家に「これから」がないのは、政子が最もよく知っている。しかしこれまでの習慣は変えられず、どうしても先を見据えて何かを教えるような口調になってしまう。

「はい。もちろんです。考えてみれば弥九郎は、父の時代から側近く仕えてきた功臣です。もっと気を遣うべきでした」

頼家がしみじみと言う。

「母上、こちらにお座り下さい」

頼家に勧められるままに、政子は漁師小屋の土間から板敷に上がった。

「そなたにも、分別が出てきましたね」

「そう言っていただけるとうれしいです。最近のことですが、実は僧たちの話を聞き、勧められるままに漢籍を読んでいるうちに思うところがあり、もう少し真剣に政に取り組もうと思ったのです」

政子は肺腑《はいふ》を抉《えぐ》られるような衝撃を受けた。

「そ、それはよきことです」

「はい。これからは酒色を控え、心を入れ替えてよき将軍となります」

頼家の言葉が、どこまで本気だかは分からない。だが政子は動揺を隠しきれなかった。

「母上、これまでそれがしは比企一族の言葉ばかりを聞き、ほかの者たちの言葉に耳を貸しませんでした。しかしこれからは違います。誰を贔屓《ひいき》することなく、皆との融和を図っていくつもりです」

頼家の目は輝いていた。むろん妾を献上された高揚感もあるのだろう。だがそれ以上に、人として成長した気がする。

――人は成長するものなのだ。

その大事なことを、政子は忘れていたことに気づいた。

『易経』に「君子豹変」という言葉がある。「君子は日進月歩、日々に善く変化していく」という意味だが、頼家が「君子豹変」の過程にあるのは明らかだった。

――胃の中のものを吐かせるか。

一瞬、そんな思いがよぎったが、もしここですべてを告白してしまえば、北条家は頼家の憎悪の対象となり、千幡も含めて殺されることは間違いない。

「それがよろしいでしょう」

そう言い残すと、政子は震える手で笊を手に取った。

「母上の結び飯は実にうまい。二個とも平らげてしまいました」

「妾には上げなかったのですか」

「何度も食べろと言ったのですが、首を左右に振って食べませんでした」

妾には、結び飯には手を触れるなと伝えてあった。

「そうでしたか。では――」

政子が背を向けると、頼家が問うてきた。

「母上、実は此度、妾には手をつけておらぬのです」

「えっ、な、なぜですか」

「妾と話をしているうちに、弥九郎と強い絆で結ばれていると知りました。いくら将軍でも、それを引き裂くことはできません」

幼い頃、頼家は同年配の御家人の子弟たちとよく遊んだ。度々喧嘩もしたが、たいてい負けるのは頼家だった。ある時、頼家が大切にしていた武者人形を壊されたことがあった。ある御家人の子と取り合いになった末のことだった。

政子は頼家が泣き出すと思っていたが、頼家は黙々とそれを直し始めた。そして直し終わると、それを壊した子にやったのだ。頼家が相手の気持ちが分かる子に育ったと知った政子は、心からうれしかった。

「よくぞ申しました。これからは――」

政子が言い換える。

「それでこそ将軍家です」

「ありがとうございます。これからは皆の上に立つ者として、恥ずかしくない振る舞いをしていくつもりです」

「そうですね。それがよろしいでしょう。では、これにて――」

笊を手に取ると、政子は漁師小屋を出た。

外は相変わらず晴れていた。海面には日の光が降り注ぎ、空では大鷲が気持ちよさそうに飛んでいる。その悠然とした姿を眺めつつ、政子は自分の中で何かが死んだことに気づいた。

八

七月二十日、大江広元邸は壮絶な有様となっていた。頼家が突然苦しみ出したのだ。しかも気を失ったわけではなく、苦しみに堪えきれず、襖を破り、屏風を蹴倒し、暴れ回っているのだ。

——お願いだから、気を失って！

頼家の手足を押さえつつ、政子は心中絶叫した。

「く、ぐわー！」

白目を剝いた頼家は、叫び声を上げつつ口から嘔吐物《おうとぶつ》を噴出させた。だがすでに胃の腑が空っぽなためか、吐き出すのは泡状の胃液だけだ。それでも胃は激しく痙攣《けいれん》しているのか、のたうち回るようにして発作を繰り返している。

「万寿、しっかりするのです！」

「うう、苦しい。何とかしてくれ！」

頼家は激しく身悶え、政子や医家の袖を摑んでは助けを求めている。

この日、頼家が大江広元邸を訪れるのは以前から予定されており、政子も招待されていた。そして案に相違せず、頼家の具合が悪くなった。

「誰か助けてくれ！」

「ああ、万寿——」

「母上、苦しい。苦しいのです」

「万寿、堪えるのです」

「うう、うわー！」

頼家は身悶えしながら蒲団を這い出し、広縁まで転がり出た。庭に控えていた義時とその郎党たちが、頼家を抱えて蒲団に戻そうとする。

「母上、此奴《こやつ》らを遠ざけて下さい！」

比企一族がこのことを知る前に、政子は先手を打って義時とその郎党を呼び寄せていた。本来なら頼家の傍らから離れない比企一族だが、頼家は大江広元邸で倒れたので、広元の意向によって締め出すことに成功した。

つい先ほどまで、広元と比企の使者らしき者とのやりとりが表門の方から聞こえていたが、政子の意を汲んだ広元は、頑として比企の者どもを入れなかった。

「母上、比企の者らをお呼び下さい。く、くくぅ」

片手で胃の腑を押さえながら、頼家はもう一方の手で義時を指差す。

「此奴が、わしを殺そうとしている。あっちへ行け！」

真っ青な顔で義時を指す頼家の指先は、激しく震えていた。

「此奴は魔物の化身だ。父上の鎌倉府を乗っ取ろうとしておるのだ！」

「お静かに！」

義時が雑色に指示を出し、頼家を無理に蒲団に戻した。激しく体を揺すって抵抗した頼家だったが、突然全身を痙攣させると、血の塊を吐いた。

蒲団が見る間に朱に染まる。

――ああ、どうしたらよいの。いっそのこと早く死んで！

政子は涙を流しながら心中懇願した。だが若くて体力も人に勝る頼家は、気さえ失わない。

附子の毒は、その場で殺すのなら大量に仕込めばよい。だが後で効くようにするには、その量の調整が極めて難しい毒なのだ。

「ああ、苦しい。ぐ、ぐ、ぐわー！」

地獄の邪鬼もかくあらんという声を上げ、頼家が白目を剥いて昏倒した。

看護に当たっていた者たちは、血と嘔吐物にまみれながら肩で息をしている。それは政子も同じだった。

――ああ、可哀想な万寿。

いまだ唇をわななかせている頼家の額に触れると、凄まじい熱を発していた。もちろん汗もひどくかいている。

医家が言う。

「汗がこれほど出ているということは、よき兆しです」

政子はその言葉でわれに返り、義時を見た。

すでに広縁から庭に下りていた義時は、拝跪《はいき》しつつ医家の話を聞いている。

政子が医家に問う。

「何でこうなったのですか」

「単なる食あたりで、これほど苦しむことはありません」

医家には、毒の類が原因だと分かるのだろう。だが医家は、それをはっきり口にするのをためらっているようだ。

政子の視線に気づいたのか、義時と目が合った。だが義時は咎《とが》めるように政子をにらみつけただけで、再び顔を伏せて地面を見つめている。

――何を考えているのか。

その時、交代の女房たちがやってきた。先頭に立つのは妹の阿波局だ。

「姉上、後はお任せ下さい」

一瞬、その凄惨な有様に唖然としたものの、阿波局が落ち着いた口調で言った。

「分かりました。この場はお任せします」

政子は大きなため息をつくと、奥の間に引き取った。

湯浴みをして着替えた政子が、再び頼家の許に向かおうとした時だった。

「姉上」と呼ぶ声が庭から聞こえた。日もすっかり暮れていたため、義時が庭に控えているのに気づかなかったのだ。

「明日の夜、名越にて」

庭燎《にわび》に半身を照らされていた義時は、それだけ言うと、黒い闇の中に溶け込んでいった。

翌日、頼家は御所に移されたが、その苦しみは断続的に続き、地獄の底から湧き上がってくるかのような呻き声は、御所の外にまで聞こえていた。


翌日の夜、呼び出しを受けた政子が名越の時政邸を訪れると、またしても時政と義時が額を突き合わせていた。

「小四郎、これはどういうことです！」

「姉上、それがしは薬師ではありません。適量を誤ったようです」

「何と――、調べもせずに毒を仕込んだのですか」

「いいえ。高麗山《こまやま》の麓《ふもと》に住む高句麗《こうくり》人から聞きました。しかし将軍家は骨柄が立派で、体力もあるので、うまく効かなかったのでしょう」

「そ、そんな――、あの苦しみようをどうするのです！」

義時は返答のしようがないのか、無言のまま視線を落とした。それが政子を苛立たせる。

「あなたには、万寿の苦しみが分からないのですか！」

自らの息子が死ななかったことをなじっている己が、情けなくなってきた。

「それがしとて、苦しみなく亡くなってほしいと願っていました」

「それは本当ですか。まさか万寿を苦しませようと思っていたのではありますまいな」

「馬鹿馬鹿しい」

義時がうんざりしたように言う。

「そんな無駄なことを、それがしがしないのは、姉上が最もよく知っているはず」

「では、万寿の苦しみはいつまで続くのです！」

政子が思わず、義時の肩を摑む。

「分かりませんな」

「分からないとはどういうことですか！」

「分からんものは分からんのです！」

義時が政子の手を振り解く。

「もうよい！」と時政が怒声を発する。それでようやく冷静になった政子は、憤怒の形相で座に着いた。

義時が時政に報告する。

「昨日、庭に控えていたところ、医家が『汗がこれほど出ているということは、よき兆しです』

と申すので、別室に呼んで問い質《ただ》したところ、将軍家は快復の見込みがあるとのこと」

政子が口を挟む。

「万寿は命を長らえることができるのですか」

「そういうことです」

時政が渋い顔で言う。

「どうやら、そうなることも考えておかねばならぬな」

「ああ、万寿——。よかった」

義時が政子の言葉尻を捉える。

「姉上、もしも将軍家が快復したら、どうなるとお思いか」

それで初めて、政子もその後の展開に思いを馳せた。

——何と恐ろしいこと。

義時が眉間に皺を寄せて言う。

「将軍家は、まず誰かに毒を盛られたのではないかと疑うでしょう。次に思うのは、盛られたとしたら誰に盛られたかです。おそらく姉上に盛られたとは思わない。というよりも信じたくないはず。しかし、それしか考えられないとしたら——」

義時が政子に視線を据えて続ける。

「将軍家は、驚きと悲しみから気が狂ったようになるでしょう。そして御家人たちに、われら一族の追討を命じるはず」

ただでさえ比企氏の二分の一程度の兵力しか擁さない北条氏なのだ。頼家が追討を命じれば、事の是非などお構いなく、御家人たちは餓狼《がろう》と化して襲ってくるだろう。

「われらは滅び、姉上はどこかの山寺に幽閉されるでしょう。そして千幡は――」

「聞きたくありません！」

政子が両耳をふさぐ。

――ああ、千幡！

北条氏の庇護がなくなれば、頼家は千幡の命を奪うに違いない。千幡さえいなくなれば、ほかに頼朝と政子の息子はおらず、御家人たちは頼家を支持するしかなくなる。だいいち弟たちを殺して禍根を断つことは父の頼朝がやってきたことで、それを頼家が踏襲しても、御家人たちは文句の一つも言えないはずだ。

時政が嗄れ声で問う。

「殺せぬか」

「父上、将軍家はもう御所に移したのです。そうなれば雑色から女房まで、比企の手の者が目を光らせています」

「その者も含めて殺せぬか」

「そんなことをすれば、畠山重忠《はたけやましげただ》、小山朝政《おやまともまさ》、結城朝光といった武衛様股肱《ここう》の者どもが黙っていません。こちらに大義がなければ、源家一門の足利義氏《あしかがよしうじ》や新田義兼《よしかね》はもとより、和田義盛や三浦義村といった者どもも比企方となるでしょう。さすれば一転して糾弾されるのは、われらになります」

畠山重忠ら頼朝の手足となって戦ってきた御家人たちは、頼朝の遺児を守るという誓約を立てており、彼らが比企一族と手を組めば、北条氏などひとたまりもない。

「では、将軍家が快復することを念頭に置き、次なる策を練らねばならぬな」

義時が渋い顔で答える。

「しかし、われらに何ができるというのです」

さすがの義時も腕組みしたまま黙ってしまった。

――かくなる上は、騙し討ちしかない。

頼家が重篤なのは、もう比企方にも知れわたっているだろう。そうなれば比企方も、頼家の死後に不安を持っているはずだ。

――そこに付け込む余地がある。

政子が言う。

「鎌倉殿の座を一幡に譲りましょう」

一幡とは頼家の息子のことだ。

「何だと」と言って時政が目を剝く。

義時が冷笑を浮かべて言う。

「姉上、何を血迷うておるのですか。そんなことをしても毒を盛った贖罪《しょくざい》にはなりませぬぞ」

「そうではありません。万寿が人事不省のうちに、比企方と話をつけてしまうのです」

「仰せの謂《いい》がよく分かりませんが」

「よろしいか」

政子が声を潜めたので、二人が顔を寄せてきた。灯明の鈍い光が、二人の顔に深い陰影を刻む。

――まるで夜叉のよう。

だが政子の顔も、二人と変わらないだろう。

――私は自らの産んだ子を殺そうとしたのだ。夜叉にも劣る者なのだ。

政子は肚を決めた。

「比企判官（能員）としては、将軍家が没しても、滞りなく一幡へ将軍職が継承されれば文句はないはず。それゆえそこに付け込み、千幡の立場をはっきりさせるのです」

時政が顔をしかめる。

「どういうことだ。わしにはとんと分からん」

「つまり一幡を将軍職に就かせることを、こちらから提案し、比企殿がほっとした隙を突き、千幡への財産分与を持ち出すのです」

全成の死後、千幡の乳父の座には時政が就いていた。これにより時政は直接、千幡を後見できるようになった。つまり千幡の身の振り方を決められる立場にある。

義時がため息交じりに言う。

「姉上、わずかばかりの財産を譲ってもらっても、将軍職には一幡殿が就くのです。現将軍が快復するか、よしんばしなくても、先々比企殿は一幡殿を担ぎ、千幡殿と共にわれらを討つことになるでしょう」

「ですから討たれぬようにするのです」

「どうやって」

「千幡に西国を譲らせ、われらは本拠を西国に移すと言い、判官たちを油断させるのです。そしてその隙を突き――」

政子の話を聞いた二人は、啞然として顔を見合わせた。

九

大江広元邸で倒れた頼家は、翌日には御所内の自室に運び込まれたが、症状は一進一退を繰り返し、八月下旬には何度か危急（危篤）に陥った。そこで時政が「将軍家は快復の見込みがないので、次の将軍家を決めておこう」と提唱し、八月二十七日、宿老たちが一堂に会して評定が開かれた。

将軍が存命中にもかかわらず、将軍の意向を無視して、こうした評定が開かれるのは異例中の異例だが、事前に時政から比企能員に、「一幡殿の将軍職就任」を根回ししておいたので、能員も開催に反対しなかった。

この評定に政子は参加していないが、後に義時から聞いたところによると、日本国総守護職と関東二十八カ国の地頭職を六歳の一幡が、関西三十八カ国の地頭職を十二歳の千幡が継承するという線で話がついたという。

日本国総守護職は将軍職と同義であり、一幡が千幡の上に立つことを意味する。これに能員は満足したものの、「鎌倉殿の権力が東西に二分されるというのは、いかがなものか」と疑義を呈した。しかし時政は千幡の財産継承権を主張して譲らず、主張通りのものを獲得できた。

この時代、長子がすべてを相続することは少なく、父親が隠居すれば、次男以下にも所領が分配された。それによって血脈でつながる武士団が、いくつも形成されていった。

義時の分析によると、この時、時政が千幡の財産継承権を頑なに譲らなかったことが、逆に能員を安心させる材料になったという。つまり北条一族が、千幡を担いで西国に移るとでも思ったのだろう。

しかも長きにわたって支配を放置していた関西三十八カ国の地頭職には、実質が伴っていないので、能員としては「譲っても構わない」と思ったに違いない。

いずれにせよ能員は、次期将軍職を一幡に確定させるために、「国分け」という代償を払ったことになる。それでも頼家の母の政子がいる限り、その直孫にあたる一幡の地位は安泰だと思ったのだ。


時政の名越邸では、政子、時政、義時の三人が額を寄せて密談していた。

義時が苦い顔で言う。

「父上、将軍家が快復すれば『国分け』はなかったことになり、将軍家はあらゆる手を使って、われらを追い込んでいくでしょう。つまり将軍家が快復する前に、比企一族を滅ぼさねばなりません。万が一将軍家が快復しても、後ろ盾がなければ無力です」

政子が問う。

「比企一族を討伐すると言っても、いかなる大義を掲げるのですか」

頼家が快復する前に比企一族を討つというのは政子の発案だが、大義までは考えていない。

義時が答える。

「そんな時は、たいてい謀反の謀議を知ってしまったということにします」

政子が首を左右に振る。

「謀反と言っても、誰に対する謀反ですか」

「姉上に対するものです」

「将軍家が判官に私を殺せと命じたことにするのですか」

「そうです」

「そんな話は誰も信じません。だいいち比企屋敷で謀議が行われようと、われらは知る術がありません。手の者が聞いたと主張しても、そんな下賤の者の伝聞が大義になるわけがありません」

義時が答える。

「仰せの通りです。謀反の謀議を聞いたと主張できるのは、誰もがそれに疑義を差し挟まないほど、権威のある方しかおりません」

二人の視線が政子を捉える。

「何が言いたいのですか。私にそんな偽りを言わせるのですか」

「そうです」と言って義時が膝を詰める。

「判官は将軍家にお目通りしたいと申しております。それゆえ、それを叶えると告げ、姉上が判官を御所に案内します。それで将軍家と二人だけにするのです」

「しかし万寿は人事不省に陥っておるのですぞ。話などできないではありませんか」

「それでも構いません。二人にすれば謀議が行われたことになります。それを姉上が襖越しに聞いてしまったと言えばよいのです」

時政が口を挟む。

「さような子供だましで、御家人たちが比企討伐に賛同するだろうか」

「父上、御家人どもは餓狼と同じです。所領を多く持つ者が滅べば、その討伐に功のあった者に土地が下賜《かし》されます。要はわれらのような小国人が滅ぶより、比企一族のような大国人を寄ってたかって滅ぼした方がよいのです」

――何とあさましい。

今更ながら、御家人たちの欲望には辟易する。だが肥沃な西武蔵に広大な所領を持つ比企一族を滅ぼせば、多くの土地を餓狼たちに分け与えられる。

時政が渋い顔で言う。

「謀反の大義はそれでできたとしても、力と力のぶつかり合いでは、どうなるか分からん。縁戚関係や過去の恩義で比企方に来援する御家人も出てくるだろう。確実に勝つ方法を考えておかねばならんぞ」

腕組みし口を閉ざした義時を見て、政子が口を開く。

「確実に勝つ方法が一つだけあります」

政子の言葉に、時政の金壺眼《かなつぼまなこ》が光る。

「どのような策だ」

「蛇は頭を切っても、しばらくは生きています。しかしやがて死を迎えます」

「そうか！」と言って義時が膝を叩く。

「姉上、判官だけをどこかに誘い出して殺すというのですね」

時政が苦笑いを漏らす。

「判官も馬鹿ではない。そんな誘いに乗るはずがあるまい」

それでも政子には勝算があった。

「病平癒の薬師如来を新たに造らせ、その開眼供養《かいげんくよう》を行うので来てほしいと告げたらいかがか」

義時の目が光る。

「それはいい。今なら判官も安心してやってきましょう」

時政と能員の間は「国分け」によって妥協が成立し、表向きは両者が衝突する理由はなくなっていた。しかも一幡に将軍職継承が決まった今、比企能員は油断しているに違いない。

「呼ぶとしたら、ここか」

ここことは時政の名越邸を指す。

「それがよろしいかと」

二人がうなずいたが、時政は渋い顔のままだ。

「だが一族をぞろぞろ連れてこられても困る」

「父上と判官だけで開眼供養を行うと告げればよいでしょう。われらも参りません」

「それでも用心して来ないだろう」

政子が口を挟む。

「『詳しく国分けの談議をしたい』と伝えれば、必ずや来るでしょう」

八月二十七日に決まった「国分け」は大雑把なものだったので、あらためて細部を詰めねばならない。そのために時政と能員が談議するのは、当然のことだった。

時政が二人に問う。

「だが判官は年老いて衰えたとはいえ、かつては弓箭《きゅうせん》も太刀打ちも手練《てだ》れとして鳴らした男。わが郎従では歯が立たぬやもしれん」

「それなら、こちらも手練れを手配せねばなりませんな」

「心当たりはあるのか」

義時がうなずく。

「ちょうどよい者がおります。その男を脅して判官を討たせます」

時政が下膨れした頰を震わせるようにして問う。

「もはや、それしか道はないのだな」

「お待ち下さい」と政子が二人を制する。

「判官を殺した後、私が比企一族の謀反を明らかにし、父上たちはそれを理由に御家人たちを募り、比企屋敷に攻め寄せるのですね」

「その通りだ」

と言って時政がうなずく。

「では、一幡をどうするのです」

二人が顔を見合わせたので、政子が強く言った。

「私の出す条件は一つだけ。一幡の身を保護して下さい。一幡には出家させます」

「姉上、それは約束しかねます。われらがそうしたくとも、比企一族が一幡殿を殺すことも考えられます」

「では、判官殿を害する日、私が孫の顔を見たいと言って、大倉屋敷に一幡を呼びます」

「そんなことをすれば、判官は疑ってここに来ません。一幡殿だけ助けようとしているのは明白ではありませんか」

「それでは比企屋敷を囲んだ後、比企方に一幡を引き渡すよう告げます」

「しかし、政子――」

時政が口を挟む。

「孫の一幡が可愛いのは分かる。だが後々の火種にならないか。われらが生きているうちならまだしも、三人が死せば、誰かに指嗾《しそう》され、将軍となった千幡を討ち、自らが将軍位に就こうとするやもしれぬぞ」

「父上、先のことは誰にも分かりません。さような理由で一幡を殺すなど、あまりに哀れではありませんか」

「姉上」と義時がなだめるように言う。

「姉上の望み通りにいたしましょう。しかし約束はできかねます」

「もちろんです。比企方が引き渡さねば、それまでです。しかし万寿の死がはっきりしない限り、必ずや引き渡してくるでしょう」

比企一族としては、自分たちは潰えても頼家が生きている限り、一幡が次期将軍に就ける可能性は残る。つまり頼家と一幡に復讐を託したいに違いない。

「小四郎、必ずそうするのですぞ」

「承知しました」

「よし、これで決まった。いよいよ大勝負だ」

時政が眉宇《びう》を引き締めた。

十

政子が大倉屋敷で報告を待っていると、広縁を大股で渡ってくる足音が聞こえてきた。

「姉上、小四郎です」

「入りなさい」

「ご無礼仕《つかまつ》る」

胴丸を着けたまま参上した義時の顔は、勝利の余韻からか紅潮していた。

「すでに使者が入り、成否の如何《いかん》は聞いております。経緯を詳しくお聞かせ下さい」

「はい。われらの思惑通り、事は首尾よく運びました。それもこれも昨日、姉上が判官を御所に呼び、将軍家と二人にしたおかげです」

義時が白い歯を見せる。

九月一日、政子が能員を頼家の寝室に案内し、形ばかりに二人を面談させた。むろんそこで会話などなかったが、政子は襖越しに二人の会話を盗み聞きしたことにした。

そして翌二日、時政は能員を自邸に誘った。能員は平礼烏帽子《ひれえぼし》、白い水干《すいかん》、葛袴《くずばかま》という平装で、郎従二人と雑色五人だけを連れてきた。

邸内に入った能員が、建物の中に入ろうとした時だった。庭に隠れていた仁田《にった》（新田）忠常と天野《あまの》遠景《とおかげ》が飛び出し、有無を言わさず能員を討ち取った。

二人とも伊豆の国人だが、遠景は時政とは古くからの朋友で、すでに齢は六十を超える。この時は直接手を下さず、検使役だった。

一方、直接手を下したのは、太刀打ちの名人として名を馳せる仁田忠常だった。忠常は頼家と親しく、能員と共に一幡の乳父になっていた。それゆえ義時は、同じ乳父の能員を忠常に殺させることで、北条氏への忠節を誓わせようとしたのだ。

この時、能員の供回りも襲われた。だが雑色一人が脱出し、四半里ほど西北の比企ガ谷《やつ》にある比企屋敷に走り戻って変事を告げた。

これを聞いた能員の息子たちは屋敷に立て籠もり、防戦の支度を始めた。

一方、政子は在鎌倉の御家人たちを集めると、比企能員の謀反を伝えて追討軍を派遣した。すでに内々には比企氏追討の支度はできており、義時・泰時《やすとき》父子、和田義盛、小山朝政、三浦義村、畠山重忠らが馬首をそろえて比企屋敷に押し寄せた。しかし比企方の抵抗は凄まじく、未《ひつじ》の三刻（午後二時半頃）に始まった戦いは、申《さる》の刻（午後四時頃）まで続き、最後は比企方が自邸に火を放ち、一族郎党残らず自害して果てた。

かつて頼朝の乳母の比企尼とその夫の比企掃部允《かもんのじょう》は、頼朝の不遇時代、平家の圧力に屈せず、精神的にも金銭的にも頼朝を支え続けた。その二人の係累すべてが、この一戦で死を遂げたのだ。

「ようやく終わったのですね」

「はい。将軍家の側近たちも捕らえたので、これで鎌倉に平穏が訪れます」

此度の混乱に紛れて、義時は小笠原長経《おがさわらながつね》、中野能成《なかのよしなり》、細野兵衛尉《ひょうえのじょう》といった頼家の側近を捕らえていた。むろん彼らは後に斬首される。

「それで、一幡はどこにおるのですか」

義時は何も言わない。

「ま、まさか――、一幡はどこにおる！」

義時が無言で懐《ふところ》から何かを取り出した。それは焼け焦げた何かの断片だった。

「それは何ですか」

義時が無言でそれを政子の方に押しやる。手に取ると、それには菊枝《きくえだ》の紋様が描かれていた。

「この小袖の断片は一幡のものでは――。ああっ！」

政子の脳裏に、その染付《そめつけ》の小袖を着て、嬉々として走り回っていた一幡の姿が浮かんだ。

「そなたは――、そなたは一幡を助け出せなかったのですか！」

「はい。無念ながら比企の者に殺されたようです」

「そ、そんな――」

政子がその場に片膝をつく。お付きの女房たちが支えようとしたが、政子はその手を振り払って立ち上がった。

「それは真《まこと》ですか！」

「はい。一幡殿を救えなかったのは慙愧《ざんき》に堪えません」

その時だった。「御免！」という声が庭から聞こえると、甲冑姿の武士が現れた。その甲冑は薄汚れ、最前線で戦ってきたと一目で分かる。

二人が啞然とする中、武士がゆっくりと兜《かぶと》を脱いだ。

「これは――、畠山殿ではないか！」

「畠山次郎《じろう》、参上仕った！」

重忠は時政の娘の一人、つまり政子の妹の一人を正室に迎えており、かつての阿野全成同様、北条家中では一族に準じる扱いを受けていた。だが重忠はその清廉潔白な性格から、あえて北条一族と距離を取っていた。

拝跪して政子に挨拶する重忠を見て、義時がたしなめる。

「畠山殿、無礼ではないか。尼御台様に用があれば、それがしが取り次ぐ」

「これはしたり。義兄上《あにうえ》は取次役でござったか」

重忠は皮肉のつもりか、義時のことを義兄上と呼んだ。重忠は長寛《ちょうかん》二年（一一六四）生まれの四十歳。義時より一歳年下なので、義兄上と呼んでもおかしくはない。だが、これまでは「小四郎殿」と呼んでいたので、皮肉にしか聞こえない。

「そうではないが、尼御台様は、この件にかかわっておらぬゆえ――」

「ほほう。それにしては、義兄上が真っ先に注進に駆けつけるとは妙ですな」

「何が言いたい」

「言いたいことは一つだけだ」

「何だと――」

義時の顔色が変わる。

「尼御台様、これから見苦しきものをお目に掛けねばなりませぬが、よろしいですか」

「何なりとお持ち下さい」

重忠が背後に合図すると、三方の上に載せられた首が運び込まれてきた。

その首の主は、政子もよく知る者だった。

「義兄上、この首が誰かはお分かりですかな」

「万年《まんねん》――、万年右馬允《うまのじょう》のものだ」

「その万年とやらは、義兄上の郎従ではありませんか」

「そうだが――」

「尼御台様、それがしは尼御台様から謀反人討伐の命を受け、比企一族を討ちました。戦が終わって帰途に就いていると、この万年なる者が、竹藪の中から出合い頭に現れました。『何をやっておる』と問い質すと、比企方の落武者を狩っておるとのこと。その時、その雑色がぶら下げていた首が、やけに小さいのです」

もちろん首は白布に包まれている。

「それがしが『それは何だ』と問うと、万年は『落武者の首だ』と言い張ります。それで『見せろ』と言うと万年が逃げ出しました。それゆえ何かあると思い、捕まえてその首を奪い、白布を外すと――」

重忠が嗚咽する。

「その小さな首は一幡様だったのです」

「ああー！」

あまりのことに、政子が絶叫を残してくずおれる。

「一幡様の首をこれへ！」

重忠の命に応じ、真新しい白木の箱が運ばれてきた。

「尼御台様、ご覧になられますか」

「も、もちろんです」

政子は履物も履かずに庭に飛び降りると、箱の前に膝をついた。

重忠がゆっくりと紐を解き、中のものを見せた。

「ああ、一幡！」

政子が箱ごと首を抱き締めた。

「痛かったでしょう。辛かったでしょう」

自分でもこれほど声が出るかと思うほど、政子は泣き声を上げた。

それを聞きつつ、重忠が義時を糾弾する。

「小四郎殿、そなたはわれらを騙して比企一族を討たせ、一幡様が逃げたと知り、密かに郎党どもに追わせたのだろう」

義時が胸を張って言い返す。

「畠山殿、尼御台様が『比企一族の謀反』を告げた時から、正当性はわれらにある。われらは謀反人を討っただけ」

重忠が声を荒らげる。

「何が謀反か。たとえ判官らがそなたらを討つ密談をしていようが、それは謀反ではない」

「いや、尼御台様への謀反になる」

「将軍家と判官が、尼御台様まで討つとは語り合っておらぬはず」

「そんなことはない。尼御台様ご本人が己も討たれると聞いておる」

「そんなはずはあるまい！」

この時、政子は自分も陰謀に加担していることを思い出した。

重忠が涙声で問う。

「尼御台様、密談は本当ですか。将軍家と判官が密談し、尼御台様まで討つと申したのですか」

もはや偽りの泥沼に、政子は胸までつかっていた。嘘というのは些細なものでも、それを糊塗《こと》しようと第二第三の嘘をついていくうちに、次第に大きなものとなっていき、逃れられないものとなる。それをこの時、政子はまざまざと思い知った。

――一幡、ごめんなさい。

政子は心中で一幡の首に詫びると、確かな声音で言った。

「聞きました」

「尼御台様、それは本当ですか」

「間違いありません」

肩を落とす重忠に、義時が冷たい声で告げる。

「これで、われらに正当性があると分かっただろう」

「何を申すか。たとえそれが事実であっても、尼御台様は一幡様を殺せとは命じておらぬはず」

重忠が確信を持って言ったので、義時が言葉に詰まる。

――ここで助け船を出さなければ、小四郎は孤立する。

そうなれば重忠は、小山や結城といった頼朝恩顧の者どもと語らい、義時を追い詰めるだろう。

――もはや嘘を通すしかないのだ。

政子が厳かに言った。

「私が命じました」

「ま、まさか。尼御台様が一幡様を殺せと命じたのですか！」

「そうです」

啞然として政子を見ていた義時が言う。

「畠山殿、聞いた通りだ。此度の畠山殿の働きには、わしも瞠目《どうもく》させられた。万年が殺されたことも忘れよう。それゆえこの件は、なかったことにしないか」

――さすが、わが弟。

義時は重忠が不利になったのを機に、すべてを不問に付し、これまで通りに付き合おうというのだ。もちろん御家人の中で最有力者の一人であり、また人望人徳にも秀でた重忠を敵に回す愚を、義時は心得ているのだ。

「分かった。わしの誤解だった。万年を殺したのは、お詫び申し上げる」

「もう終わったことだ。万年の妻子眷属《けんぞく》には討ち死にしたことにし、わしから報いる。それゆえ互いに水に流そう」

「ありがたい。尼御台様――」

重忠が政子に向かって平伏する。

「ご無礼の段、ご容赦下され」

「分かりました。此度もそなたが功第一と聞く。必ず報いるので論功行賞を待つのですぞ」

「はっ、ははあ」

重忠が郎党を率いて去っていった。それを確かめた後、政子が怒りを抑えて言った。

「小四郎、これはいかなることか！」

「たった今、お話しした通りです」

「そなたは、私にさようなことを言わせたのですぞ」

「姉上、もはや、われらは道を引き返せないのです」

「たとえそうであっても、一幡の命まで奪う必要はないはず！」

義時がため息交じりに首を振る。

「それは違います。あの時、父上も仰せになったように、一幡殿は将来の禍根につながります。姉上は一幡殿と千幡殿が分かれて戦っても構わぬのですか」

「それは誰にも分かりません」

「しかし姉上、もはや何を言っても遅いのです。一幡殿は首となりました」

一幡の首の入った白木の箱を、政子が愛おしそうに抱く。

「そなたは私に偽りを申しました。本来なら縁を切るところですが、鎌倉府のため、それは堪えます。ただし――」

政子が強い声音で念押しする。

「万寿には息子がほかに三人います。そなたは、その三人も殺すつもりでしょう」

頼家は長子の一幡を家督継承者とし、次男の善哉《ぜんざい》（後の公暁《くぎょう》）、三男の千寿丸《せんじゅまる》（後の栄実《えいじつ》）、幼名不明の四男（後の禅暁《ぜんぎょう》）の三人の息子が残っていた。三人は一幡の異母弟となるので、比企一族の血は流れていない。だが歴とした頼家の息子たちなので、将来的に禍根となるかもしれない。

しかも厄介なことに、嫡男は一幡ではなく公暁なのだ。というのも、公暁の母・賀茂重長《かもしげなが》の娘は、頼朝の叔父にあたる源為朝《ためとも》の孫娘だった。父の重長が平家との戦いで討ち死にを遂げたため、頼朝は残された娘を引き取り、頼家に嫁がせた。

頼朝生前の構想では、比企能員の娘よりも血筋と家格ではるか上を行く賀茂重長の娘を頼家の正室とし、その産む男児を頼家の嫡子に据えるというものだった。

「小四郎、どうしたのです。そのつもりだったのでしょう」

義時は何も言わない。それが答えなのだ。

「分かりました。もしもそなたが三人に手を出すようなら、すべてを明らかにし、姉弟の縁を切ります」

「しかし姉上――」

「それだけではありません。御家人たちに北条氏の追討令を出します。私は女子《おなご》の身ですが、初代将軍家の正室です。そのことをお忘れなきよう」

鎌倉府において、「お袋様」と慕われる政子の威光は、かつての頼朝のものを加え、絶大なものになっていた。

「姉上は意にそぐわないことがあれば、実家をも滅ぼすと仰せですか」

「そのつもりです」

政子が決然として言い切る。

「分かりました。肝に銘じておきます」

まだ何か言いたそうだったが、義時は不承不承うなずいた。

「これから策謀をめぐらす際は、私にすべて打ち明けてからにしなさい」

「そのお覚悟がおありなのですね」

「もはや私は、父上とそなたと一蓮托生です」

「では禍根を残さぬよう、前将軍家の三人の息子の命を絶ちます」

だが政子は、そこまでしたくはない。

「それだけは許しません」

「将軍となり得る者を残しておくと、先々の禍根となりますぞ」

「構いません」

「後で何が起ころうと知りませぬぞ」

そう言い捨てると、義時は去っていった。

その場に残された政子は、一幡の首を抱き、茫然と佇んでいた。

晩秋の風が吹き始めた庭には、女房たちのすすり泣きだけが聞こえていた。

十一

頼家が目を開けた。だが焦点が合っていないのか、目をしばたたかせている。

「お目覚めですか」

「ああ、母上——」

「お体の具合はどうですか」

「あっ」と言って頼家が周囲を見回す。自分の置かれている状況を思い出したのだ。

「そういえば、もう吐き気もせず、腹も痛みません」

「医家によると、病は峠を越えたとのことです」

頼家の顔に安堵の色が広がる。

「それがしは命を取り留めたのですね」

「そうです。そなたは病を克服したのです」

すでに二、三日前、頼家が快復することは医家から告げられていたので驚きはしなかったが、これから真実を告げねばならないと思うと、気が重くなる。

「それがしは、いつから苦しんでいたのですか」

「七月下旬頃ではありませんか」

「今日は何日ですか」

「九月五日です」

「随分と長く生死の境をさまよっていたのですね。でも待てよ――」

頼家が過去を思い出そうとする。

「今は何も考えず、お休みなさい」

「そうか。確かそれがしは大江屋敷で倒れましたね」

頼家の記憶は曖昧ではなかった。背筋に白刃を突き付けられたような衝撃が走る。

「そうでした。でも今はお休みなさい」

「あれは、確か七月二十日の宴に招待された時のことでした」

「よく覚えていませんが――」

「そうです。間違いありません。大江屋敷に着いた早々、激しい悪寒と吐き気が襲ってきて、身が張り裂けんばかりになりました。前の日に食べたものでも悪かったのかと思ったのを覚えています。前日はどこで何をしていたか――」

頼家が記憶を探るように首をかしげる。

「詮索は後にして、今は眠るのです」

「そうだ、あの前日は漁師たちの小さな祭りがあり、それがしが行くと漁師たちは喜び、魚の刺身を出してくれました」

政子が活路を見出した。

「そうでしたね。その中に河豚《ふぐ》が交じっていたのかもしれません」

「そうか。きっとそうです。でも、あの日は安達景盛の妾に会うので、刺身はあまり食べなかったように思います。それで腹が減ったので――」

政子が慌てて話を戻す。

「河豚の毒は強いといいます。一切れでも毒が付着していると、死に至ることもあるとか」

「そうなのですか。もしそれが本当なら、漁師どもを罰せねばなりませぬな」

頼家の顔に英気が漲《みなぎ》る。元の頼家に戻りつつあるのだ。

「漁師たちのことは私に任せて、今はお休みなさい。必ず糾明します」

「いや、あの日は――、やはりそれ以外ありません。あの日ほかに食べたものは、母上の結び飯だけですから、やはり漁師たちの仕業だ。母上、これは過失でなく誰かの意を含んで、それがしを毒殺しようとしたのかもしれませぬ」

「糾明は母にお任せなさい」

頼家が首を左右に振る。

「いや、この仕事は比企判官に命じます」

その言葉が政子の胸を抉る。

――どうせいつかは知れること。それなら万寿の体が万全でないうちがよい。

体調が快復してからこの話を聞けば、頼家は半狂乱になって暴れ出すかもしれない。

「万寿、心して聞きなさい」

「何ですか。あらたまって」

「実は、比企判官は、もはやこの世の人ではないのです」

「えっ、それがしが人事不省に陥っている間に、判官が死去したのですか」

「そうです。詳しくは後で話します。それゆえ今は、何もかも忘れてお休みなさい」

「いや、今話して下さい。いったい判官の身に何が起こったのです！」

――もはやすべて話すしかないのか。

政子は覚悟を決めた。

「では、お話しします」

政子がここに至るまでの経緯を話し始めると、頼家の顔がみるみる驚きに包まれていく。

「ということは、比企一族が謀反を働いたと――」

「そうです」

「それで、比企一族はどうなったのです！」

頼家の顔が幽鬼のように引きつる。

「そろって冥府に旅立ちました」

「で、では、わが室の若狭局《わかさのつぼね》はどうしたのです！」

「自害なされました」

「ええっ！　では一幡は、一幡はどこにおる！」

「一幡も母の胸に抱かれて冥府への道を歩んでおります」

「そんなことが信じられますか！」

頼家が上半身を起こす。すべての毛が逆立ち、顔は幽鬼のように白くなり、青黒い隈に縁取られた目だけが爛々《らんらん》と輝いている。

「お待ちなさい。あなたは、まだ万全な体ではありません」

頼家は立ち上がろうとして転倒した。足腰が弱っているのだ。

「誰かある！」

政子の命に応じ、控えの間から女房と雑色が飛び出してきて頼家を押さえた。本来なら振り払えるだけの膂力《りょりょく》のある頼家だが、病み上がりで力が入らないのか、容易に押さえ込まれた。

「母上！」

頼家が政子の袖にすがる。

「今のお言葉は戯《ざ》れ言《ごと》ですな。いや、きっとそうだ。それがしを戒《いまし》めるために、戯れ言を仰せになったに違いない」

「いいえ。本当のことです」

「嘘だ！」

頼家が周りにいる者たちを見回す。だが誰一人として視線を合わせず、口を開かない。

「嘘だろう。嘘だと言ってくれ！」

「お静まりなされよ。すべては終わったのです」

「ああ、母上！」

「そなたが騒げば騒ぐだけ、冥府への旅を続ける比企の人々の心も乱れます。今は、かの者たちを心静かに見送りましょう」

　頼家が声を絞り出す。

「でも判官が、それがしに謀反を働くなどありえません」

「そなたではなく、私にです」

「えっ、母上に対してですか。それを謀反と呼ぶにしても、どこに証拠があるのです！」

　政子が言葉に詰まる。

「母上、真のことを教えて下さい」

「私が聞いたのです」

「何をですか」

「判官が病に苦しむそなたに会いたいと申すので、二人にしました。その時、判官が私と北条一族を討ちたいと、そなたに申したではありませんか」

　次第に追い込まれていくのが、政子にも分かる。

　――だが、この場は押し切らねば。

「えっ、何のことですか。それがしは病に伏してから、判官と会った記憶などありません」

「ですから、それが病というものなのです」

「それはおかしい！」

　青白くなった唇を震わせながら、頼家が続ける。

「物事を整理してみます。まずひどい食あたりで、それがしが人事不省に陥る。その後しばらくして判官がここにやってきて、母上と北条一族を討つ謀議をする。その時だけ、なぜかそれがしは苦しんでもおらず、正気を取り戻していた。それを襖越しに聞いてしまった母上が遠州《えんしゅう》（時政）に命じて判官を謀殺し、さらに御家人たちに比企一族を討たせたというのですか。あまりに都合がよい話だ。だいいち、どうしてそれがしが母上を殺せと命じるのですか！」

頼家の顔色がみるみる変わっていく。

「私は確かにそう聞いたのです」

「そんな馬鹿な。これほどおかしな話はない」

「でも、それが事実なのです」

「いや、やはりおかしい。一幡を殺し、比企一族を滅ぼして最も益があるのは、北条の者どもではありませんか！」

政子は返事をしない。

「もしや遠州と小四郎が策謀をめぐらし、それに母上も巻き込み――」

「想像をめぐらすのはおやめなさい」

「そういうことか。分かってきたぞ」

頼家は怒りに顔を歪ませると、傍らに控える雑色に命じた。

「和田義盛を呼べ」

こうした場合、鎌倉幕府の軍事と警察機関を統括する侍所別当の和田義盛を呼ぶのが正式の手順となる。

「残念ながら、そなたにその権限はありません」

「何と――。それがしは将軍ですぞ」

「今のそなたは、将軍ではありません」

「はあ」

頼家があんぐりと口を開ける。

「それは戯れ言ですか。それがしは、誰にも将軍職を譲ってはおりませぬぞ」

政子が威儀を正すと言った。

「そなたが人事不省に陥っている間に、宿老たちの合議によって、そなたは将軍職を解任させられたのです」

「何を馬鹿なことを。それがしは病に臥せっていただけで生きていたのですぞ。それを勝手に解任などできるはずがありません」

頼家の顔が朱に染まる。

「そなたが危篤となったので、早急に次の将軍を決めておこうとなったのです」

「では、いったい誰が将軍になるのです」

「当初は一幡でした」

「しかし一幡は殺されたのですよね」

「そうです。比企一族と運命を共にしました」

「ということは――」

「次期将軍は、そなたの弟の千幡に決まりました」

「ええっ！」

頼家が大きく目を見開く。

「そなたは、ゆっくりお休みなさい」

次の瞬間、政子は頼家が暴れ出すと思った。だが頼家は穏やかな口調で言った。

「すべてのからくりは分かりました。もはや何も申すことはありません」

「そうです。何もかも忘れて眠るのです。後は母がよきよう取り計らいます」

頼家が目を閉じた。やがて静かな寝息が聞こえてきた。

まだ修羅場が続くと思っていた政子は拍子抜けしたが、頼家が早くもあきらめの境地に達したものと思い、その場を後にした。


だがその夜、頼家は何らかの手を使って、取り巻きの一人だった堀藤次《ほりとうじ》親家《ちかいえ》を呼び出し、和田義盛と仁田忠常への密書を託した。内容が「北条氏追討」なのは言うまでもない。

まず義盛邸を訪れた親家は密書を義盛に渡したが、それを読んだ義盛は、躊躇せずそれを時政に送った。比企氏という後ろ盾を失った頼家を早々に見限ったのだ。その後、親家は仁田邸の近くで捕らえられた。

たとえ仁田忠常に密書が届いていたとしても、比企能員を自らの手で殺した忠常が、頼家に味方するわけがない。頼家はそんなことさえ知らなかったのだ。

だがこの些細な擦れ違いが、次なる悲劇を生むことになる。

十二

政子の住む大倉屋敷にやってきた義時が、威儀を正して頭を下げた。

「大任を果たしていただき、心から御礼申し上げます」

「それが私に託された使命ですから」

政子の皮肉に、義時がわずかに笑う。

「しかしこれで、姉上も前将軍家から疑いの目を向けられますね」

「そうです。私は息子からも疑われるようになったのです」

——それがどれだけ悲しいことか、小四郎には分かるまい。

だが頼家を捨てて鎌倉幕府を守ることを選択したからには、致し方ないことなのだ。

「前将軍家がいかなる手を使って堀藤次を呼び出したのかは分かりませんが、二度とさようなことがないよう、前将軍家の仰臥《ぎょうが》する部屋の四辺に、わが郎従を配置しました」

頼家は、庭に面した自室から四辺を襖に囲まれた部屋へと移されていた。つまり外部との連絡を遮断されたことになる。

「和田殿は、前将軍家の密書を父上に提出したと聞きましたが」

「はい。さすが和田殿です。『武辺《ぶへん》者ほど風向きを知る』と言って父上は笑っておりました」

これにより、鎌倉近辺の御家人で三浦一族と同等かそれ以上の勢力を誇る和田一族が、時政に膝を屈したことになる。

政子は立ち上がると広縁に出た。目の前に広がる庭は秋の装いをまとい、紅葉の地敷《じしき》が広がっている。

——盛時《せいじ》はいかに華やかでも、秋になれば木々の葉は朱に染まって地に落ち、やがて土と化していく。それは人も同じだ。

紅葉した木々の彼方に、夕日に染まった空が広がっていた。それを眺めながら、政子は頼家の絶望を思った。

——だが万寿が将軍のままでは、佐殿と私が作った武士の府は終わる。これでよかったのだ。

そう言い聞かせた政子は、庭を見ながら問うた。

「それで仁田殿は、どうなされたのですか」

「仁田四郎（忠常）の許に密書が届けられる前に堀藤次を捕まえたので、仁田四郎は密書のことは全く知りません。それでも不安なので、論功行賞を行うと言って父上の許に仁田四郎を呼び出し、今頃は父上から『何があっても前将軍家の言うことを聞いてはならぬ』と言い含められておるはず」

「そうでしたか。それなら安心です」

「いずれにせよ、仁田四郎ほどのお気に入りが前将軍家から離反したことで、ほかに親しくしていた者たちも震えあがっている有様。もはや前将軍家が復位する手立ては残されていません」

義時の笑い声が庭に響いた時だった。突然、表口の方が騒がしくなると、庭に矢が立て続けに射込まれた。そのうちの一本が、政子の立つ場所から二間（約三メートル六十センチ）ほど先の縁先に刺さった。控えていた女房たちが悲鳴を上げる。

「危ない！」

広縁で茫然とする政子を義時が抱き止め、室内へと導いた。

「何事です！」

「分かりませんが、何者かが討ち入ってきたのでしょう」

「いったい誰が——」

「姉上はここにいて下さい。それがしは様子を見てきます」

そう言い残すと、義時は表口の方に駆け去った。

女房たちと身を寄せ合っていると、誰かの足音が近づいてきた。

「小四郎殿の使いです。女子衆《おなごし》はすぐに水仕所《みずしどころ》（台所）に隠れて下さい！」

義時の郎従が叫ぶ。

事態は切迫していた。すでに怒鳴り声と白刃のぶつかり合う音が、近くで聞こえてきている。

政子の屋敷には兵がいないため、戦闘能力があるのは、義時が供回りとして連れてきた郎従と雑色数名だけだ。

政子が女房たちを促して水仕所に向かう。その間も表の方から、怒号と絶叫そして人が走り回る音が聞こえてくる。

「皆、急いで！」

水仕所は屋敷の北側に隣接しており、最も安全と思われた。

その時、誰かが走り来る音が聞こえたので、先ほどの郎従が迎撃に向かった。次の瞬間、かなり近くでやり合う声が聞こえた。刀槍《とうそう》のぶつかり合う音がすると、人が倒れる気配がした。

――倒れたのは敵か味方か。

そう思う間もなく、一人の武士が水仕所に駆け込んできた。先ほどの郎従とは違うので、明らかに敵だ。

女房たちが悲鳴を上げる。

「そなたは何者です！」

「こ、これは――」

政子を認めたその武士は、その場に拝跪した。

「尼御台様、ご無礼仕りました。それがしは仁田六郎忠時《ろくろうただとき》に候！」

「いったい何の騒ぎですか！」

「わが兄の四郎忠常が遠州に殺されたと聞き、その恨みを晴らさんと兄五郎《ごろう》（実名不詳）と共に討ち入りました。われらが狙うのは小四郎の首だけ！」

「何と――、忠常は名越におると聞いている」

「はい。存じ上げております。しかし殺されたとなれば、遠州は防備を固めておるはず。それなら小四郎を討ち取ろうとなり、その行方を捜したところ、尼御台様の許に伺候《しこう》していると突き止めました」

「しかし、忠常が殺されたというのは確かなのか」

「えっ――」

忠時の顔に不安の色が走る。

「もしやそなたらは、たいへんな誤解をしておるのではないか」

「誤解などと仰せになられても、今更――」

その時、母屋の方から数人の武士が駆けつけてきた。

「姉上、ご無事か！」

義時が忠時を認める。

「あっ、賊がおったぞ。皆で打ち掛かれ！」

瞬く間に忠時が囲まれる。

「それがしにお任せあれ！」

そう言うと一人の武士が進み出た。太刀打ち自慢の波多野《はたの》次郎忠綱《ただつな》だ。忠綱がいるということは、近所にいた御家人たちが駆けつけてきたに違いない。

「これぞ、よき敵！」

胸まで伸びる美髯《びぜん》を振り乱し、忠綱が忠時に打ち掛かる。狭い場所での近接戦なので、義時たちは助太刀できないでいる。

幾重にも積まれていた膳や盥《たらい》が崩され、けたたましい音がしたので、女房たちが悲鳴を上げる。二人は打ち合いながら土間に下り、その間に政子たちは、義時らの背後に逃れることができた。

土間に出ると、背丈に勝る忠綱が忠時を圧倒し始めた。忠時はすでに疲労しており、忠綱の敵ではない。瞬く間に追い込まれ、「無念！」の一言を残して倒れた。その脾腹《ひばら》深くに白刃が突き刺さっている。

「波多野次郎、賊を討ち取ったり！」

太刀を抜いた忠綱が、それを掲げて雄叫びを上げる。すでに戦いは終わったが、それに驚いた女房たちが、またしても悲鳴を上げた。

「でかしたぞ！」

義時が走り寄り、忠時の死を確かめた。

「間違いない。仁田六郎だ。でも、なぜ五郎と六郎が――」

「どうやら誤解のようです」

政子が先ほどのやりとりを伝える。

「何と愚かな――」

「五郎殿は討ち取ったのですか」

「はい。すでに庭で討ち取りました」

「では、四郎殿は――」

義時が天を仰いだその時だった。再び外が騒がしくなったので、義時たちが走り去った。むろん義時は気が回るので、政子たちの警固役として郎党を二人ほど置いていった。

すでに外には御家人たちが集まっているらしく、政子たちの身に危険はないが、馬のいななきや人の怒号が錯綜し、女房たちは一所に集まって身を縮めている。

やがて義時が戻ってきた。

「四郎忠常でした」

「何と――」

「弟たちの軽挙を嘆き、それを抑えようとここに入ろうとしたのですが、御家人たちに押しとどめられ、もみ合っているうちに斬り合いとなって、加藤次《かとうじ》（景廉《かげかど》）に討ち取られました」

「ということは、三兄弟すべてが誤解から死んだのですか」

「そういうことになります」

政子に言葉はなかった。


その後、事件の全容が明らかになった。

仁田四郎忠常は頼家の側近中の側近だったが、苦渋の選択の末、北条方に付くことにした。その踏み絵として比企能員殺害を命じられ、それを果たした。だがそれを知らない頼家は、忠常に時政と義時の誅殺を命じた。ところがその密書は忠常に届かず、時政の手に渡った。そこで時政は、それを知れば忠常の覚悟が揺らぐと思い、密書を握りつぶした末、忠常に釘を刺そうと思い、名越の自邸に呼んだ。

ところが話は夜に及び、忠常の舎人《とねり》の一人が「これは怪しい」と勘繰った。舎人は忠常の馬を駆って仁田邸で待つ五郎と六郎忠時の許に戻り、異変を知らせた。

舎人の乗ってきたのが忠常の乗馬だったこともあり、二人は忠常が殺されたと思い込んだ。だが名越の時政邸に向かえば待ち伏せを食らう。それゆえ義時邸に行ったが、義時が政子の大倉屋敷にいると聞き、迷わず討ち入ったという。

忠常が頼家に近い人物だったことと、二人の弟が早合点したことから生じた悲劇だった。

かくして仁田一族は壊滅した。もはや鎌倉の空は疑心暗鬼の黒雲に覆われ、誤解から第二第三の事件が起きてもおかしくないほど張り詰めた空気が満ちていた。

十三

その翌日、政子は病床の頼家を見舞った。

「ご加減はいかがですか」

政子が声を掛けても、頼家は天井を見たまま何も言わない。致し方なく医家が答えた。

「前将軍家は快癒いたしました。もはや心配は要りません」

「そうですか。これも神仏のご加護のお陰です。そなたらは下がっていなさい」

その言葉に救われたかのように、医家、薬師、女房らが下がっていく。これから始まる修羅場に、誰も立ち会いたくないのだ。

「秋も深まりました。すでに紅葉も色づいています」

政子が外の様子を伝える。頼家は庭に面した部屋から内側の四面が襖の部屋に移されていたので、四季の移ろいも分からないはずだ。

頼家が仰臥するのは、昼でも一穂《いっすい》の灯明が瞬いているだけの殺風景な部屋だが、外部との連絡を断つにはうってつけだった。四面の襖一枚隔てた向こうには義時の郎従が控え、聞き耳を立てている。そのため頼家が小声で女房や雑色に何か命じても、気配で分かるようになっていた。

「母上」と頼家が低い声で言う。

「すべて母上の思い通りになりましたな」

「何を言うのです」

「今更とぼけるのはやめて下さい。母上は、それがしを殺そうとしたではありませんか」

「殺そうとした——、何を血迷うておるのですか」

政子は内面の葛藤を隠し、何の感情も面《おもて》に出さず言った。

「血迷ってなどおりませぬ。毒は母上の握った結び飯に仕込んであったのです」

「何と——、母がさようなことをするはずがありません」

政子は引き裂かれるような思いを抑え、何とか平静を保っていた。

「それがしもそれを信じたかった。母上が握る前の飯に、小四郎が毒を仕込んだと思いたかった。だがそれは危うい。母上が何かの拍子に味見することもあり得ますからな」

「そなたは息子です。母が毒を仕込むはずがありません。かような場所に長くいるので、くだらぬことを考えてしまうのです」

「ここにそれがしを閉じ込めているのは、母上たちではありませんか」

「ですから今日は、そなたをここから出すためにやってきました」

頼家の表情が動く。そこに、わずかな希望を見出したのだ。

「それが真なら、すぐに出して下さい」

「すぐには無理です。出すには条件があります」

頼家がせせら笑う。

「そんなことだろうと思った。で、それは何ですか」

「出家得度いただきます」

「ははあ、それでどこぞの寺に入れ、再び監視の目を光らせるというわけですね」

政子はそれに答えない。もちろんそうするつもりだからだ。

「そなたは俗事を忘れ、尊い仏の教えを学ぶのです。修行は辛いかもしれません。しかしそなたなら、必ずや仏の道を究めた高僧になれます。そして世の衆生《しゅじょう》を救うのです」

「ははははは」

頼家がからからと笑う。

「よくぞ、さような空しき言葉が吐けますな。どこぞの寺に入れてから、それがしにどれほどの時間が残されていましょう。翌日にも小四郎の手の者が現れ——」

「おやめなさい。さようなことはさせません」

「一度は息子の命を奪おうとした母上が、よくぞそれを請け合えますな」

「とにかく、そなたに残された道は出家しかないのです」

頼家の顔が憎悪に歪《ゆが》む。

「此度は、北条一族の恐ろしさが骨身に染みました。それがしは将軍家という地位にあり、また比企一族という強大な後ろ盾があることから油断してしまった。それは比企判官も同じ。悔やんでも悔やみきれません。だが、もはや時は戻せません。ここで考えに考えましたが、それがしには、もはや何の手立ても残されてはいません」

外部から救いの手が差し伸べられないことから、頼家は和田義盛も仁田忠常も北条方になったと察しているのだ。むろん仁田一族が些細な誤解から滅亡したことも知らないはずだ。

「それが分かっているなら、母の言に従いなさい」

「それがしには、ここで殺されるか、どこぞの寺で殺されるかしか道はないようですな」

政子はあえて冷たい口調で言った。

「そなたには、出家しか道は残されていません」

頼家が遠くを見るような目をする。

「母上は、それがしからすべてを取り上げましたな。あれだけ慈しんだ一幡まで殺すとは」

「――」

頼家の言葉が胸に突き刺さり、政子も言葉に詰まった。

「天の父上は、これをどうお思いでしょう。それがしが生まれた時、父上は満面に笑みを浮かべ、『でかしたぞ、政子!』と仰せになったと、母上は何度も話してくれました。武士の府を築いた源頼朝の息子が、かような目に遭っているのですぞ。天の父上は今、何を思っておいでなのか。母上、教えて下さい!」

だが政子は瞑目し、何も答えない。

確かに頼家は若かった。何ら実績がないにもかかわらず、頼朝の嫡男というだけで、荒武者たちの棟梁の座に据えられた。おそらく当初は戸惑っていたのだろう。だが次第に頼家は権力の美酒に酔いしれた。それがいかに危険なことか、政子は幾度となくいさめてきた。

幸いにして朝廷の権力を掌握していた源通親が死に、朝廷に権力の空白が生まれていたからよかったものの、上皇となった後鳥羽が次第に朝廷権力を掌握し始めたことで、頼家では鎌倉幕府を守り切れないことが明らかになってきた。

——これは致し方ないことなのだ。

政子がそう自分に言い聞かせた時、頼家が言った。

「それがしは、母上にも見限られたのですね」

——それがどれだけ辛いことか、そなたには分かるまい。だが佐殿と一緒に築いた武士の府を守っていくには、こうするしかなかったのだ。

しかし政子が息子を見限ったのは、厳然たる事実なのだ。

「母上、出家いたします」

「よくぞ申しました。仏は、そなたを受け容れてくれるはずです」

それからは早かった。政子の命によって鎌倉の高僧が集まり、亥《い》の刻（午後十時頃）に頼家は出家得度した。

十日、千幡が将軍職に就くという正式な発表がなされた。

同時に、代替わりには恒例の「所領安堵の沙汰」も行われた。これは新将軍による「これまで通りに所領を安堵する」という告知のことだが、もちろん十二歳の千幡にはできないので、その名を借りて時政が行った。時政は将軍後見人となり、新将軍を自邸に囲い込み、将軍の決裁を仰いだと言いながら、自らの判断で政を壟断《ろうだん》し始めた。

ちょうどその頃、千幡と共に名越邸に居を移した阿波局から、政子に「牧御方《まきのおんかた》が千幡を独占し、私を近づけようとしない」という知らせが届き、政子は急遽、千幡を引き取ることにした。

牧御方とは時政の後妻の牧の方のことだが、この時はどうしてそんなことをするのか、政子には皆目分からなかった。

　いずれにせよ千幡の身に何かあったらたいへんなので、政子は義時、三浦義村、結城朝光の三人を時政の許に遣わし、千幡の引き渡しを要求した。

　これに驚いた時政は、政子の側近女房の駿河局を通じて謝罪した上、千幡の引き渡しに同意した。これでこの一件は何事もなく終わったが、これまで軌を一にしてきた北条一族に、初めて亀裂らしきものが入ったのも事実だった。

　かくして新将軍を中心にした新たな時代が幕を開ける。

第二章　雅なる将軍

一

建仁三年九月十五日、新将軍の時代が始まった。それに先立つ九月七日、千幡は朝廷から従五位下に叙され、征夷大将軍の除目聞書《じもくききがき》を下されていたので、元服前の将軍職就任となった。

こうした手回しのよさは、朝廷と公家たちに太い関係を築いている時政の手腕によるところが大きい。頼朝挙兵前から、時政は大番などでしばしば京に行っていたが、義経の没落後、頼朝の命で京に進駐し、京都守護として治安維持や平家残党の追捕《ついぶ》などで公家たちの信頼を勝ち得ていた。

華やかな出発を果たした弟の千幡とは対照的に、頼家は物々しく武装した三百の兵に囲まれ、伊豆国の修善寺に護送された。頼家はそこで幽閉の日々を送ることになる。

十月八日、千幡は時政の名越邸に赴き、元服の儀を執り行った。実名は後鳥羽から賜った実朝となった。

翌日には政所始《まんどころはじめ》という政務を始める儀式が行われ、その後には甲冑を身に着けて馬に乗った。その凜々《りり》しい姿を見た御家人たちからは、「これで鎌倉府も安泰だ」という声が聞かれた。

夕方には政子と義時の異母弟・時房《ときふさ》が奉行（審査役）となり、御弓始が行われた。実朝が一矢を放った後、和田義盛や小山朝政といった名だたる御家人十人が次々と現れ、自慢の腕を競い合った。その後は、文士や御家人たちを一堂に会した宴席となった。

御家人たちの挨拶を実朝と共に受けながら、政子は修善寺に幽閉されている頼家のことを思っていた。

――万寿の時も華やかだった。

忘れもしない建久十年（一一九九）一月、頼家は皆の祝福に包まれて家督を継いだ（正式な将軍就任は同年七月）。頼家はすでに十八歳で、武勇に優れたところを見せていたので、御家人たちの期待も大きかった。

――だがそなたは、われらの意に反し、武士の府を危うくした。

頼家は当然の罰を受けたのだと、政子は思いたかった。だが実朝の門出を祝う儀式や宴席が華やかであればあるほど、今の頼家の境涯が哀れでならない。

――万寿を今の境涯に落としたのは、われら三人なのだ。

それを思うと、実朝の門出も心の底から喜べない。

「姉上、いかがいたしましたか」

ぼんやりしていると、眼前に美丈夫が立っていた。

「ああ、五郎か」

異母弟の五郎時房は文武に優れているだけでなく、仁義にも厚いので、誰からも信頼を寄せられていた。今年で二十九歳になり、すでに一家を成すほど立派な大人だが、その竹を割ったような性格から、時政と義時は、時房を政治や政略にかかわらせないようにしてきた。

「此度《こたび》はおめでとうございます」

「ありがとうございます。どうか新将軍を守り立てて下さい」

政子が実朝を促す。

「大儀である。わしは未熟なので、よろしく引き回してくれ」

実朝が教えられた台詞《せりふ》を口にする。

「この一身に代えても、将軍家をお守り奉ります」

「よしなにな」

政子も口添えする。

「五郎殿、頼りにしておりますぞ」

「はい。お任せ下さい。実は、お目通りいただきたい者を連れてきております」

「誰か」

「父上と牧の方の息子の左馬助《さまのすけ》です」

左馬助とは今年十五歳になる政範《まさのり》のことだ。政範は時政とその後室の牧の方の間にできた唯一の男子だった。もちろん政子は会ったことはあるが、実朝とは初対面になる。というのも政範は、後見役の時房の屋敷で育てられてきたからだ。

ちなみに政子と時房の年齢差は十八あるが、政子と政範の場合、三十二も開きがある。

「左馬助と申します。以後、お見知りおきを」

「大儀」

年が近いこともあってか、実朝の顔には親しみのようなものが漂っていた。

時房が付け加える。

「それがしが、左馬助の後見を任されております」

「うむ」と言って実朝がうなずく。

こうした将軍然とした所作も、時政ら宿老たちの指導によるものだ。しかし実朝のすべての言動が教えられた通りのものかといえば、必ずしもそうでなかった。

「五郎、左馬助」

突然、実朝が去りかけていた二人に声を掛けた。

「はっ」と答えて、二人が再び拝跪《はいき》する。

「頼りにしておるぞ」

「ありがたきお言葉、われら将軍家の盾となり、命を惜しまず働きます」

時房がそう言うと、政範も負けじと付け加える。

「この左馬助、将軍家のためには水火も辞さぬ覚悟。何なりとお申し付け下さい」

二人が頭《こうべ》を垂れた。それはまさに、実朝の威厳に畏服したとしか言えない様子だった。

「よきにはからえ」

実朝が悠揚《ゆうよう》迫らざる態度で答える。その横顔には、在りし日の頼朝の面影があった。

――この子は英明かもしれない。

これまで政子は、実朝を穏やかな気質の普通の少年だと思い込んでいた。だが将軍になったその日から、実朝は威厳ある振る舞いができるようになった。そこには大胆に見えて実は小心だった頼朝や、小心なのを隠そうと大胆に振る舞っていた頼家とは違う、何か得体の知れない人としての大きさがあった。

――だが将軍は、英明でない方がよいのだ。

北条氏にとって将軍は傀儡《かいらい》で十分だった。

実朝の元服の儀に先立つ十月三日、京都守護に就任した平賀《ひらが》朝雅《ともまさ》が上洛を果たした。源氏の血を引く「源家一門」筆頭の朝雅は、頼朝に重用された父義信《よしのぶ》の跡を継ぎ、いまだ二十代ながら武蔵守に任じられるほどの実力者だった。実は、朝雅の妻の母が時政の妻の牧の方ということもあり、今回の抜擢となった。

駿河国の大岡牧の代官を務めていた牧氏は、平治の乱後に頼朝の助命を請うた池禅尼の実家で、牧の方は池禅尼の姪にあたる。こうした経緯から牧氏は伊勢平氏に近い一族だが、頼朝が池禅尼に救われたことで、源氏の天下となった後でも厚遇されていた。

これまで鎌倉幕府の朝廷監視体制は文士の中原親能だけだったが、洛中警固の名目で朝雅が上洛したことで強化される。

これにより空席となった武蔵国の国務（代官）職（武蔵国は将軍が知行国主）に時政が就いた。国務職は武蔵国の行政権を握る重大な職で、それまで武蔵国に勢力基盤を持っていた比企氏の縁者は面白くないはずだ。それゆえ時政は、実朝から比企氏の縁者たちに「時政に二心を抱かないように」という命令書を出させた。

これに対し、在地の惣検校職《そうけんぎょう》（荘園の管理者から転じて在地の最高職）の畠山重忠は、いかに時政が義父だろうと勝手なことをさせないつもりでいた。

ここに両者の対立の種が蒔かれる。

なおこの頃、大江広元や三善康信《みよしやすのぶ》と共に鎌倉府を支えてきた二階堂行政が病死した。これにより、当初十三人で発足した宿老は八人になった。

二

十一月十日、三浦義村が政子の住む大倉屋敷にやってきた。

実は同月六日、修善寺にいる頼家から、政子と実朝の許に書状が届けられた。そこには「深山に隠棲して退屈で堪えきれず、かつて召し使っていた近習《きんじゅ》を呼んでほしい」と書かれ、さらに「安達弥九郎（景盛）をここに送ってほしい。その身柄を引き取り、譴責《けんせき》を加えたい」と付け加えられていた。

この事実を実朝から告げられ、書状を渡された宿老たちは評定の末、「前将軍家御所望の条々は、いずれも不適当。向後は書状を届けることも止めさせる」と決定し、それを伝えるべく、三浦義村を使者として修善寺に送った。

その報告に、義村はやってきたのだ。

三十四歳になる義村は、父の義澄や従兄弟の和田義盛のような一本気な武辺者とは違い、分別のある穏やかな人物だった。一見、信頼のおける印象だが、御家人を代表する大族の三浦氏の当主という立場のためか、危うい橋を渡らずに付和雷同する傾向がある。

「前将軍家は血色よく、お体に障りはありません」

「それは何より。それでは、ひたすら仏道に精進しておるのですね」

「は、はい。そのようにお見受けします」

義村が言いよどむ。

「どうやら、そうではないようですね」

義村が渋い顔で首肯する。

「では、前将軍家は何をしておるのですか」

「ご存じではないのですか」

政子がうなずくと、一瞬躊躇した後、義村が語り始めた。

「前将軍家は法体《ほったい》ながら修善寺には入れられず、塔《とう》の峰《みね》の麓に庵を結んでおります」

「何と――、それは真か」

「はい。それがしがこの目で見てきました」

頼朝の弟の範頼は、頼朝によって修善寺の真光院《しんこういん》という山中の小さな寺に幽閉された末、自害を強要された。何の因果か、息子の頼家も同様の境涯に落とされているというのだ。

「私は修善寺内に起居し、『仏果円満』を享受しているとばかり思っていました」

「仏果円満」とは、仏道の修行によって至福の喜びを得られることを言う。

「残念ながら、お一人で暮らしています」

それで頼家からの書状に「深山に隠棲して」と書かれてあったのだ。

「何と哀れな――」

「それがしが使者に指名されたのは、前将軍家と親しく行き来していなかったからと聞きました。しかし此度、膝を突き合わせてその話を聞くに及び、落涙することしきりでした」

義村によると、二坪四方の庵の周囲には狭い庭があり、厠《かわや》もそこにある。その四囲には垣根がめぐらされており、常に四人の兵が垣根の外を警備している。しかも彼らは頼家との会話を禁じられているらしく、雑談にも応じてくれないという。

外を散策したいと言っても聞いてもらえず、どうしても外に出なければならない時は、修善寺にいる奉行の許可が必要で、多くの兵が来てからでないと出してくれない。二度の食事は稗《ひえ》飯一膳と少量の山菜だけで、常に腹が減って仕方がない。しかも飯を運んでくるのは地元の老婆で、こちらも一切の会話をしてくれないという。

「すぐ目の前を桂川が流れ、鮠《はや》が飛んでおるのに、魚さえ食べさせてもらえないと、こぼしておられました」

「では、どうやって此度の書状を出したのですか」

「前将軍家が修善寺の僧の法話を聞きたいと仰せになり、奉行は致し方なく僧侶を行かせたそうです」

おそらく頼家は僧侶に懇願して、政子と実朝あての書状を託したのだろう。だがその甲斐なく、頼家のたっての望みは宿老たちによって却下された。

「それで三浦殿は、此度の懇望のすべてが受け容れられなかったと告げたのですね」

「はい。それが役割ですから。むろん書状が宿老たちの手に渡れば、すべて認められない覚悟をお持ちのようでした」

頼家は、政子にだけ書状を出しても何も進展がないと知っていたのだ。何と言っても頼家失脚の片棒を担いでいたのは政子だからだ。それで、実朝に一縷《いちる》の望みを懸けたに違いない。だが実朝は、頼家の立場を思いやれるほど成熟していなかった。

「いまだ安達弥九郎には、深い恨みを抱いておるようですね」

「はい。弥九郎だけは許せないので連れてきてほしいと仰せでした」

──此度の件に、弥九郎が絡んでいると思い込んでいるのだ。

実朝に景盛の身柄を引き渡すよう頼んだところで無駄なことを、頼家も承知の上なのだろう。

それでも依頼したのは、実朝が少しでも景盛に疑心を抱き、遠ざけようとするのを期待してのことなのかもしれない。

「ほかに何か言っていましたか」

「もはや誰も恨まず、自らの運命を受け容れると仰せでした」

「さようなことを申したのですね」

政子が落涙する。

「ただ日々時を持て余し、身が刻まれるように辛いと仰せでした」

これまで頼家は、酒色に溺れた放埒《ほうらつ》な生活を送ってきた。それが突然、庭の外に出ることも許されない囚われ人の生活を強いられているのだ。その辛さは察して余りある。

「よほど無聊《ぶりょう》を持て余しているのでしょうね」

「はい。仏典以外の書物も与えられず、日がな一日、庵の内外をうろうろしているだけとのことでした。こんなことなら――」

義村が唇を嚙む。

「どうぞ仰せになって下さい」

「こんなことなら、いっそのこと殺してくれと仰せでした」

「ああ、何という――」

「さようなことがいつまで続くのか、何をすればここから出られるのか、尼御台様に問うてほしいとも仰せでした」

「それは、私にも分かりません」

政子には、そう答えるしかない。宿老たちにも目途のようなものはなく、ずっと幽閉しておくつもりなのだろう。それを頼家も知っているに違いない。

頼家の焦慮が手に取るように分かる。

「前将軍家があまりに哀れなので、それがしが向後も手筋になりたいと申し出たところ、宿老たちも許可してくれたので、折を見て赴くことにいたします」

「私も連れていってくれませんか」

「それはいけません」

義村が首を左右に振る。

「なぜですか」

「さようなことは、お分かりのはず」

政子が行けば何かを懇願されるのは明らかで、頼家の心に、叶うはずのない希望の灯をともしてしまうことにもなりかねない。つまり俗世への未練を抱かせることにつながるのだ。

――今は未練を断ち切り、心を清める時なのです。さすれば修善寺内に移されることもありましょう。

政子は心の中で頼家に語り掛けた。

「分かりました。今は行きません」

「その言葉をお忘れなく。前将軍家の心に波紋を起こせば、またしてもよからぬ企みを抱き、それが命取りになるやもしれません」

義村の言うことは尤もだった。

「その言葉、心に刻んでおきます」

「ありがとうございます。では向後は、それがしにお任せ下さい」

そう言うと、義村は大股で去っていった。

――万寿、今は堪えるのです。

広縁に出た政子は、遠い伊豆の空に向かって念じた。

三

実朝を将軍にいただいた新政権は着々と地歩を固め、建仁四年（一二〇四）となった。この年は二月二十日に元久《げんきゅう》と改元される。

この頃、京に守護として赴任していた平賀朝雅は、後鳥羽の院殿上人《いんのてんじょうびと》に加えられた。それほど後鳥羽から気に入られたのだ。

朝雅には大内惟義《おおうちこれよし》という兄がいる。朝雅の母は比企氏の出だったので、頼朝は朝雅に平賀氏を継がせ、庶兄の惟義には、伊賀国大内荘の地頭を務めさせていたことから大内姓を創姓して与えた。それほど頼朝は、源家一門の柱として二人を頼りにしていた。

その後、惟義は京と鎌倉を往復することになるが、伊賀国守護に任命され、平家の本拠地の伊勢国の監視の任を担った功績で相模守に補任《ぶにん》される（後任の伊賀国守護は山内首藤経俊《やまうちすどうつねとし》）。この時、二人の父の義信は武蔵守だったので、武相二国を親子で治めるほど頼朝の信頼が厚かった。

元久元年二月、伊勢・伊賀両国で伊勢平氏の残党勢力が蜂起し、守護の山内首藤経俊を国外に追い出した。朝雅は幕府と院双方から追討令を賜り、三月に伊勢国に進出し、激戦の末、平家残党勢力を平定した。

この結果、幕府は伊勢・伊賀両国守護だった山内首藤経俊を解任し、両職を朝雅に与えた。また朝廷は朝雅を伊賀国の知行国主に補任した。かくして朝雅は鎌倉幕府の京都守護と院近臣という二つの顔を持つことになり、兄の大内惟義と共に、その勢威は天を衝くばかりになっていった。

七月初旬の深夜、政子の許に早飛脚が着いた。差出人は三浦義村だった。それで頼家に関することだと思った政子が書状を読むと、驚くべきことが書かれていた。

——万寿が脱出を図って捕らえられたと！

昨日、鎌倉は慌ただしい雰囲気に包まれ、物々しく着飾った武者たちが出陣していったのを思い出した。

——あれは、三浦殿に率いられた武士たちが伊豆に向かったのだ。

それで合点がいった。

——すぐに頼家を保護しなければ。

まず時政の許に向かおうとした政子だったが、時政に引き止められてしまえば、伊豆には行けなくなる。その間に、頼家が殺されることも十分に考えられる。義村は、幕府の命令には常に忠実だからだ。

政子は時政と義時に「赦免」を取り計らうよう書状を書くと、輿に乗って一路、伊豆修善寺を目指した。

箱根山は豪雨だった。専属の輿丁《よてい》を適時休ませるため、宿駅の者を雇いながら進んだが、小田原の輿丁は豪雨で煙る箱根山を越えることを嫌がった。それでも一人あたり銭一貫文（米一石とほぼ同等の価値）を出すことで話がつき、屈強な若者たちが政子の輿を担いだ。

案に相違せず、箱根の山道は川かと思うほど水が流れ、そうでない場所も泥濘路と化しており、輿の進みも悪かった。しかもあまりの揺れのひどさに、政子は途中何度か止めさせ、胃の中のものを吐き出した。

夕刻、ようやく三島に着いた政子は三嶋大社に宿を取り、翌朝早々に修善寺に向かった。

修善寺の奉行屋敷で案内を請うと、驚いて飛び出してきた奉行が、自ら頼家の住む閑居に案内してくれた。

細い山道を進んでいくと、視界が開けて河原に出た。そこは賽《さい》の河原もかくあらんと思わせるほど寂寥《せきりょう》としており、風が砂塵を巻き上げていた。

――こんなところに万寿はいるのか。

その事実が政子に重くのしかかる。

「あれがそうです」

奉行の指し示す方を見ると、河原から一段高い場所に小さな庵が見えた。その周囲から河原にかけて、五十を超える武士や雑色《ぞうしき》がたむろしている。

武士たちは輿を見つけて騒ぎ出し、その中から一人の大柄な武士が駆け寄ってきた。

「尼御台様、まさかこんなところに来られるとは――」

輿が下ろされ、政子がもどかしげに御簾《みす》をたくし上げると、義村が手を取ってくれた。

ようやく大地に降り立ったが、息が切れて声も出ない。輿に乗るのは体力が要るので、四十八歳になる政子には辛い。義村から水をもらい、やっと人心地ついた。

「三浦殿、経緯《いきさつ》をお聞かせ下さい」

「それは、修善寺奉行から聞いた方がよろしいでしょう」

政子を案内してきた奉行が語り始めた。

「七月五日の夜、突如として庵が襲われたのです」

奉行によると、夜陰に紛れて現れた四人の者たちが見張りの兵を殺し、頼家を連れて逃げ出した。これを聞いた奉行は、要所要所に関を設けて一行を待ち伏せた。追跡せずに待ち伏せたのは、北伊豆の山々は尾根伝いに長くは逃げられないので、必ず里に下りてくるからだ。それが功を奏したのか韮山《にらやま》で一行を捕捉した末、一人を討ち取り、頼家ら四人を捕縛したという。

「誰が前将軍家の脱出を助けたのですか」

それには義村が答えた。

「小笠原長経、中野能成、細野兵衛尉といった、かつての側近連中の家人や郎従たちです」

この三人はすでに鎌倉で捕まっていたが、その家人や郎従が頼家を脱出させたという。

「それで、賊はどこに」

奉行が答える。

「彼奴《あやつ》らは修善寺内の牢に入れてあります。前将軍家は牢に入れるわけにもいかないので、ここに戻しました。もちろん食事なども従前と同じように供しています」

奉行が言い訳がましく言う。だが奉行としては、それができる精いっぱいのことなのだろう。

「委細承知しました。三浦殿――」

義村が「はっ」と答えて畏まる。

「前将軍家に会わせていただけますか」

「それはちょっと――」

「必死の思いで箱根山を越え、ここまで参ったのです」

「それは承知しておりますが――」

「どうかお願いします」

「では、前将軍家の願いは、一切お聞き届けにならないと約束していただけますか」

――何と酷い。

しかしそれをのまなければ、幕府に忠実な義村は面談させてくれないだろう。

「致し方ありません」と答えると、義村が案内に立った。それで義村も同席するつもりだと分かった。

「私一人で会います」

「それは、おやめになった方がよろしいかと」

「どうしてですか」

「前将軍家は捕らえられた時の抵抗も凄まじかったのですが、今も興奮しており――」

「構いません」

政子が俺に向かって歩き出したので、義村は随兵に合図して俺の周囲を固めた。

「それがしだけでも中に入れていただけませんか」

「要らぬことです。前将軍家は私の息子ですぞ。二人にして下さい」

「しかし――」

「三浦殿、心配は無用です。万が一の時は、誰にも責めが及ばぬようにいたします」

「分かりました。では、ご随意に」

ため息をついて、義村が引き下がった。

「万寿、母が参りましたぞ」

庵の外から声を掛けると、中で人の動く気配がした。だが返事はない。

「入りますよ」

蓆《むしろ》を引き上げて政子が入ると、頼家は猿轡《さるぐつわ》を噛まされ、柱に縛り付けられていた。相当暴れたのだろう。その顔には擦り傷や青あざが見える。

「ああ、どうしてこんな目に——」

早速、走り寄った政子が猿轡を外し、縄を解いた。

「うう」と呻いてその場に身を横たえた頼家は、苦しげに胸を上下させていた。その頬はこけ、顔は黒ずんでおり、肉体的にも精神的にも限界が来ていることは明らかだった。

「万寿、なぜ逃げ出したのです」

頼家が皮肉な笑みを浮かべると言った。

「突然、助けが来たのですぞ。逃げ出さぬわけがありません。それより水を下さい」

土間の片隅に置かれた水壺から柄杓《ひしやく》で水をすくって渡すと、頼家は柄杓から一気に飲んだ。

ようやく人心地ついたのか、頼家が言う。

「もはや生きる望みもありません。母上の手で殺して下さい」

「何を言うのです！」

「それがしに何の望みが残されているのですか」

——その通りだ。この子には何も残されていない。

政子には返す言葉もない。

「母上、もう少し時をいただければ、それがしは、よき将軍になれました」

「今更、それを言われても——」

頼家は遠い目をして続けた。

「あの頃は、ちょうど酒色の日々に飽き始めたところでした。しかも判官《ほうがん》（比企能員）らが、それがしを利用して権勢を握ろうとしていることにも気づき、何度か判官とぶつかりました。そして分かったのです。それがしは将軍として、御家人たちに平らか（平等）であらねばならぬと」

「もう言わないで――」

政子が両耳を押さえる。

「それがしは、母上の実家を討つなど考えてもいませんでした。それよりも北条の勢力を弱めないことで、比企一族との均衡を図ろうとしていたのです」

正治二年（一二〇〇）四月、時政は遠江守に就任するが、これを推進したのは頼家だった。ちょうど梶原一族が滅亡した直後でもあり、頼家としては北条氏の力を強めたくないはずだった。

――しかし万寿は、なぜか父に遠江守という大任を与えた。

この時、比企能員は強く反対したが、頼家が押し切ったと聞いていた。

実は頼朝の政権構想の一つに、「身分の固定化により武家政権を安定させる」というものがあった。つまり頼朝の血脈に連なる一族は公卿に、源家一門は諸国の受領に配して諸大夫層に、そして一般御家人を侍層とする構想があった。これにより朝廷の序列に鎌倉幕府を組み入れ、下剋上をも抑えるつもりでいたのだ。

この序列に従えば、時政は将軍御台所の父親という以外に依拠する立場はなく、代を重ねるうちに他の御家人と変わらなくなるはずだった。

――それを万寿は破り、父上を遠江守に就けたのだ。

頼朝の築こうとしていた身分の序を、あえて頼家は破ってまで、時政を源家一門同然の地位に引き上げた。

「あの頃、それがしは周囲からその愚を懇々と諭されました。大江や三善も反対でした。しかしそれがしは比企一族の力を抑えるためには、北条氏の台頭が必要と思い、遠州（時政）を源家一門と同等の地位に押し上げたのです」

頼家は自嘲的な笑みを浮かべると続けた。

「母上、それがしの治世の始まりとなった正治二年一月一日の椀飯《おうばん》役が誰か、母上は覚えておいでですか」

「椀飯」とは誰かを饗応するという意味で、武家社会においては、家臣が主君を饗応して主従の結び付きを確かめる年初の儀式のことだ。この順番は将軍自ら指定し、「誰を頼りにしているか」という序列でもあった。とくに一月一日の椀飯役は御家人筆頭を意味した。

頼朝時代は三浦義澄、千葉常胤、足利義兼らが入れ替わりで務め、北条氏の入り込む余地はなかった。だが頼家の代になり、その初年度の一月一日を時政に務めさせたのだ。これは、頼家が「北条氏を最も頼りにしている」という意思表示だった。

「もちろん覚えています。父上は涙をにじませて喜んでいました」

「そうでしたか。いかにもそれがしは、言葉では『北条氏を粗略には扱わない』などと言いませんでした。しかしあの時、それがしは将軍でした。それを忖度《そんたく》するのが御家人の務めではありませんか」

それを思えば、時政も義時も、そして政子も短絡的だったかもしれない。だが、もはや時は戻せないのだ。

「万寿、すべては終わったことです。今は心静かに仏門に精進して下さい」

「母上、それがしには、それさえも許されないのですぞ」

確かに「修善寺内に移してほしい」という頼家の願いを容れていれば、此度のようなことはなかったはずだ。

「それでも『仏果円満』をひたすら願うのです」

「母上――」

頼家が疲れたように言う。

「それは浄土に行ってからにします。どうか殺して下さい」

「そんなことを言わないで！」

涙が頬を伝わる。

「もはやそれがしに光明はありません。いみじくも一度は将軍だったそれがしです。卑しい者の手に掛かって死ぬのは不本意極まりない。どうか母上の手で殺して下さい」

政子の瞳から、大粒の涙が止め処なく流れ出る。

「万寿、あなたを生んだのは間違いでしたか」

頼家が笑みを浮かべて答える。

「さようなことは、もはやどうでもよいことです。今は一刻も早くこの世からこの身を消し去りたい。その一心です」

「何を言うのですか。万寿、生きて下さい！」

「私を殺そうとした母上に、そんなことを言われるとは思いませんでした」

「万寿、その通りです。私はあなたを殺そうとしました」

頼家の顔に一瞬、驚きの色が走る。だがそれもすぐに消え、頼家は冷笑を浮かべた。

「やはりそうでしたか。心の片隅にそれを否定する己もいましたが、これですっきりしました」

「でも、あなたを殺そうとしたのは間違っていました」

「今更それを言われても困ります。それがしは母上とその一族に、すべての望みを断ち切られたのですぞ」

「あの時は、そうするしかないと思ったのです」

「では、それがしの最後の願いを聞いて下さい。その帯紐で、それがしの首を絞めて下さい」

「もうたくさんです。許して下さい！」

政子が庵を飛び出そうとすると、頼家の声が追ってきた。

「かつてそれがしは、母上のことを夜叉と呼びました。その時は半分戯《ざ》れ言《ごと》でした。しかし今、母上は間違いなく夜叉だと確信しています。こうなったからには、父上と共に作った鎌倉府を守るべく、夜叉に徹して下さい！」

政子が耳をふさぎながら外に飛び出す。だがその背後からは、幽鬼のような頼家の笑い声が追ってきた。

その時、政子はこの笑い声が、死ぬまで耳奥にこびりついて離れないことを覚った。


政子が鎌倉に帰った後の七月十九日、頼家死去の一報が鎌倉に届いた。覚悟はしていたものの、いざその一報に接した政子は取り乱した。

どうやら政子の与《あずか》り知らないところで、時政が暗殺命令を下したらしい。しかしそれは政子自身、黙認していたも同然のことだった。

聞くところによると、刺客に襲われた際、頼家は激しい抵抗を示したという。そのため「ふぐり（陰嚢）」を握りつぶし、数人がかりで首に縄を巻き付けて殺したという。

慈円《じえん》の歴史書『愚管抄《ぐかんしょう》』には、「元久元年七月十八日、修善寺にて頼家入道をばさしころしてけりと聞へき。とみにえとりつめざりければ（すぐに取り押さえることができなかったので）、頸《くび》に緒をつけ、ふぐりを取などしてころしけり」と記されている。

死を望んでいたにもかかわらず、頼家が激しい抵抗を示した理由が、政子には分かっていた。

——卑しい者たちの手に掛かりたくなかったのだ。

それを思うと、自らの手で殺してやりたかった気もする。

——だが、すべては終わったのだ。

頼家の享年は二十三だった。

四

頼家の死は鎌倉中に衝撃をもたらした。その動揺を抑えるべく、時政と大江広元は葬儀と法要を大々的に営もうとした。慰霊を手厚く行うことで、人々の間に安堵の空気が広がるからだ。この考えに宿老たちも同意したが、実朝が疑義を呈したことで、「沙汰やみ」となった。

まだ十三歳の実朝が、「皆に過去を思い出させてどうする」と言ったというのだ。これに対して宿老たちは、「前将軍家の法要をするのは当然の義務」と反論したが、「鎌倉に遺骸を運び込むことは、穢《けが》れを呼び込むことにつながる。葬儀と法要は修善寺で慎ましくやればよい」という一言で、法要の場所と規模が決定した。

前将軍にして同母兄に対するものとは、とても思えない言葉だったが、すべてを刷新していくという実朝の覚悟は伝わってきた。

これを伝え聞いた政子は、実朝が自らの意思を持ち始めていることを覚った。

実朝の意思を尊重し、頼家の葬儀と法要は修善寺で営まれ、墓も最期の地となった庵のあった場所に建てられた。


八月のことだった。時政が大倉屋敷にやってきて、政子に相談があるという。

「困ったことになった」

時政が渋い顔で言う。

「また厄介事ですか」

「そうなのだ。将軍家の正室のことなので、そなたに動いてもらおうと思うてな」

「えっ、将軍家の正室は、足利家から輿入れさせると決まったのでは」

足利家は河内源氏に連なる名門で、下野国足利荘を中心にした広大な所領を有していた。かつて保元の乱の折、初代足利義康《よしやす》が義朝（頼朝の父）の呼び掛けに応じて京に馳せ参じ、後白河《ごしらかわ》天皇方の勝利に貢献した。だが義康は保元の乱の翌年に三十一歳で病没した。その跡を継いだ二代義兼は頼朝の旗揚げの折にもいち早く参じ、平家討伐戦や奥州平定戦でも活躍し、鎌倉幕府内で高い座次《ざなみ》を獲得していた。

時政らは、義兼の娘を実朝の正室に迎えることで一致していた。義兼はすでに亡くなっていたが、その正室は時政の娘の時子《ときこ》（政子の同母妹）で、足利氏の三代当主は時子の息子の義氏が務めているので、北条氏にとっても申し分のない縁談だった。

「将軍家にとっても、これ以上はない良縁だ。すんなり決まると思っていたのだがな」

「いったい誰が反対しているのですか」

「それがな――」

時政が苦虫を嚙み潰したような顔で言う。

「将軍家ご本人なのだ」

政子は啞然とした。


御所に入ると、頼家の時代に仕えていた近習や女房が一人もいない。門番から雑仕女《ぞうしめ》まで知らぬ顔ばかりで、政子は戸惑った。

――すべてを一新したのだ。

あらゆることを一新するという発想は、宿老や文士の誰かから出てくるとは思えない。御所で働く者は、多かれ少なかれ宿老たちの縁者だからだ。

――これも新将軍の意思なのか。

政子は最も奥まった一室に案内され、実朝が出てくるのを待った。実朝は将軍なので上段の間に、政子は一段下がった下座に座らされた。こうした作法も、頼家の時代にはかなり緩んでいたので、政子は戸惑った。

だが実朝は十三歳なのだ。ここまで配慮できるとは思えない。

「母上、お待たせしました」

ようやく実朝が現れた。まだ頰のふくらみなどに幼さを残しているが、その悠揚《ゆうよう》迫らざる態度から、肉体的にも精神的にも、実朝が成長してきていると分かった。

「此度はお時間を取っていただき、感謝しております」

「何を仰せですか。母上と会うのに感謝も何もありません」

　実朝が笑みを浮かべる。とても十三歳とは思えない威厳ある顔つきだ。

「して母上、今日は何用ですか」

「正室の件です」

　実朝がうんざりしたような顔をする。

「それがしの意向は、すでに遠州らに告げております」

「母の話を聞いてからにしてはいただけませんか」

「分かりました。聞きましょう」

　政子は、足利家との縁がいかに大切かを説いた。とくに軍事面で強い後ろ盾を得ることで、実朝政権が盤石になることを強調した。

　鎌倉幕府の将軍は直属の軍事力を持っていない。将軍の警固と御所の警備に当たる番衆と呼ばれる者たちが直属兵になるが、あくまで警固と警備が主たる仕事なので、兵力として期待できない。つまり将軍の軍事力は御家人たちに依存しており、将軍の命令や「陣触れ」に従うかどうかは御家人次第なのだ。

「足利家との縁は大切ですが、わが政を盤石にするための婚姻なら、もっとよき方法があります」

「何でしょう」

「京から室を迎えるのです」

　鎌倉幕府を創設した頃、頼朝は東国独立路線を取ろうとしていた。だが自らの死後に目を向け始めると、天皇家の権威によって源氏政権を守ろうという考えに変わった。それが大姫と三幡を後鳥羽上皇（当時は天皇）に嫁がせ、天皇外戚の地位を獲得しようという動きにつながった。頼朝は源氏政権の安定のために、天皇家の権威に頼ろうとした。だが大姫の死によって、その計画は頓挫した。

それを引き継いだ頼家は経験不足を理由に独裁制を許されず、宿老たちの合議制を容認せざるを得なかった。そうなれば当然、宿老たちの出自からして東国独立路線の復活となる。それが頼家の代で、朝廷との行き来が途絶えていた理由だった。

「母上、王朝との融和こそ、鎌倉府を永続させる最も大切なことです」

――これがわが子の言葉か。

政子は啞然とした。

「つまり将軍家は、王朝との関係を重視していくというのですね」

「そうです。それが鎌倉府のみならず、この国を安定させる最上の方策なのです」

実朝は自らの経験や実績の不足を朝廷の権威によって補おうとしていた。むろんこうした考えは、大江広元や三善康信といった京下りの文士たちの教育の賜物《たまもの》に違いない。

「京から室を迎えるといっても、あてはあるのですか」

「ありません。人選を上皇にお任せしようと思っています」

実朝は本気で朝廷との協調路線を歩もうとしていた。だが、それが実朝の権威を高めることにはなっても、武士たちの代弁者たる将軍としての役割を果たすことになるかどうかは分からない。

「もう少し、お考えになったらいかがですか」

「いいえ。その必要はありません。足利家には申し訳ありませんが、此度の婚姻をお断りいただけますか」

「分かりました。将軍家がそこまでの覚悟なら、この母が足利家に詫びを入れます」

「足利家の機嫌を損ねぬようお願いします」

実朝の瞳には、真摯《しんし》な光が宿っていた。


この依頼を受けた後鳥羽は、寵臣《ちょうしん》の坊門信清《ぼうもんのぶきよ》の娘の信子《のぶこ》を実朝の室に決定した。坊門家は上皇の母親の実家であり、極めて親しい関係にあった。また信子は後鳥羽の従兄妹にあたり、血筋としても申し分なかった。

さらに坊門家と時政の室の牧の方は縁戚関係にあり、京都守護の平賀朝雅の娘は、信清の息子の忠清《ただきよ》の側室に迎えられていた。つまり坊門家は時政とも強いつながりがあった。

かくして実朝の望みは後鳥羽によって叶えられ、これ以降、朝幕関係は良好に推移していく。

京下りの室を迎えることが決定した実朝は有頂天になり、容貌の優れた若武者を自ら選び、新御台所となる坊門信子を迎えに行かせることにした。

それが北条政範、結城朝光、千葉常秀《つねひで》、畠山重保《しげやす》をはじめとした十五人の若武者たちだ。この中で筆頭の地位にあるのは十六歳の政範だった。というのも政範はすでに従五位に叙爵《じょしゃく》されており、北条氏の跡取りとしての立場を築いていたからだ。

十月十四日、美々しく着飾った十五人の若武者たちが西上の途に就いた。政子も彼らを見送ったが、それぞれの一門を代表するような若武者たちの雄姿は、鎌倉幕府の輝かしい未来を象徴しているかのようだった。

かくして実朝の治世は、順風満帆な船出となるはずだった。しかしこの時の若武者たちの西上行が、後に様々な問題を生むことになるとは、見送った人々の誰一人として思わなかった。

それから一月も経たないうちに、鎌倉の祝賀気分を一掃するような第一報が入った。

十一月五日、上洛の途次に病を得た北条政範が京で死去した。十六歳の政範は健康そのもので、今回の上洛を楽しみにしていた。ところがどうしたわけか道中で病を得て、呆気《あっけ》なく死去したというのだ。

最愛の息子を失った時政と牧の方は茫然自失となり、続いてその事実を受け容れ難いものとし、郎従を何人も京に送った。だが京から次々とやってきた使者により、その事実が間違いないとなったことで、二人は悲嘆に暮れることになる。

十一月二十日、政範の従者たちが鎌倉に戻り、事の経緯を語った。それによると政範は、大津の辺りで「体調が悪い」と言い出し、すぐに馬にも乗れなくなり、京に着いた頃には人事不省に陥っていたという。

朝廷の医家たちも手の施しようがなく、大寺に祈禱を依頼する暇もなく政範は逝去した。従者たちは東山の墓所に政範を葬り、髻《もとどり》だけを持ち帰った。前途洋々の若武者だった政範の死は、鎌倉の人々に大きな衝撃をもたらした。

これにより義時には江間《えま》家という別家を立てさせ、北条の家督を政範に譲るという時政の構想が瓦解する。

実は政範の死まで、義時は江間という苗字を名乗っていた。というのも別家を立てた方が、鎌倉府内の勢力争いでは有利になるからだ。現に三浦から分かれた和田、平賀から分かれた大内といった別家が本家と同等ないしは、それを上回る勢力を有することもある。かつて「十三人の合議制」が施行された際、時政と義時だけが親子で名を連ねることができたのも、義時が江間姓を名乗っていたからだ。

だが政範の死は、それだけに終わるものではなかった。失意の時政は、それまでの慎重で狡猾な姿勢を捨てたかのような暴走を始める。

また同日にもたらされたもう一つの話は、政範の悲劇の陰で目立たないものだったが、それが後々まで大きな禍根を残すことになる。

それは政範の死の前日にあたる四日、平賀朝雅が鎌倉よりやってきた若武者たちを六角東洞院《ひがしのとういん》の自邸に招き、酒宴を開いた時に起こった。

些細なことから朝雅と畠山重保が口論になったというのだ。むろん事はすぐに収まったが、双方の間には、わだかまりが残った。

この二つの事件があったものの、十二月十日、若武者たちに供奉《ぐぶ》された将軍御台所が鎌倉に到着した。鎌倉では盛大な祝賀の宴が行われ、実朝と将軍御台所の門出を祝った。

かくして元久元年は終わり、元久二年（一二〇五）を迎える。

五

実朝の将軍就任から二年余が経ち、元久二年となった。

実朝が都から御台所を迎えたことで、鎌倉全体が祝賀気分に包まれていた。政子の住む大倉屋敷にも流れてくる笛や太鼓の音を耳にしながら、政子は時の流れの速さを痛感していた。

建久十年（一一九九）に頼朝が没してから、わずか六年しか経っておらず、その間に梶原一族の追放（後に滅亡）、比企一族の討伐と滅亡、頼家の廃位と隠居（後に殺害）、伊賀・伊勢両国における平氏残党の蜂起と討伐といった事件が相次いで起こった。

そうした中、実朝の将軍就任、右近衛中将《うこんえのちゅうじょう》補任、結婚といった慶事は、暗い事件ばかりだった鎌倉幕府と源家一門を明るくするものになった。


六月二十一日の深夜、大倉屋敷に、義時が微行《びこう》してきた。

「また何かあったのですか」

「ええ、ありました」

苦笑いしているものの、義時の顔色は冴えない。

「またしても厄介事ですね」

「そうなのです。実は今夕、父上から『飯でも食おう』と誘われ、名越まで行ってきたのですが――」

義時によると、名越に着くと五郎時房もいて、三人で食事をしたという。最初はたわいもない世間話や噂話に終始していたが、どうしても話題は政範の死に行き着いてしまう。

そこで時政が「こんな時に嫌な話なのだが」と言いながら切り出したのが、畠山一族の謀反の噂だった。噂の出どころは明確に言わなかったが、どうやら京にいる平賀朝雅から牧の方に伝えられ、それで時政の耳に入ったらしい。

義時が苦い顔で言う。

「都で平賀殿と畠山六郎（重保）殿の間で諍《いさか》いがあったのは、姉上もご存じの通り。厄介なのはその原因ですが、どうやら双方共に武蔵国の権益について思うところがあったらしく、罵り合いになり、六郎殿の言葉尻を平賀殿が捕らえたことで摑み合いになったようなのです」

「諍いの話は聞いていますが、些細な言い争いが原因ではないのですか」

「それがしが父上から聞いたところによると、そこには根深いものがあるようです」

本来、武蔵国は「関東御分国《ごぶんこく》」と呼ばれる将軍の知行国の一つで、その下で平賀朝雅が国守に任命されていた。一方、武蔵国留守所惣検校職に任じられていたのが重保の父の畠山重忠だった。

この職は一国の国衙《こくが》を支配できる後の守護大名のようなもので、初めは秩父《ちちぶ》一族の河越《かわごえ》氏に世襲されてきたが、義経に連座して河越氏が没落した後は、畠山氏が継承していた。

しかし国守と惣検校職双方の職掌には、様々な矛盾が内包されていた。とくに財源となる国衙の扱いについては、双方が権限を主張し、現地でも揉め事が頻発していた。

「武衛様ご健在の頃から、双方が自らの権限を都合よく解釈し、諍いが絶えませんでした」

「そうでしたね。双方は元々険悪な関係でしたが、酒の力によって不満が噴出したようで、六郎殿が『武蔵国留守所惣検校職は、武衛様ご健在の頃から武蔵武士を統率・動員する役割で、国衙を司る（管理する）権限もある』と申したことで、言い争いに火がついたと聞きました」

「それは父上から聞いたのですか」

「いいえ。御台所様を都まで迎えに行った者、すなわちその場にいた者から聞きました」

「つまり平賀殿が、その言葉尻を捉えたのですね」

「そうです。平賀殿は賢いお方です。六郎殿の『武蔵武士を統率・動員』という一節をあげつらい、『これはしたり。六郎殿は国衙を押さえて兵乱を起こすおつもりか』と言ったので、双方は摑み合いになったそうです」

そこまでは、政子も知らなかった。

「平賀殿は、それを父上に告げてきたのですね」

「おそらくそうでしょう。それで父上は『畠山一族に謀反の兆しあり』などと言い、六郎殿を呼び出して尋問すべきと主張していました」

「あの『忠節比類なし』とまで言われた畠山殿（重忠）が、謀反など企てるはずがありません」

「それがしもそう思いました。ましてや尋問などすれば、険悪な関係になるのは必定。万が一、戦となれば、われらとて秩父一族に勝てる保証はありません」

坂東平氏の流れを汲む秩父一族は、秩父重綱《しげつな》を祖として、河越氏（すでに滅亡）、畠山氏、小《お》山田《やまだ》氏、稲毛《いなげ》氏、榛谷《はんがや》氏、江戸《えど》氏、渋谷《しぶや》氏、豊島《としま》氏といった大族を形成していた。これらが一丸となれば、そちらに付く御家人も多く出てくると思われ、北条氏を中心とした勢力が勝てる見込みは皆無に等しい。

「しかも昨日、鎌倉に入った稲毛入道を呼び出したのは父上のようなのです。一方、同時に鎌倉入りした畠山六郎殿は、稲毛入道の呼び出しに応じたとのこと」

稲毛入道とは稲毛三郎重成《さぶろうしげなり》のことで、頼朝創業の頃から活躍した功臣の一人だ。かつて重成が亡き妻（政子の妹）のために、財産の大半を使って相模川に大橋を架けた時、頼朝は病を押してその祝賀の儀に参列し、その帰途に落馬してしまい、それが原因で死去していた。

重成は、それほど頼朝が頼りにしてきた御家人の一人で、妹が嫁いでいたことから、政子とも縁が深かった。だが重成は、戦闘にしか己の真価を発揮できない男で、兵乱の時代が終われば、片隅に追いやられる人材の一人だった。

政子が問う。

「つまり六郎殿は信頼厚い稲毛入道の呼び出しだからこそ、単身で鎌倉に来たのですね」

「どうやら、そのようです」

畠山重保と稲毛重成は秩父氏系の同族で、重保の父の重忠と重成が親しいこともあり、重成が身の保証を請け合ったことで、呼び出しに応じたらしい。

「父上は何を考えているのでしょう」

「おそらく畠山一族を滅ぼし、武蔵国を手に入れようとしているのでしょう」

「しかし重忠殿は、菊《きく》の夫ではありませんか」

重忠の室は菊の前という時政の娘で、平賀朝雅も時政と牧の方の間に生まれた娘を室に迎えているので、二人は義兄弟の間柄だった。

「父上にとっては、どうでもよいことなのです」

「ということは、菊の夫の一族を滅ぼしても、平賀殿の武蔵国支配を確固たるものにしたいというわけですね」

「はい。当然、牧の方に迫られてのことでしょう」

「で、そなたは父上に何と申したのですか」

「それがしは『もしもよからぬ企てをお考えなら、おやめになった方がよろしいでしょう』と申し上げました。畠山殿は亡き武衛様より『わが後胤《こういん》（子孫）を守り奉るべき仁』という言葉を賜り、格別の扱いを受けてきました。しかも比企の乱の折、『比企討伐の理はない』と反対しつつも、鎌倉府の命を奉じて討伐軍に加わりました」

御家人たちは鎌倉幕府との間に「御恩と奉公」の関係を結んでいる。いかに理屈に合わないことでも、幕府の命令が聞けないとなれば、所領を返上し、その関係を断たねばならなくなる。

それは謀反と解釈され、周囲からの攻撃に晒される。つまり幕府の命令を拒否することは、滅亡を覚悟するに等しいことだった。

それゆえ理に適っていないと思いつつも、重忠は幕府の命令に従ってきた。

「さらにそれがしは、『源家に忠節を尽くしてきた者を討てば、御家人たちの反感を買い、いつかは北条家が火の粉をかぶることになります。ここはまず六郎殿を問注所に呼び出し、謀反の真偽を糺《ただ》すべきではありませんか』と父上に申し上げました」

「それで父上は何と――」

「『至極尤も』と言ってうなずいていましたので、それがしの忠告により、性急な動きは止められたと思います」

「それはよかった。で、五郎（時房）は何か言っていましたか」

「父上の前では何も言いませんでしたが、帰途には『この裏には何かある』と――」

「それは、いかなる謂《いい》ですか」

「私にも分かりません。問い返しても、五郎は『そんな気がする』と申すだけでした」

「五郎は勘がいいので、何かを感じ取ったのでしょうね」

「そうかもしれませんが、まずは畠山殿を救うことからです」

「何か手立てはあるのですか」

「難しいですな」

義時が腕組みして首を左右に振る。

「何とか阻止できませんか」

「姉上は、此度ばかりは父上を止めたいのですね」

「はい。畠山殿の忠節には比類なきものがありました。しかも秩父一族と戦って勝てる保証はありません」

「それもそうですな。分かりました。明日にも父上の許に参り、自重を促します」

「そうして下さい」

政子は、これで事は収まると信じていた。

六

二十二日早暁、事態が急変する。それは畠山重保邸に回ってきた触書によって始まった。重保が就寝していると、「由比ヶ浜で謀反人たちとの戦闘が起こり、鎌倉にいる御家人は由比ヶ浜に集まるように」という触書が回ってきた。

「すわ一大事」とばかりに、郎従三人を従えた重保が由比ヶ浜に向かっていると、鶴岡八幡宮の一ノ鳥居付近で待ち伏せていた三浦義村の手勢によって、重保は討ち取られた。しかも重保は甲冑姿だったため、謀反人として扱われることになった。

この一報を受けた政子は茫然とした。どうやら時政の陰謀は相当早くから進められており、義時に知らされたのが陰謀を実行する前日だったのだ。しかも三浦義村という第三者に討たせたことで、時政が表に出ることはなかった。

いかに事を収めるか考えているところに、義時がやってきた。

「まずいことになりました」

肩を落とす義時に、政子が問う。

「此度の父上の陰謀には、稲毛殿と三浦殿も絡んでいるということでしょうか」

「そうなります。しかも稲毛殿は数日前、菅谷《すがや》に使者を飛ばし、畠山殿（重忠）に六郎殿の窮地を訴えたようです」

菅谷とは、畠山重忠の本拠がある武蔵国比企郡菅谷のことだ。

「つまり稲毛殿は、六郎殿が三浦に討たれる前に、菅谷に使者を送ったということですね」

「そうです。おそらく畠山殿は、もうこちらに向かっているでしょう」

しかし軍勢を率いてきてしまえば謀反になるので、重忠が少人数でやってくることは間違いない。時政は、それを見越して討とうとしているのだろう。

「ということは、鎌倉で兵乱が起こるのですね」

「いや、畠山殿は六郎殿の死を途次に知るはずです。しかし多勢に無勢ではいかんともし難く、いったんは菅谷に引くことになるでしょう」

それが、この時点での義時の予想だった。

「では、討伐軍を催すことになりますね」

「もちろんそうなります」

「その大将には、父上が就くのですか」

時政は六十八歳になるが、いたって壮健で弓馬の腕もさほど衰えてはいない。しかも寡兵の畠山勢相手に総大将が弓を取ることもないので、大将の座を望むはずだ。

本来なら、こうした謀反の鎮圧は侍所別当の和田義盛の職務だが、畠山一族討伐後の武蔵国での権益確保のため、時政は無理を押し通して討伐軍の大将に就くと思われた。

「畠山一族を滅亡させたからといって、武蔵国の国守を務める平賀殿（朝雅）の利にはなっても、父上の利になるとは思えません」

「父上は牧の方に弱い。娘婿の平賀殿の利になることなら、父上はやるでしょう」

「本当に困ったものです。でも――」

政子にははっと気づくことがあった。

「われらが牧の方を邪魔に思っておるのなら、牧の方もわれらに対して同じように思っているでしょう」

「まあ、そうでしょうな」

「牧の方は、われらがいなくなれば父上を動かし、好き放題にやれます」

「その通りですが、何か危惧していることでもあるのですか」

政子の胸の内に疑念が湧き出してきた。

――私が牧の方ならどうする。まず私の威権（権威）の源泉は佐殿の正室だったこと。だが将軍も三代を数え、御家人たちの佐殿に対する恩義も薄れつつある。つまりわれらが威権を保持しているのは、千幡を奉じているからだ。

「姉上、何をお考えか」

「われらの威権の源泉は将軍家にあります。私が将軍家の母だからです」

「まさか牧の方には、将軍家を退隠させる構想があると仰せか。そのための最初の一手が、畠山一族の討滅と武蔵国の独占ということですか」

「私が牧の方なら、そこまで考えます」

「しかし誰を次期将軍に据えるというのです」

「平賀殿でしょう」

平賀朝雅は父の義信の時代から、源氏の門葉として御家人筆頭を任じてきた。しかも源氏の血を引くので、四代将軍の座に就いても、御家人から文句は出にくい。

「しかしどうやって――」

「父上はわれらの隙を突き、将軍家を拉致し、退隠を無理強いするつもりです」

「何と。そんなことができるのですか」

「父上とそなたは、万寿を殺したではありませんか」

「いや、それは――」と言って義時が俯く。その後には「それは、姉上もお認めになったことでは」という言葉が続くはずだが、義時はそれをのみ込んだ。

「父上は一度成功した手を再び使うつもりです。名越の邸に将軍家を押し込め、退隠を強いる。御家人たちは父上と三浦一族が手を組んでいると分かれば、靡《なび》くように味方します。一方、われらは孤立し――」

　政子は殺されないまでも、どこぞの寺に幽閉され、義時は殺されるだろう。

「しかし父上は、われらを頼みとしています」

「そんなことはありません。父上は平賀殿を四代将軍に据え、五郎を北条家の家督とするでしょう。さすれば思い通りになります」

　時政は己に似て権謀術数を得意とする義時よりも、武辺者の五郎時房を愛してきた。

「では、父上と距離を取るべきでしょうか」

「そんなことをすれば、父上はそなたを謀反人に仕立てるやもしれません」

「自分の子を、ですか」

「思い通りにならない者は、たとえ子であっても父上にとって敵なのです」

　義時が苦笑いを浮かべる。

「まいりましたな。では秘密裏に与党を増やす手立てを考えておかねばなりません」

「その通りです。そうだ」

政子が絶妙の策を思いついた。

「畠山殿には申し訳ありませんが、そなたが討伐軍の大将の座に就くのです。それで畠山殿を討伐すれば、鎌倉府の中で、そなたの声望が高まります」

「待って下さい。無実の畠山殿を討って声望が高まるわけがありません」

「いいえ、こうすればよいのです」

政子が声を潜める。

それを聞いていた義時の顔色が変わる。

「姉上は恐ろしいお方だ」

「父上の娘ですから」

自分でさえ、その皮肉に慄然とする。

「しかし姉上、われらが父上を殺せば不忠者となりますぞ」

「分かっています。殺さずに伊豆に隠棲してもらいます」

「なるほど。しかし都にいる御仁はいかがなされる」

時政を失脚させても朝雅がいる限り、巻き返しを図ってくる可能性がある。

「誰かを遣わす必要がありますね」

「遣わすとは――、ああ、刺客ですね」

それについて政子は何も言わない。

「承知しました。都のことは、こちらの事がうまく運んだら考えます」

「事は慎重に行って下さい。一つ間違えば、われらの命取りになります」

「はい。お任せ下さい」

義時はにやりと笑うと出ていった。だがその顔には、一抹の不安が漂っていた。さすがの義時も、謀略を得意とする父が相手では、事をうまく運ぶ自信がないのだろう。

だからこそ政子は、時政を徹底的に追い込まねばならないと思った。その反面、時政不在の鎌倉府など考えようもない。頼朝亡き後、御家人たちを束ねてきたのは、時政なのだ。

――だが父上も、いつかは身を引く時を迎える。それが少し早まったと思えばよいだけだ。

政子は義時と共に、不孝この上ないことをやろうとしている。だがそれは、鎌倉幕府を守るためなのだ。

これも鎌倉幕府を守るという大義の前では些細なことだと、政子は己に言い聞かせた。


政子との密談の後、義時が名越の時政邸に駆けつけると、時政が出陣の支度をしていた。

義時が「万が一に備え、父上は御所の警護をお願いします」と言い、自ら畠山重忠討伐の大将を買って出ると、時政は驚き、「自ら行く」と言い張った。しかし長老の大江広元と三善康信も義時に同意したため、時政は「御所の警護に就きながら、場合によっては二の手の大将として出陣」という線で妥協し、義時が討伐軍の先手大将と決まった。

さすがに六十八歳という高齢の時政にとって、合戦は荷が重かったのだろう。だが二の手であっても、甲冑を身にまとって様々な指示を飛ばしていれば、周囲からは総大将という印象を持たれることを、時政は計算しているに違いない。

その日の午後、義時は集まってきた御家人たちを率いて、鎌倉街道を北進した。

同じ頃、稲毛重成から呼び出された畠山重忠は、相模国の二俣川《ふたまたがわ》付近まで兵を進めていた。戦うつもりはないので、百三十四騎という小勢だった。

そこに重保が殺されたという一報が届く。しかも畠山勢を迎撃すべく、鎌倉方が大軍で押し寄せてくるという知らせも入った。

これを聞いた重忠は覚悟を決める。

郎従の中には「菅谷に戻って守りを固めるべし」という意見もあったが、逃げ出せば梶原景時のように味方する者はおらず、滅亡を待つばかりとなる。それなら負けを覚悟で一戦に及び、死に花を咲かせようというのだ。

鶴《つる》ヶ峰《みね》の麓に陣を構えた畠山勢は、雲霞《うんか》のごとき鎌倉勢と激突した。初めは一進一退を繰り返していたが、一人また一人と討たれた畠山勢は、次第に鶴ヶ峰の麓に追い詰められていった。

夕刻、これまで幾度となく戦場を駆けめぐっても、一度として負傷すらしなかった重忠に矢が命中した。重忠がもんどりうって馬から落ちる。ほぼ即死の状態だった。頼朝の時代から常に先陣を承り、鎌倉武士の典型として伝説と化していた重忠も、遂に命運が尽きたのだ。享年は四十二だった。これを見た次男の重秀《しげひで》以下も自害し、畠山勢は壊滅した。

この時、郎従の一人が重忠の首を持って逃げようとしたが、すぐに包囲されて首を奪われた。その首は、矢を射た愛甲季隆《あいこうすえたか》によって義時に献上された。

かくして武勇の誉れを一身に集めてきた重忠は、呆気ない最期を迎えた。これを見た秩父一族も北条氏に平伏するしかなくなった。

その翌日、またしても不可解な事件が起きる。

稲毛重成とその実弟の榛谷重朝《しげとも》の屋敷に三浦勢とその与党が押し寄せ、本人はもとより、一族もろとも皆殺しにしたのだ。

政所別当の時政は、二人の讒言《ざんげん》によって無実の畠山重忠・重保父子が殺されたと発表した。平賀朝雅の讒言にもかかわらず、時政は罪を二人になすり付けたのだ。

時政としては、これにて一件落着のつもりだったが、事はそれで終わらなかった。

七

畠山重忠の謀殺から約二月後の閏《うるう》七月十八日、名越の時政邸で宴が開かれた。この宴には実朝も招かれており、実朝は時政邸に泊まることになっていた。

その日の真夜中、突如として現れた三浦義村や結城朝光らは、時政に「尼御台様の命により、実朝を迎えに来た」と告げ、半ば強引に実朝を連れ去った。あまりに急なことで時政陣営に備えはなく、時政は抵抗をあきらめて実朝を引き渡さざるを得なかった。

実朝を奉じた三浦義村らは義時邸に入り、政子と義時に実朝を託した。

この翌日、義時が問注所に時政を訴え出ることで、事態は急展開を見せる。


評定の間には緊張が漂っていた。

極めて重大な詮議を行うというので、この座には政子も呼ばれていた。

中央上段に政子が、左手に時政が一人座し、右手に大江広元と三善康信が居並んでいる。下座には訴人《そにん》となった義時が、政子と正対するように座していた。

広元が威儀を正して口切の言葉を述べた。

「本日、相州《そうしゅう》殿（義時）から訴えがあり、急遽、審理の座を設けることになった。今申し上げた通り、訴人は相州殿、論人《ろんにん》（被告）は――」

広元が一つ咳払いしてから言う。

「遠州殿（時政）になる。なお、此度は北条家中の身内人が訴人と論人になったので、尼御台様にもお越しいただいた」

「待たれよ！」

時政が憤然として板敷を叩く。

「いかに家中の揉め事とはいえ、相州が問注所に訴え出たということは、公の裁きになる。その場に尼御台様がおられるというのは、筋が通らぬではないか」

問注所執事（長官）の三善康信が毅然として答える。

「遠州殿、尼御台様は此度の詮議に加わらぬ。それとも遠州殿は、尼御台様がおられると都合の悪いことでもおありか」

「いや、そういうわけではないが――」

「では大江殿、始めていただこう」

それで詮議が始まった。

「まずは相州殿からの訴えだが、書面ではもらっておるが、当人から語っていただいた方がよさそうだ」

「承りまして候」

義時は平伏すると、語り始めた。

「そもそも――」

義時は「畠山重忠・重保父子の討伐」について、以下の点を挙げた。

・当初は、都にいる平賀朝雅からの報告により畠山父子の謀反が発覚したことになっていたが、いつの間にか、稲毛重成と榛谷重朝の讒言にすり替わっていたこと
・畠山父子の謀反には根拠がないこと。また十分な詮議なくして軍兵を催して討ち取ったのは、鎌倉府の定法に違背していること
・詮議もなしに稲毛重成と榛谷重朝を討ったことは、政所別当として重大な過失になること
・祝宴にことよせて実朝を拉致し、退隠を迫ろうとしたこと

「笑止！」

時政が扇で自らの膝を打つ。

「まず、都から謀反の讒言があったというのは全くの妄説にすぎません」

平賀朝雅から時政への書状は時政が所持しており、すでに処分しているはずだった。つまり証拠は存在しない。しかも義時と時房に対し、時政は噂の出どころを明言していないのだ。

広元が言う。

「つまり、謀反の讒言は稲毛重成と榛谷重朝によってなされたと仰せか」

「その通り。それがしも騙されたのです」

そう言って時政が回覧させたのは、畠山重忠が稲毛重成と榛谷重朝あてに出した挙兵への協力要請の文書だった。

広元が問う。

「遠州殿は、これを稲毛殿から得たのですな」

「そうです。稲毛と榛谷の兄弟は、武蔵国の惣検校職を畠山家から奪おうと、この文書を偽造し、それがしを騙したのです」

それをじっくり見ていた康信が問う。

「これは畠山殿の筆跡とは明らかに違う。さようなものに騙されたと仰せか」

「恥ずかしながら仰せの通り。しかしそれがしは『重保を呼び寄せたので、すぐに討ち取るべし』と言う稲毛を抑え、まずは詮議を行おうとしました。ところが稲毛が勝手に三浦殿に、それがしの内意として騙し討ちを命じたのです」

「では、三浦殿にお越しいただこう」

三浦義村が呼び出されるのは、時政も承知なのだろう。前もって根回しもしているはずだ。

義村が入室しても、時政は顔色を変えない。そのことからも根回しは明らかだった。

「三浦殿、一ノ鳥居付近で畠山重保を討ち取ったのは、そなただな」

「はい。そうです」

「そなたは、稲毛重成から『遠州殿の内意』と聞かされて待ち伏せたのだな」

「そうです」

「なぜ、さような言葉を信じた」

「遠州殿の書付があったからです」

義村が書付なるものを取り出して回覧させた。

この時代、いまだ執権《しっけん》という言葉はなく、時政の権限や職掌も法的に明確になっていない。しかしこれまで時政の独断で誰かに命じたことを、広元や康信が追認することが度々行われていたので、時政の命令は、「将軍の意を受けて」という解釈がなされるようになっていた。

それを一瞥《いちべつ》するや時政が言った。

「それがしの筆跡に似ているとはいえ、稲毛による偽書なのは明白」

広元が厳しい口調で問う。

「なぜに、そう言える」

「花押《かおう》が違います」

花押は平安時代に日本に入り、鎌倉時代には、よく使われるようになっていた。

「違うと言えば違うが、微妙だな」

――父上はあえて花押を崩して書き、後で身の潔白の証しにしようとしたのだ。

時政なら、そこまで考えていても不思議ではない。

「違うものは違います」

時政が言い切る。だがその言葉には、多少の不安が漂っていた。

広元が重ねて問う。

「では、なぜ何の詮議もせずに稲毛重成と榛谷重朝を討ち取ったのか」

時政が胸を張って答える。

「それがしは『討ち取れ』などと命じた覚えはありません。逃亡の恐れがあるので、三浦殿らに捕らえるよう命じたのです。のう、三浦殿」

義村が畏まると答えた。

「いかにも、さような指示を受けました。それゆえそれがしも捕らえに行ったのです。ところが二人とも逃亡を図ろうとしたので、討ち取らざるを得ませんでした」

それを聞いた時政は、「そら見たことか」と言わんばかりに胸を張る。

「どうやら遠州殿は、すべて考慮の内のようですな」

康信が皮肉交じりに言う。

「考慮も何も、それがしは真実を述べたまで。それよりも父を論人にして訴えた者を処罰しなくてもよいのですか。もししないのであれば、わが家中の仕来りに則り――」

「お待ちあれ」

これまで黙ってやりとりを聞いていた義時が顔を上げる。

広元が義時を押しとどめようとする。

「相州殿、聞いての通りだ。もはや遠州殿の潔白は明らか。仮に何らかの策配があっても、証拠はない。となれば――」

「証拠はあります」

広元と康信が義時に顔を向ける。一方、時政は大きく目を剝き、大声で喚《わめ》いた。

「世迷言《よまいごと》を申すな！　証拠などない！」

「そうでしょうか」

「何だと――」

「大江殿、三善殿、証人を呼んでもよろしいか」

「もちろんだ」

二人が声を合わせる。

「障子を開けよ！」

広縁に控えていた二人の武士が障子を開け放つ。それにより評定の間の正面の庭が見えた。そこには一人の武士が拝跪し、縄掛けされた一人の男の縄尻を持っていた。

八

義時が冷静な声音で言う。

「ここにおるのは北条五郎。ご存じの通り、遠州殿の息子にしてわが弟です」

「はっ、北条五郎時房に候！」

「そしていま一人は——」

「顔を上げろ！」

時房が、縄掛けされた男の髻を摑んで顔を引き上げる。

「ひい！」

時政が目を見開く。

「まさか、大岡《おおおか》三郎か！」

大岡三郎時親《ときちか》は牧の方の兄として、時政の家宰《かさい》のような役割を担っていた。かつて二人の父の大岡宗親《むねちか》は、政子の命を受けて頼朝の愛妾・亀《かめ》の前《まえ》の邸宅を壊し、これが頼朝の逆鱗《げきりん》に触れて誅殺されそうになったが、時政に匿《かくま》われて命を救われた。それ以来、息子の時親も時政の忠実な配下となっていた。

広元が時政と時房を見比べながら言う。

「相州殿、説明していただこう」

「承知仕りました。では、五郎に語らせます」

「はっ」と答えて、時房が経緯を語り始めた。

畠山重忠を討ち取ってから二日後の深夜、大岡時親が時房邸に微行してくると、牧の方の伝言として「今なら相州は油断しているので、兵を催して夜討ちなされよ。さすれば、そなたが北条家の後継となる。これは父上の命でもある」と伝えてきたという。この場合の後継とは、北条家当主という謂にとどまらず、政所別当職を含めた後の執権の意味が含まれている。

「それがしは話に乗る素振りをしながら聞いていたのですが、調子に乗った大岡は驚くべきことを申しました」

「それは何だ」

広元が鋭い眼光で問う。

「ゆくゆくは将軍家を退隠させ、都から平賀朝雅殿を呼び戻して将軍の座に就けるとか」

「何と――」

広元と康信が顔を見合わせる。

「さすれば朝幕の融和は、いっそう進むとも」

この頃、実朝はまだ少年で、後鳥羽上皇との間に親密な関係を築けていなかった。そのため自らが信頼する朝雅に鎌倉幕府を任せたいという後鳥羽の希望は、あり得ない話ではなかった。むろん牧の方の陰謀は後鳥羽の意を受けてというわけではなかったが、後鳥羽の意向を忖度《そんたく》していたのは言うまでもない。

後鳥羽の政権構想は、天皇と上皇を中心にした王家が最高権力者として君臨し、その下に権門《けんもん》として政治を司る公家が、祭祀を執り行う寺家が、そして治安維持を司る武家が分立するというものだった。

すなわち武士は治安を維持するための一機関にすぎず、武家政権なるものは存在しないという建前にあった。

「それで、そなたは何と申した」

「話をすべて聞いた後、『たとえ父の命だろうと、兄を討ち取るなどという愚行はいたさぬ。ましてや将軍家に謀反を働く気など毛頭ない』と申し、此奴を捕らえました」

康信が問う。

「大岡、それは本当か」

大岡が尾羽打ち枯らしたような声を上げる。

「はい。本当です。すべて話しますからお許し下さい」

「嘘だ！」

時政が立ち上がる。背後に控えた武士たちが、すかさず時政の肩を押さえて座らせた。

庭にいる時房が涙声で言う。

「父上、見苦しい真似だけは、おやめ下さい」

「わしは知らぬ。本当に知らぬ。親として息子を討つなどということができようか。のう相州、わしを信じてくれるな」

義時が冷静な声音で答えた。

「それは信じましょう」

「ああ、よかった」

「しかし父上、ここに大岡がいるということは、誰かが父上の命と偽り、それがしを殺そうとしたことは明らか。おそらく――」

義時の目が光る。

「それがしを殺すことを勧めたのは、牧の方でございますな」

「ううっ――」

時政が言葉に詰まる。

「父上の策配は完全でした。だが浅はかな女性《にょしょう》により、ぶち壊しになったのです」

「いや、待て。そうではない」

「いいえ、ここにいる大岡が何よりの生き証人。そうだな、大岡！」

「は、はい。牧の方から五郎様に、このことを告げるよう命じられました」

「むろん畠山殿の謀反なども、すべて遠州殿の策配だな」

「その通りです。それがしは牧の方の兄として、すべて聞いております。何でもしゃべりますから、どうか命だけはお助け下さい」

時親がその場に突っ伏し、額を地面に擦り付ける。

時親の父の宗親は、駿河国の大岡牧を管理すべく朝廷から派遣された末端の公家だった。息子の時親も、武士としての教育を受けてきていない。それゆえ見苦しい振る舞いを恥とも思っていないのだろう。

時親の懇願を無視して、義時が問う。

「父上、もはや申し開きをする余地はありませんな」

「ああ、何と浅はかな――」

時政が板敷を叩く。

――牧の方は義時が邪魔だった。それで父上の後継の座を餌に五郎を釣ろうとした。つまり五郎を利で釣れると侮っていたのだ。それだけならまだしも、時房が話に乗り気なのを見て、調子に乗った時親が平賀朝雅の将軍就任計画を漏らしてしまったのは痛恨だった。

時政の嗚咽が聞こえる中、広元が断じる。

「鎌倉府の政所別当にして宿老の一人でありながら、さような策謀をめぐらし、罪もない畠山一族を滅亡に追い込んだ罪は重い。さらに証人を消すという卑怯なことまでするとは言語道断。腹を召されるのが妥当でしょう」

「待たれよ！」

時政が声を絞り出す。

「この場で出家し、伊豆に隠棲するので、どうか命だけは――」

「黙らっしゃい！」

常は温厚な広元が、扇子で時政を指す。

「そなたが独断でやったことの尻拭いを、われらは嫌々ながらやってきた。それがいかに鎌倉府の存立を危うくするものか、そなたに諫言しても、聞く耳を持たなかったではないか！」

時政の独断専行を、広元も苦々しく思っていたのだ。

康信が皮肉交じりに言う。

「多くの者を死に追いやってきた遠州殿だ。かような末路を迎えるのは分かっていたはずだ。最期くらいは鎌倉武士の潔さを見せてくれぬか」

「いや、待たれよ。これまでの功に免じて死一等を減じて下され」

「何と見苦しい」と言って康信が横を向いたが、広元は義時に問うた。

「相州殿、遠州殿に創業の功があるのも事実だ。そなたの存念を聞きたい」

「はい」と答えると、義時が威儀を正す。

「子として親を死に追いやることはできません。それゆえ死罪を免じていただけるよう、お願い申し上げます」

「ああ、ありがたや。ありがたや！」

時政が義時の方を向いて手を合わせる。

「しかし――」

義時の口調が険しいものに変わる。

「父上を解き放ってしまえば、またぞろ謀略をめぐらすは必定」

「いや、そんなことはせぬ。天地神明に誓って仏道に精進する！」

「父上、周囲に警固の者を付けないと、畠山の縁者や残党が襲ってくるかもしれませぬぞ」

「いや、心配には及ばぬ。わが郎従に守らせる」

「父上！」

義時が強い調子で言う。

「父上の郎従など一人もおりませぬ。郎従は北条家に付属しており、それは次の当主となるそれがしが引き継ぎます」

「では、わが身はどうなるのだ」

「父上が前《さき》の将軍家に科したものと同じ刑罰が妥当かと」

「ええっ！」と言って時政がのけぞる。

康信がため息交じりに言う。

「修善寺に幽閉するのだな」

「はい。と言っても寺には入れず、近くに庵を結ばせ、周囲にわが手の者を配します。さすれば畠山の者どもに襲われる心配も要らぬ上、かつての郎従や雑人を呼び出して策謀をめぐらすこともできません」

それがいかに過酷な刑かは、時政もよく知っている。

「ああ、小四郎、許してくれ。何でもするから、それだけは勘弁してくれ」

「なりませぬ」

時政が嗚咽を漏らしながら言う。

「ではお牧を——、お牧と一緒に住まわせてくれ」

「女人については、われらは知りません。姉上、いかがなされますか」

初めて政子が口を開いた。

「牧の方は無罪といたしましょう」

「ああ、ありがたい。さすが政子だ」

「しかし父上と同居はできません。近くの尼寺に住まわせ、月に一度、面談の機会を設けましょう。さもないと父上は、牧の方を使って策謀をめぐらすことになりますから」

「そんなことはせぬ。せめて二人で四季の花を愛《め》でながら暮らさせてくれ」

政子が心を鬼にして言う。

「なりませぬ。牧の方とお会いになる時も、われらの郎従を陪席させます」

「ああ、何と酷い——」

政子がため息をつく。

「父上は将軍家を廃そうとしたのですぞ。これ以上、甘い裁定を下せば、われらも御家人たちに示しがつきません。父上は速やかに落飾《らくしょく》し、明日にも修善寺に向かって下さい」

「それが親に言う言葉か!」

時政の一言が胸を抉《えぐ》る。だが政子は負けてはいなかった。

「父上、もはやすべては終わったのです。最後だけは潔く身をお引き下さい」

時政がその場に突っ伏し、泣き声を上げ始めた。

一同は、それを黙って見ているしかなかった。


翌二十日、出家した時政は伊豆修善寺へと出立した。

また同日、朝雅追討の特使が京に向かって発向し、二十六日、朝雅は在京御家人によって誅殺された。この時、朝雅は武辺の名に違わず、六角東洞院の館で相当の抵抗を示したが、かつて伊勢・伊賀両国守護職を解任された山内首藤経俊の息子によって討ち取られた。だが両国の守護職は山内首藤経俊には戻らず、朝雅の甥の大内惟信《これのぶ》のものとなる。

これにより空席となった京都守護には、中原親能の子の季時《すえとき》が任命された。

ちなみにこの頃から、在京御家人という者たちが現れてくる。朝幕双方の行き来が頻繁になるに従い、武士や文士など京に常駐する者を増やさざるを得なくなったのだ。

これまでは半年で交代する大番役が朝廷との交渉を担ってきたが、それでは引き継ぎがうまく行かず、常駐者が必要になったためだ。彼らは六波羅に集住し、次第に朝幕両属のような曖昧な存在となっていく。

すべての希望を失った牧の方は、それでも時政を見捨てず修善寺に下向し、建保《けんぽう》三年(一二一五)、時政が七十八歳で死去するまで、その近くに侍っていた。その後は都に向かい、娘の嫁いだ公家の許に身を寄せて天寿を全うした。

牧の方の兄の大岡時親は罪一等を減じられ、出家させられた上で放逐された。

なお一連の事件に大きく関与していた三浦義村は「お咎めなし」だった。義村は「政所別当の命令」を執行したという主張を押し通し、それが通った形になった。

しかし義村を罰することで三浦一族を敵に回すことは、北条家にとって百害あって一利なしなので、政子と義時は父の時政同様、義村との協調関係を保っていくことにした。

時政が失脚することで、鎌倉幕府の主導権は政子と義時に握られた。義時は政所別当の座に就き、同時に北条家の家督を継ぎ、晴れて北条義時となった。また時房は義時を裏切らなかった功により、時政が就いていた遠江守に補任された（後に駿河守を経て武蔵守へ）。

時政から義時への権力の移動は、鎌倉幕府の政治方針の変更を意味した。

時政は二年弱という短さながらも政所別当として権力の頂点に君臨し、文士の大江広元と三善康信の三人で執行体制を敷いていた。むろん時政が独断専行し、それを二人が追認するような形だったので、時政の権力は肥大化の一途をたどっていた。

時政の方針は明快だった。二代将軍頼家の暴走を許してしまった経験から、将軍権力を弱め、同時に頼朝が志向した源氏の血統重視主義を解体し、集団指導体制（実態は時政独裁）を貫くことに重点が置かれていた。

平賀朝雅が将軍になれば、時政の構想も夢ではなかったはずだ。しかしそれを実現するには、実朝の実母の政子と弟の義時の存在が邪魔になる。

自らの子らを排除せねばならないという苦境に、時政は立たされた。そのための第一歩として平賀朝雅の権力と財源の確立のため、武蔵国を朝雅の支配下に置く必要があった。

時政の独裁を許してしまった原因が、頼家の将軍職就任直後に確立した「十三人の合議制」の崩壊にあるのは明らかだった。

この時点で「十三人の合議制」のうち存命なのは、時政を除けば、大江広元、三善康信、和田義盛、八田知家、足立遠元《あだちとおもと》、中原親能、そして義時だけになっていた。このうち足立遠元と中原親能の二人は高齢で隠居状態にある。また八田知家はかつて頼家の側に立ち、建仁三年に阿野全成を謀殺したことで、実朝政権成立後は権力の中枢から遠ざけられていた。

かくして幕府の方針に異議を唱えられるだけの実力と実績を持つのは、和田義盛だけになっていた。それゆえ政子と義時は、権力に従順な三浦義村を重用し、同じ三浦一族の和田家を孤立させるように仕向けていくことにした。

畠山一族の討伐から時政の失脚という一連の事件を思い返し、政子は人という生き物の愚かさや浅はかさを知った。時政は権力を握っていたにもかかわらず、それをさらに強化しようとして没落した。

時政が得意とする謀略によって、それは十分に可能だったはずだ。しかし牧の方という不確定要素を考慮に入れなかったばかりに、墓穴を掘ってしまったのだ。それは畠山重保の謀反の疑いを讒言したというだけで、謀略に加担していない平賀朝雅をも巻き込んでしまった。

——父上、余生を穏やかに過ごすことはできなかったのですか。

時政と同じく伊豆にいた頃から頼朝を支えた功臣には、安達盛長がいた。盛長は権力欲がなかったのか、頼朝の死の直後に出家し、「十三人の合議制」の一人に選ばれながらも功臣としての権力を行使せず、静かにこの世を去っていった。

――父上は権力の魔にとり憑《つ》かれていたのだ。

権力の魔に憑依された者は、さらに強い権力を求める。それは死ぬまで続くのだ。伊豆の修善寺で、無聊をかこちながら狭い庭を徘徊するしかない時政の姿を、政子は想像した。

――あまりに哀れではないか。

政子は時政の衰えに従い、徐々に行動の自由度を認めてやろうと思っていた。しばらくすれば時政は力を失い、巻き返しを図ろうにも、それに加担する者などいなくなるに違いないからだ。

去りゆく者もいれば、新たにやってくる者もいる。

この年の十二月、六歳になる善哉が政子の許に挨拶に来た。善哉は頼家の息子の一人で、政子の計らいによって出家し、鶴岡八幡宮に入ることになった。この善哉は、後に公暁と名乗ることになる。

九

元久三年（一二〇六）一月、都から一人の人物が鎌倉へ下向し、実朝の侍講《じこう》の座に就いた。源仲章《なかあきら》である。

仲章を招いたのは政子だった。仲章が実朝の教育係として適任だと思ったからだ。

宇多《うだ》源氏の流れを汲む仲章は院近臣でありながら在京御家人でもあり、武芸一般の手練《てだ》れでもあった。在京中は幕府の命を奉じて犯罪人の追捕などに従事し、建仁三年には阿野全成の三男・頼全を謀反の疑いで討ち取っている。こうした荒事《あらごと》にも通じていながら学者としても名高く、仲章の名は鎌倉にも聞こえてきていた。この頃、仲章の官職は相模守だったが、後に実朝の推挙により、従四位上・文章博士《もんじょう》に任じられる。

政子は早速、仲章と会うことにした。


春の息吹が感じられるようになった大倉屋敷の庭を、政子は仲章と散策していた。もちろん初対面なので、いったん対面の間で挨拶を交わした後、庭に誘ったのだ。

「よくぞ、かような鄙《ひな》の地に参られました」

「こちらこそ、将軍家の侍講にご指名いただき、これほどの栄誉はありません」

仲章は三十歳を少し過ぎたばかりで、学者とは思えない精悍な顔つきをしていた。

「相模守殿は――」

「鎌倉にも相州殿がおりますので、それがしの呼び名は侍講で構いません」

「それでは侍講殿は、都の情勢にお詳しいと存じますが、上皇とはいかなるお方ですか」

「ははは、ずばりと来ましたな」

仲章によると、後鳥羽とは類まれな才能を持つ希代の大王《おおきみ》だという。

後鳥羽は数年前、当時の権力者・源通親の勧めに従い、退位して上皇となった。通親は天皇外戚となるために、後鳥羽を退位させ、四歳の為仁《ためひと》（土御門帝）を践祚《せんそ》させた。

これにより建久九年（一一九八）に後鳥羽院政が開始される。しかし院政開始当初は、かつて頼朝を手玉に取った源通親が健在で、後鳥羽も十九歳だったため、政治の主導権を握ることはできなかった。

ところが建仁二年（一二〇二）に通親が急死することで、権力を一手に握った後鳥羽は、時政が京都守護として送った平賀朝雅を重用し、検断（治安維持や追捕）や武力行使を朝命によって行わせるほど緊密な関係を築いた。

「後鳥羽院は文武両道の達人です」

仲章が自分のことのように自慢する。

後鳥羽の膂力は人並み外れており、都の武士でも敵わないほどの強弓《こわゆみ》を引いた。

「院は、どうして武張ったことがお好きなのですか」

「それには、ある理由があります」

後鳥羽は正式な践祚によって天皇になったものの、負い目を感じていた。というのも平家が壇ノ浦で滅亡した際、内侍所《ないしどころ》（神鏡）、神璽《しんじ》（勾玉《まがたま》）、宝剣の三種の神器が海底に沈められた。その後、懸命の捜索によって前者二つは見つかったものの、宝剣だけは最後まで見つからなかった。そのため歴代の天皇とは異なる践祚の儀になってしまった。それゆえ後鳥羽は「正統な王」たらんとし、とくに宝剣が表す「武」について意識するところが大きいという。

「院は武張ったことを好まれます。あたかも宝剣の欠落を自ら補うようなお気持ちなのでしょう」

後鳥羽は馬に乗り、矢を射て、剣を振るい、川を泳ぎ、巻狩までした。しかも、そのどれもが達人の域に達しているという。

政子は後鳥羽の複雑な心境を初めて知った。

「院は土御門殿（源通親）の死によって様々な頸木《くびき》から放たれました。酒色も好まれますが、それはほどほどで、ここのところ蹴鞠、競馬《くらべうま》、闘鶏に執心しています」

とくに後鳥羽の蹴鞠の腕は一流で、蹴鞠の名家として代々続く難波《なんば》・飛鳥井《あすかい》両家の達人から「鞠長者」と呼ばれているという。「鞠長者」の上には「蹴聖《しゅうせい》」という称号しかないので、後鳥羽の蹴鞠はまさに達人の域に達していた。

さらに作刀には異常な執念を燃やし、畿内各地から集めた名だたる刀工に、月番で刀や穂先を作らせる御番鍛冶の制度を創設した。また自ら焼き刃も行い、銘の代わりに菊の御紋を刻んだ「菊御作《きくごさく》」という作品群を生み出していた。

後鳥羽の作刀趣味については、かねてより政子も聞いていたが、仲章によると、宝剣のない践祚をした負い目が、こうした面にも表れているという。

さらに後鳥羽は庶民の遊びにも関心を示し、囲碁、将棋、双六《すごろく》、連歌、猿楽、今様《いまよう》などを好み、時には後白河に倣って遊女を召すこともあったという。とくに後鳥羽自ら作った離宮の水無瀬《みなせ》殿に行幸することを好み、同年代の公家たちと遊興の限りを尽くした。

「また京を出られることに抵抗はなく、熊野詣《もうで》まで行われました」

歴代の天皇や上皇は都の外を「化外《けがい》の地」と呼び、穢れの多い場所として忌み嫌う。だが後鳥羽はそれを迷信の類として一蹴し、熊野詣などを何度も行っているという。

「院は武張っておられるだけでなく、これまでの天皇や上皇とは比べ物にならないほどの和歌の名手です」

後鳥羽は『新古今和歌集』の編纂で知られるが、自らも歌人として天才的な才能を発揮し、建仁元年（一二〇一）には勅撰集編纂のための機関として和歌所を創設し、当代の名人たちを寄人《よりうど》（選者）として活発に編纂を行い、また歌会や歌合《うたあわせ》（歌のやりとり）を行うことによって和歌の隆盛を築いていた。

「さらに院は、笛や琵琶にも無類の才を発揮され、難曲の数々を瞬く間に習得されました」

天皇だった頃は多忙のため笛を専《もっぱ》らにした後鳥羽だったが、上皇となってからは琵琶に惹かれて腕を磨き、秘曲の数々を次々と物にしてきた。

こうした奏楽への熱意は、後鳥羽にとって単に好みや趣味の問題ではなかった。これは「国家の統治には、礼節と音楽が不可欠」という儒教の礼楽思想に裏打ちされたもので、「治天の君」としての自覚を持ってのことだった。

「後鳥羽院というのは希代の才人なのですね」

「そればかりではありません。院は現世をも見据えておられます」

「と言うと――」

「とくに秀でておられるのは理財（経済）の才です」

歴代の天皇は律令の公地公民制に従い、一切の荘園を持たなかったが、上皇になると話は別だ。そのため「治天の君」は絶大な経済力を有していた。

後鳥羽は天皇や上皇の娘、すなわち内親王が独身のまま生涯を終えることに目をつけた。内親王たちは生活費として荘園を与えられ、一代限りの優雅な生活を営んでいた。

かつて鳥羽《とば》天皇や後白河天皇は、こうした荘園を自らと血縁関係にある内親王に相続させ、それが八条院領や長講堂領といった広大な荘園になっていた。

後鳥羽はこれらを所有する内親王が死ぬと、その縁者が細切れに相続するのを、公地公民制に反するという建前で収公し、自らの娘や息子に丸ごと相続させた。

こうした機敏な措置により、皇室関連のほとんどの荘園が後鳥羽のものとなっていた。仲章によると、その経済力は鎌倉幕府を凌駕するほどだという。その潤沢な資金を使い、後鳥羽は自らの御願寺《ごがんじ》として最勝四天王院《さいしょうしてんのういん》を造営し、また御所内にも多くの襖絵を描かせ、まさに現世に極楽浄土を再現しようとしていた。

「院は自らが強く豊かになることで、この国が静謐になると信じておられるのです」

「強くなるということは、軍事についてもですか」

初めて仲章の顔が曇った。

「それはどうですかな」

「院は北面の武士だけでは足らず、西面《さいめん》の武士という制度を作ったとか。それほど御所の警固を手厚くせねばならぬのですか」

かつて白河《しらかわ》上皇は、日当たりの悪い御所の北側に武士たちのたまり場を作り、御所の警固や都の検断に当たらせた。北面の武士である。後鳥羽はそれを拡大し、西面の武士を創設した。

「確かに院は武を好まれます。しかしそれは武士たちに対抗するためではなく、武士たちが鎌倉に根拠地を築いたため、畿内で異変が生じた際に即応できないことを案じ、朝廷の武力を強化しておられるのです」

「そのために、われらは京都守護を置いています」

「後鳥羽院もそれは認めておられます。しかし昨今は大番役で上洛する御家人も少なくなり、院の別邸にも盗人が入る始末。それゆえ御所でさえ警固が不十分なので、西面の武士を置かざるを得ないのです」

「しかし、こちらには何の談議もありませんでした」

「談議と仰せか」

仲章の口調が厳しくなる。

「では、朝廷に何の通達もなく、鎌倉の都合だけで平賀朝雅殿を討ったことはどうなります。あの一件に院はたいそうご立腹でした。院は院なりに鎌倉府との関係を重視し、京都守護として派遣された平賀殿と良好な関係を築かれました。それを何の知らせもなく殺すなど、院の顔に泥を塗るに等しいことではありませんか。とくに平賀殿は院や親しき公家たちに、『将軍になりたい』などと言ったことはなく、自らの地位に満足しているように見受けました」

「平賀殿は鎌倉府から派遣されたのですぞ。それを討つことは、当方の勝手ではありませんか」

いつしか二人は池の上に架かる石橋の上で、論争になっていた。

「院にとって、平賀殿は鎌倉府との仲介を果たす貴重な存在だったのです。新たに人を派遣すれば済むことではありません」

今の京都守護は文士の中原季時だが、後鳥羽とは緊密な関係を築けていない。公家出身の季時は、武辺を好む後鳥羽のお気に入りになるとは思えず、朝幕双方の関係が疎遠になるのは目に見えていた。

実は平賀朝雅亡き後、後鳥羽は文士の季時を軽視し、朝雅の兄にあたる在京御家人の大内惟義との関係を強化していた。それは季時と気が合う合わないではなく、院は武士と親しくすることを好んだからだ。

「これはご無礼仕りました」

政子が詫びると、仲章も頭を下げた。

「いえ、こちらこそ、つい出すぎたことを申してしまいました。平にご容赦を」

気まずい雰囲気が漂い始めた頃、宴の開始を伝える使者がやってきた。仲章の鎌倉来着を祝し、有力御家人を集めて祝宴を張ることにしたのだ。

それにより緊張が解けた二人は、世間話をしながら対面の間に戻っていった。

一月十二日の御読書始を皮切りに、侍講としての仲章の仕事が始まった。初日の講義が終わった後、実朝から鞍付きの馬を賜った仲章は、庭に下りて平伏するほど感激した。

三月には、わずか十五歳でありながら実朝が従四位下に叙され、朝廷での官位の上昇が始まった。以後、実朝は毎年のように官位を上昇させていき、二十二歳の建保元年（一二一三）には正二位にまで上り詰める。

五月十六日には、政子の大倉屋敷で善哉の着袴《ちゃっこ》の儀があった。

これは皇室に伝わる儀式の一つで、男子が五歳になったことを祝し、文字通り袴を初めて着けることだ。

この時、善哉をいたく気に入った政子は十月、善哉を実朝の猶子《ゆうし》とし、御所内に住まわせることにした。すなわち実朝に男子ができなかった場合、善哉が次期将軍の筆頭候補になったのだ。むろん政子には、亡き頼家への罪滅ぼしという思いがあった。だが、こうした善哉への優遇が後に大きな波紋を生み出すとは、この時の政子は思いもしなかった。

元久三年から建永《けんえい》元年となったこの年と、それに続く建永二年（一二〇七）（途中から承元《しょうげん》元年）、さらに承元二年（一二〇八）は平穏無事に過ぎ去り、時代は承元三年（一二〇九）を迎えた。

第三章　月満ちる日々

一

鎌倉幕府を創設してから様々なことがあった。多くの者が死に、多くの者が鎌倉から去っていった。死んでいった者の中には血を分けた息子（頼家）もいた。そして頼朝と共に鎌倉幕府を作った父の時政までもが、鎌倉から放逐された。

——否、逐《お》われたのではない。私と小四郎（義時）が逐ったのではないか。

その時は懸命に事態の打開を図ろうとしているため、自分たちのしていることが正しいかどうかは分からない。だが少し時が経って冷静さを取り戻し、事件全体を思い返した時、自分たちの選択が正しかったのかどうか疑問に思うことがある。

——正しいとは何に対して正しいのか。

この疑問を感じた時、常に思うのは「武士の府を守る」という大義だ。武士の府・鎌倉こそ、夫の頼朝と共に築いてきた最も大切なものだからだ。だがその大義を奉じることが、常に正しいとは限らない。

——私は息子を死に追い込み、父上を放逐した。「武士の府を守る」ために、それらは本当に必要だったのだろうか。

その疑問を義時と語り合ったことはない。だが義時なら「当然のことです」と答えるに決まっている。そして「武士たちが、公家や坊主どもに虐《しいた》げられてきた時代に逆戻りするわけにはいきません」と断固たる口調で言うだろう。

しかし政子は、「別の選択肢はなかったのか」とつい思ってしまう。

――佐殿《すけどの》、これでよかったのでしょうか。

同じ問いをいくら発しても、思い出の中の頼朝は、ただ笑っているだけだ。だが一つだけ確かなのは、この武士の府を、これからも守っていかねばならないということだ。

――もはや退くわけにはいかない。退けば、これまでの犠牲が無駄になってしまう。

しかも都には、後鳥羽上皇というとてつもない巨人がいる。その巨人は、明らかに鎌倉幕府とは異なる目標を持っている。今は互いに歩み寄りを見せているが、いつ何時、利害が衝突するか分からない。

――朝廷とうまく歩調を合わせ、鎌倉府を次代に伝えていかねばならない。

それは極めて困難な仕事になるだろう。だが政子と義時は、やり遂げねばならないのだ。

承元三年五月、またしても事件が起きた。

西浜（和賀江津《わかえのつ》）の辺りを散策していた梶原家茂《いえもち》が、土屋宗遠《つちやむねとお》に襲われて命を落としたのだ。家茂は謀反人とされていた梶原景時の直孫だが、本人に罪はないので御家人に名を連ねていた。

一方、宗遠は兄の土肥実平《どいさねひら》と共に頼朝の挙兵に付き従い、石橋山の戦いで頼朝を守り抜き、安房に逃れた時も頼朝の傍らを離れず、いわば創業の功臣の一人だった。しかし武辺と忠節しか取り柄はなく、長らく不遇をかこっていた。そうした鬱憤が募っているところに、たまたま通り掛かったのが家茂だったのだ。

家茂を殺した後、宗遠は侍所別当の和田義盛の許に出頭した。実朝が直接尋問したところ、罪をあっさり認めたが、その動機がはっきりしない。

宗遠は実朝の問いを無視して自分の主張ばかり語るので、尋問にならない。それでもようやく分かったのは、「自分は創業の功臣で、これまでの生涯、ひたすら忠勤してきた」「家茂は謀反人の梶原景時の孫にあたる」「(和田義盛に)武器を差し出したにもかかわらず、拘束されたので面目を失った」という趣旨だった。

最終的には、宗遠は景時の讒言《ざんげん》によって自分が重用されなかったと思い込んでおり、その恨みを突然思い出し、衝動的にその孫の家茂を斬りつけたと判断された。

宿老たちと詮議する必要もないとして、実朝は即座に死罪を言い渡した。

これを聞いた土屋家の人々から、政子の許に助命嘆願が行われた。また宗遠の身柄を預かる和田義盛からも同様の申し入れがあった。

政子はできる限り関与したくなかったが、義時から、自分だけでなく大江広元も三善康信も知らないうちに実朝が死罪と決定したと聞き、遂に重い腰を上げた。たとえ隠居の身とはいえ、御家人を死罪に処すのは重大なことで、宿老会議に諮らねばならないと忠告するためだ。

だが一連の事件の概要とその後の尋問の様子を聞き、政子には一つの疑問が浮かんでいた。

――もしかすると、宗遠は老耄《ろうもう》なのでは。

話の経緯から、宗遠が亡き頼朝と同じ病なのではないかという疑念が湧いてきた。老耄になると感情を抑制できなくなり、また時系列に混乱が起きるので昔の恨みを思い出すという症状がある。とくに尋問の際、質問の趣旨を理解しようともせず、問われていることと全く関連のないことを述べるのは、典型的な老耄の症状だった。

「ご無礼仕ります」と言って御所の常御所《つねのごしょ》（私室）に入ると、実朝は書見していた。

「何をお読みですか」

「四書五経の一つの『礼記《らいき》』です」

実朝が顔を上げずに言う。これまで礼節を徹底的に教え込まれてきた実朝にしては珍しいが、将軍家として成長したものと解釈し、政子は何も言わず対面の座に着いた。

『礼記』とは、中国王朝の周から漢の時代にかけて、礼節に関することを中心に様々な教訓をまとめた全四十九篇から成る書のことだ。

「侍講殿（源仲章）から勧められたのですね」

「はい。そうです」

実朝はまだ上の空だ。

「それほど面白いのですか」

「面白い面白くないで書を読んでいるわけではありません」

実朝がようやく書から目を離した。

「では、何のためにお読みですか」

「一廉《ひとかど》の将軍となるために読んでいます」

「それは見事な心がけ。では、そこには何と書かれているのですか」

「まずは『目上の者はもちろん、目下の者に対しても礼節を忘れるな』と。あっ、これはご無礼仕りました」

書を閉じた実朝が、威儀を正して政子に一礼する。

「ほかには、どのようなことが書かれているのですか」

「そうですね——。『玉琢《みが》かざれば器を成さず、人学ばざれば道を知らず』とも書かれています」

これは『礼記』の中で最も著名な言葉の一つで、「どんなに素晴らしい才能があっても、学ばなければ役に立つ人物にはなれない」という謂《いい》だ。

「将軍家は学問がお好きなようですね」

政子の脳裏に頼家の顔が浮かぶ。頼家は実朝と同じ年の頃、酒色に溺れ、学問など顧みようとしなかった。

——この子こそ佐殿の遺志を継ぐ者だ。

政子は、そう信じたかった。

「母上は、それがしの学んでいることを確かめに来たわけではありますまい」

「仰せの通りです。土屋殿の件で参りました」

「それがしは多忙です。手短にお願いします」

その一言で政子は不快になったが、十八歳の青年特有の親への反発と思い、苦言をのみ込んだ。

「それでは申し上げますが、土屋殿への死罪の申し渡しの件、ご再考は叶いませぬか」

「これは珍しい。母上が公儀のことに口入《くにゆう》なさるのですか」

「ほかのことであれば、口入するつもりはありません。しかし土屋殿は創業の功臣の一人で
——」

「申し訳ありませんが、母上が口入することではありません」

実朝の返答はにべもない。

「分かっています。ただ聞くところによると、将軍家が土屋殿を直接尋問し、大官令《だいかんれい》（大江広元）、問注所入道（三善康信）、相州（義時）と詮議なされなかったというではありませんか」

「あやつの罪は明白です。四人で詮議する必要はありません」

実朝が冷めた声音で言う。

「いかにもそうかもしれません。しかし土屋殿は、亡き武衛様旗揚げの時からの功臣です。その功と忠節に免じ、罪一等を減じてもよいのではありませんか」

「母上、これほど無法な殺人はありません。こんなことを許しては、鎌倉府の存立さえ危うくなります」

十代の青年を不意打ちで殺したことはもちろんだが、家茂の死により、梶原家嫡流は絶たれた（萩原《はぎわら》姓の傍流は残る）。実朝は同年代の家茂と交流があり、いたく同情しているという噂も聞いていた。

「仰せはご尤もながら、この件は和田殿から助命嘆願が出ています。われらは和田殿の望む上総《かずさ》介《のすけ》への推挙を断りました。ここで再び和田殿の面目をつぶすようなことはできません」

ちょうど同月、義盛が上総国司の座に推挙してもらえるよう申し入れてきた（上総国の国司は親王が補任《ぶにん》されるので、実際は上総介）。その際、実朝からの相談を受けた政子は、「御家人が受領《ずりょう》になるのは前例がない」ことを理由に、実朝に推挙しないよう勧めていた。

これまで国司に任命されてきた者は、源氏の血を引く者を除けば、大江広元、北条時政、義時、時房だけだからだ。これに義盛を加えることは、鎌倉幕府の身分の序を根底から揺るがすことにつながると、政子は思っていた。

義盛は自らの勲功を鑑《かんが》みれば、上総介の座に就いてもおかしくないと思ったのだろう。とくに若い時房が遠江守に補任されたことで、十分にも自分にも資格があると思っているに違いない。しかし「侍身分（御家人）」の者を上総介という一国支配も同然の地位に就ければ、われもわれもと申請してくる者が続出するはずだ。

政子は実朝に断固拒否することを勧めたが、義盛と仲のよい実朝は、態度を保留していた。だが即決しないということは却下されたに等しく、義盛の失望は大きかった。

こうした経緯がありながら義盛の助命嘆願を容れなければ、和田一族との間に隙間風が吹くのは間違いない。しかもそれが三浦一族へと波及する可能性もあった。

実朝が険しい口調で言う。

「母上、法とは情誼《じょうぎ》の上に位置します」

「たとえそうであろうと、過去の功績を考慮に入れないのもどうかと思います」

「果たしてそうでしょうか。これだけの無法を働けば、過去の功績など吹っ飛ぶことを、御家人たちに示さねばなりません」

「法による支配こそが、鎌倉府の信任を高めるのは分かります。しかし現世を見て下さい。和田・三浦の両一族と協調していかなければ、鎌倉府は瓦解の危機を迎えます」

だがこの両家は複雑な関係にあった。

久安《きゅうあん》三年（一一四七）、義盛は相模国鎌倉郡杉本《すぎもと》城主の杉本義宗《よしむね》の子として生まれた。祖父は三浦郡衣笠《きぬがさ》城主の三浦義明になる。義宗は三浦氏の嫡流だったが、頼朝の挙兵前、安房国の小戦で討ち死にしてしまう。この時、義盛はまだ幼く、三浦介（三浦氏嫡流）を継がせられないと思った義明は、次男の義澄を嫡流に据える。

それでも義盛は頼朝の挙兵時から付き従って武功があったので、鎌倉幕府創設時には希望していた侍所別当の職に就くことができた。そのため三浦介の義澄は、庶家となった義盛の指揮下に置かれるといういびつな構造ができ上がる。これが後年まで両家の確執につながっていく。

——両家が手を握って反旗を翻すことだけは、何としても阻止せねばならない。

政子と義時はそれを案じ、双方を離反させる様々な手を打っていた。

「母上は、さようなことを危惧しておいでだったのですか」

実朝がため息をつく。

「そうです。そなたは自らの力で将軍職に就いたわけではありません。そなたの身の内に流れる血筋のお陰で、こうして将軍として君臨していられるのです。しかもそなたを支える北条家は、伊豆の小さな土豪にすぎません。われらを圧する力を持つ者どもを、ある時はなだめて味方にし、ある時はほかの者を使って討たせ、われらはここまで生き延びてきました。しかし少しでも油断すれば、われらは瞬く間に没落します。その時、そなたも将軍ではいられなくなるでしょう」

「それほど、われらの地盤は脆弱なのですね」

実朝が思い詰めたように呟く。

「そうです。だからこそ和田殿の立場を重んじなければなりません。上総介への推挙は鎌倉府の身分制度の根幹を揺るがすものなので、何としても譲れません。しかし老人一人の命を救うのは容易です。それで和田殿も自らの勢威を周囲に見せつけることになり、面目を施します」

「では、土屋宗遠の所領も取り上げられないのですね」

「当たり前です。土屋殿は隠居の身。当主（息子の宗光《むねみつ》）には何の罪科《つみとが》もありません」

「梶原は泣き寝入りですか」

「当人には気の毒ですが、家茂殿は妻も子もいない身。どこからも文句は出ません」

梶原一族の勢力自体が取るに足らないものになっていたので、縁談の話はどこからもなかったらしく、家茂は独り身だった。

「しかし、いったん死罪を命じたにもかかわらず、それを翻しては、将軍としての面目が立ちません」

政子は事前にその方便を考えてきていた。

「六月十三日は亡き武衛様の月命日です。その日に本人から助命嘆願書を提出させ、それを受け容れたとすればよいのです」

「さような頑固者が、助命嘆願書など書くわけがありません」

「そんなものは、誰が書こうと構わぬではありませんか。それを読むのは、そなただけなのですから」

「はっ」という顔をした後、実朝の顔に冷めた笑みが浮かぶ。

「さすが母上は、遠州禅師の子ですな」

時政は出家してから遠州禅師と呼ばれていた。

「どういう謂ですか」

「悪知恵にかけては、誰にも劣りません」

実朝の言葉が政子の心を抉る。

——その通りかもしれない。

だが湧き出てくる知恵は、抑えようがない。

「そんなことはどうでもよいことです。とにかく助命嘆願書を受け取り、赦免すると発表するのです。さすれば将軍家の慈悲深い心に、皆は敬服します」

皮肉な笑みを浮かべた後、実朝が冷たい声音で言った。

「それがしは母上と叔父上の傀儡《かいらい》にすぎません。敬服など誰がするのです」

「そなたの兄上も、そういう態度を取っていました」

その一言で、実朝の顔色が変わる。

「それがしが意にそぐわないことをすれば、母上はそれがしを兄上と同じようにしますか」

「何ということを――」

実朝が文机《ふづくえ》に顔を伏せた。それは何もかも遮断し、自分の内面に閉じこもりたいという思いの表れに違いない。

幼い頃、何の屈託もなく、満面に笑みを浮かべて庭を走り回っていた千幡こと実朝の面影が浮かぶ。頼家と比べ、実朝は素直でよい子だった。だが今の実朝は、心に複雑な陰影を持つ青年となっており、政子の手に負えなくなってきている。

「そなたは亡き武衛様と私の唯一残っている子なのですぞ。母が何をするというのです」

「では、なぜ兄上を殺したのですか」

「それは――」

政子が言葉に詰まる。このことだけは言い訳のしようがないからだ。

「もう結構です。老人は赦免します。ですから用が済んだらお帰り下さい」

実朝が断を下した。その顔には孤独の翳《かげ》が差していた。

政子は、かつて見たのと同じ悪夢をまた見るのではないかという不安に苛《さいな》まれた。

六月十三日、土屋宗遠が助命嘆願書を提出した。それを受け容れた実朝は、「文書の趣旨は理に適っておらず、到底許容できないものだが、亡き武衛様の月命日に愁訴があったことを認め、特別に赦免する」と発表した。

これにより和田義盛の面目も立ち、土屋一族も実朝を恨むことはなかった。そして政子が指摘した通り、この裁定に不服を唱える者は、誰一人出てこなかった。

だが実朝は、政子の説得に応じたことに忸怩《じくじ》たる思いを抱いているに違いない。

政子はそれが心配だった。

二

実朝の成長は著しい。御家人たちを束ねる「鎌倉殿」としての自覚が芽生えた実朝は、訴訟となれば厳しい態度で臨み、場合によっては強欲な御家人たちを叱責することまでした。

とくに所領をめぐる訴訟では、実朝は一切の妥協や身贔屓《みびいき》なく、ひたすら公平性を重んじ、毅然とした態度で裁定を下していった。

その副次的効果として、下役人たちの調査にも熱が入り、賄賂《わいろ》などを受け取らず公平に調べ上げ、詳細な調書を実朝に提出するようになった。

こうした実朝の成長の陰には源仲章がおり、その朝廷仕込みの帝王学には、実朝を御家人たちから畏怖される存在にしようという狙いがあった。

そんな最中の十一月、またしても事件が起こった。

実はこの少し前、実朝と義時の間で些細な行き違いがあった。このところ鎌倉幕府の主催で武芸を競い合うような行事をしていなかったことを憂えた義時が、実朝に対して「弓矢や乗馬といった武芸を捨て置かれることのないように」と諌言した。

これを「尤も」とした実朝は、御所内の庭で「切的《きりまと》を射る弓勝負（笠懸《かさがけ》のようなもの）」を行った。これに御家人たちは大いに盛り上がり、行事自体は成功裏に終わった。しかしその後の酒宴の場で、義時が「武芸を専らにして朝廷を守り奉る姿勢を堅持すれば、鎌倉府は安泰でしょう」という言葉を漏らしたことで、雲行きが怪しくなる。

二人だけの場であれば、実朝も「分かった」と答えたに違いない。だが居並ぶ御家人たちの前で苦言に近いことを言われたため、実朝は不快感をあらわにして早々に引き揚げた。

義時としては、実質的な鎌倉幕府の主が誰なのかを御家人の前で示したかったのかもしれない。だが「鎌倉殿」たらんとしている実朝にとって、それは誇りを傷つけられることだった。

そのため「勘気をこうむる」とまでは行かないまでも、実朝と義時の間に気まずい空気が漂うようになった。

そんな時、北条家に仕える「年来の郎従」のうち顕著な功績のあった者を、「侍」に準じる位置付けにしてほしいという要求が、義時から出された。

「侍」とは、位階で言えば五位か六位に相当する。いわゆる左衛門尉《さえもんのじょう》や右衛門尉《うえもんのじょう》を名乗っている者たちのことだ。鎌倉幕府の直臣にあたる御家人たちはこの階層に属しているが、北条家の郎従たちは御家人の家臣、いわゆる陪臣《またもの》で、「侍」と峻別しておかないと、鎌倉幕府の身分の序が崩壊する。しかも義時は自分の「年来の郎従」だけを特別扱いしてくれと言っているわけで、勲功を公平に評価しようとしている実朝の方針に相反するものだった。

義時としては、自らの権勢を誇るためにも、徐々に北条家への特別扱いの範囲を広げていこうとしたわけだが、それが裏目に出てしまった。

実朝は「そんなことを許せば、そうした人々の子孫が本来の由緒を忘れ、『侍』と同等の立場と思い込み、ゆくゆくは直参身分になろうとするだろう。そうなれば身分の序が乱れて災いを招く。それゆえ以後も認めるわけにはいかない」と即答した。

これは自らの叔父であり、また実質的な政権の中枢を担う義時であっても、一人の御家人にすぎず、特別扱いは許さないという強固な意志の表れだった。

この回答に激怒した義時は政子に相談し、政子を使って自分の要求を通そうとした。

実朝と義時の疎隔という深刻な事態が起こりつつあることを知った政子は、実朝に会って話を聞くことにした。


政子が御所に赴くと、小御所にある対面の間に通された。これまでは常御所か出居《いでい》と呼ばれる応接用の部屋に通されていた政子だが、実朝は武士たちの訴えを聞く公の場となる対面の間に、政子を通したのだ。

――たとえ母であっても、実朝は断固たる態度で臨むつもりなのか。

対面の間に通されると、すでに実朝は来着し、何かを書見していた。

「対面の間でも書見するとは熱心ですね」

「時間が惜しいですから」

「何をお読みですか」

実朝が書を手に取り、政子に示す。

「『貞観政要《じようがんせいよう》』です」

「随分と難しいものをお読みですね」

「そうでしょうか」

そこには、青年特有の気取りが垣間見られる。

「それは確か――、唐の時代の王と家臣の問答集でしたね」

『貞観政要』とは、唐の太宗《たいそう》の言行録として編纂され、帝王学の教科書とされるものだ。

源仲章は実朝の年齢と成長度合いを見計らいながら、最適な書物を勧めていた。実朝も仲章に心酔し、師弟は極めて良好な関係を築いていた。

「母上も『貞観政要』をご存じでしたか。もしや、お読みになられていましたか」

実朝が皮肉交じりの笑みを浮かべる。

「いいえ」

「それは残念。母上のことですから、もしやと思いました」

「私は女子《おなご》です。分をわきまえております」

「書を読むのに男も女もありません」

政子は話題を変える潮時を覚った。

「王たる者の心得を学ぶのは、将軍家にとってよきことです。しかし王たる者は、家臣の願いにも耳を傾けねばなりません」

「ははは、うまい話の持っていき方ですね」

すでに実朝は用件を察知していた。

「もちろん私が何のために来たのかは、ご存じでしょう」

「母上がおいでになられても、それがしは聞く耳を持ちませんよ」

「それは分かっています。しかしその耳はあなたの耳ではなく、侍講殿のものでは」

「――」

実朝が目を剝く。それは実の母に対するものとは思えない怒りに満ちていた。

――やはりそうだったのか。

仲章は侍講という立場を超え、実朝の参与や輔弼《ほひつ》（政治顧問）になりつつあるのだ。

「そなたは侍講殿に操られているのです」

「何を仰せか」

「では、此度《こたび》の一件、侍講殿に相談しなかったと言い切れますか」

実朝が沈黙で答える。それは政子の指摘の肯定にほかならなかった。

「侍講殿が、『そんなものを認めてはなりません』と仰せになったのではありませんか」

「いかにもその通りです。しかしそれがしは、それを考える手掛かりとしただけで、その言に従ったわけではありません」

「本当にそうでしょうか。ではなぜ、大官令や問注所入道に相談されなかったのですか」

「相談するまでもないことだからです」

「でも、侍講殿には相談した――」

「雑談のついでです。正式に意見を請うたわけではありません」

雑談のついでと言われてしまえば、返す言葉はない。

「では、あらためてお尋ねしますが、相州の申し入れは一切聞き入れないのですね」

「戯れ言はおやめ下さい。さようなことは熟慮するまでもないことです」

「お待ち下さい。相州は将軍家の叔父にあたります。しかも鎌倉府創業の功臣の一人です。そうした者の要請を無下に却下することは、御家人たちに示しがつきません」

「仰せの意味が分かりません」

「御家人たちは、『将軍家は長年の勲功や忠節を評価しない。それなら励んでも報われない』と思うことでしょう」

「これは異なことを仰せだ。御家人たちは、北条家を格別に扱わないそれがしの態度に感服しております」

実朝が胸を張る。

「そういう一面もあるでしょう。では相州を支え、忠勤してきた相州の『年来の郎従』たちに報いる道はないのですか」

「当たり前です。鎌倉府は直臣、すなわち御家人の勲功に報いる機関です。それぞれの御家人の家臣については、米粒一つ施すつもりはありません」

「それでは、陪臣たちは報われません」

「いいえ。それに報いるのが、その主人たる者の務めです」

実朝の論理は、鎌倉幕府の構造の根幹を成すものなので崩し難い。

「では、いかに忠勤しても、身分の上昇は図れないということですね」

「仰せの通り。陪臣たちは身分の上昇などという分不相応なものを望まず、主人から褒美をもらうことで満足すべきです。だいいち、かつて和田殿が上総介への叙任を望んだ時、それを否定したのは母上ではありませんか」

政子は身分の序を乱したくないために、義盛の要求を却下した。だが後にそれを知った義盛は、これまで良好な関係を続けてきた北条一門と疎遠になりつつある。

「このことと上総介補任とでは比較になりません。しかも相州は、陪臣を御家人にしてくれと言っているわけではなく、御家人に準じる新たな地位を与えてほしいと言っているのです」

「そんな階層は、鎌倉府にとって不要です」

実朝はにべもない。それゆえ政子は論理でなく情に訴えることにした。

「そうやって母をやり込めて楽しいですか」

「それがしは将軍として理を通しただけです。母上をやり込めるつもりはありません」

「さような態度では、そなたが将軍の鎌倉府は、血が通ったものになりません」

「それで結構。法と情誼は両立しません。それがしは、土屋宗遠の事件の折に母上の言に従ったことを、今では悔いています。厳正な法の下に御家人たちの公平は築かれており、ああした情誼を示したがゆえに、過去の勲功を誇りとする御家人たちの要求は度を越してきております」

それは事実だった。

実は、このところ京都大番役を忌避する御家人が続出していた。

京都大番役とは、京に赴き、天皇や院の御所を警固する役割を担うことだが、往復の旅費や滞在費用が自己負担のため、様々な理由を申し立てて拒否する者が増えていた。それが間接的に大番役の人数不足につながり、後鳥羽に西面《さいめん》の武士という新たな武士団の形成を許すことにつながっていた。

それだけならまだしも、守護や地頭の中には職務を懈怠《けたい》する者が増え、国衙《こくが》領や公家の荘園が群盗に襲われることも頻発していた。また職務怠慢から米穀の運搬を遅らせたり、納める量をごまかしたりすることも起こっていた。

こうした増長は、勲功のある御家人だけでなく、さしたる勲功のない者や代替わりした子弟たちへと広がっていた。

実朝が力を込めて言う。

「それゆえ法は法として尊重し、そこに情誼は一切挟みません」

――この子は佐殿以上の将軍になるかもしれない。

だがそれは鎌倉幕府の強化につながっても、北条家の権益拡大にはつながらない。

――いつか北条家は没落させられるかもしれない。

このまま将軍権力が強化されていけば、政子や義時の死後、そうなるのは必然だった。

――いや、死後どころか、数年後にはそうなるに違いない。

胸底から不安が湧き出してくる。

「そなたの考えはよく分かりました」

「ありがとうございます。法の支配の徹底こそ、鎌倉府を永劫のものにするのです」

その確信に溢れた態度に、政子は喜びではなく畏れを抱いた。

三

承元四年（一二一〇）六月、後鳥羽の寵臣で北面の武士の藤原秀康《ふじわらひでやす》が、空席だった上総介に補任された。守護地頭は鎌倉幕府に任命権があるが、介は国司同様、朝廷に任命権がある。

それだけならとくに問題はないのだが、武士の地盤が強い東国に、朝廷の支配方式を持ち込もうとすると軋轢《あつれき》が生じる。

そこには、朝廷と鎌倉幕府の二重支配という問題が横たわっているからだ。

国司は受領とも呼ばれ、朝廷から各国に派遣され、税を徴収する役割が課されている。税とは主に米穀類などの農産物だが、地方ごとの特産品（絹、糸、綿など）の場合もある。また公事《くじ》といった労役《ろうえき》や、一部では銭での支払いもあった。

　頼朝健在の頃は、鎌倉幕府が守護を設置すると、軍事と検察権が守護に移され、さらに守護に国司の仕事を代行させることも行われるようになった。そのため双方の役割分担が曖昧になり、そこから様々な問題が生じてきた。

　上総国は源氏一門の足利氏が守護の座に就いていたが、親王任国（上総・常陸・上野三国）でもあるため、守護の権限は軍事と検察権に限られ、上総介の権限や権益が絶大な国となっていた。

　その上総介という職だが、かねてから上総国を本拠とする和田義盛が切望していたもので、実朝の裁可さえあれば容易に認められた。だが実朝は政子の忠告に従い、推挙を止めていたのだ。

　その隙を突くように、上総国の実質的国司を、朝廷側の武士に奪われてしまったことになる。これは関東に楔《くさび》を打ち込まれたに等しく、主典《さかん》（国司の代官）やその下役の雑掌《ざっしょう》（荘官）となった多くの間者を関東の野に放つに等しいことだった。

　しかも秀康に任命された主典が上総国の国衙に入り、税を徴収しようとした時、先例を無視して在地武士の既得権益を脅かすようなことをしたため、刃傷沙汰に発展し、遂には死傷者まで出る始末となる。

　だが朝廷との間に波風を立てたくない実朝は、在国衆（御家人や役人）を譴責し、「秀康郎党の差図に従え」と命じたため、在国衆は泣き寝入りすることになった。そうなれば彼らの嘆願の行く先は和田義盛しかない。

　そんなことが重なり、義盛は実朝に面談を申し入れた。これを聞いた政子は、義盛贔屓の実朝が何かを認めてしまうのではないかと危惧し、自分も同席することを望んだ。

実朝は「公のことに口を挟まないでいただきたい」と言ってきたが、「武衛様の時代のことを和田殿が持ち出すかもしれません。自分がいれば、その是非を論じられます」と返し、強引に同席することにした。

対面の間に政子がいることに気づいた義盛は一瞬だけ驚いたものの、にこやかな顔で政子と実朝に時候の挨拶をした。政子のほかにも源仲章が同席しているが、義盛は仲章には挨拶しない。

実朝が唐突に問う。

「そなたはいくつになる」

「久安三年の生まれなので、六十四になります」

「もうそんなになるのか」

「はい。今は亡き武衛様と同い年ですから」

「そうだったな」

感極まったかのごとく義盛の声が上ずる。

「亡き武衛様から受けた御恩は、一度として忘れたことがありません。武衛様のお陰で、われら御家人は自らが耕した土地を自らのものにでき、恵まれた生活ができるようになりました」

「その話は、様々な者から幾度となく聞いてきた」

嫌というほど頼朝の功績を聞いてきた実朝にとって、こうした場で、頼朝時代の話を持ち出してほしくないのだ。

「あの頃が懐かしゅうございます」

義盛がはらはらと涙を流した。

――和田殿は長く生きすぎたのだ。

頼朝の死後、二代将軍の座に就いた頼家が若かったことから、「十三人の合議制」という政治体制が発足した。この十三人は、鎌倉幕府の創設に貢献のあった武士と文士たちから成っていた。

だが、それから十一年しか経っていないにもかかわらず、生きているのは北条時政、同義時、大江広元、三善康信、八田知家、そして和田義盛の六人だけになった。しかし時政は流罪となり、八田知家は隠居しているので、鎌倉幕府の中枢に残っているのは、義時、広元、康信、義盛の四人になる。広元と康信は文士なので、武士は義時と義盛だけだ。

義時は政所別当の座に就き、鎌倉幕府を牛耳っているようにみえるが、侍所別当の義盛が御家人たちの統制と軍事・警察機能を握っており、兵を動かす場合は義盛が中心になる。

「もう泣かずともよい。そなたの忠節は知っておる」

「ありがとうございます」

「それで此度は何用か」

「はい」と答えるや、義盛が威儀を正す。

――この切り替えが武士なのだ。

鎌倉武士は情にもろいが、自らの利益についてはうるさい。大半が身を粉にして土地を開墾し、農地にしてきた開発領主なので、土地への執着心が異常なほど強いのだ。

「将軍家は、上総国の揉め事を知っておられますね」

「ああ、わしが在国衆に譴責を与えたのだからな」

「譴責を与えるべきは、逆ではありませんか」

「藤原殿は上総介だ。朝廷から上総国の徴税を一任されている」

秀康はこれまで下野、河内、備前、能登の国司を務めてきており、その下役たちも税の徴収には手慣れている。彼らはこれまでの流儀に従い、一律平等に税を徴収しようとした。だが上総国には御家人の所領が多くあり、頼朝によって様々な権益や免除などの特権を得てきた者も多い。――それらを反故《ほご》にし、都のやり方に従わせようとしたのだから、軋轢が生じるのは当然だ。

政子は義盛の言い分にも一理あると思ったが、まだ何も言わないでいた。

「国司や介に理がなくても、朝廷の任免であれば、われらは従わねばならぬのですか」

「そうではない。双方の言い分を吟味したところ、藤原殿の主典の言い分に理があると思ったからだ」

義盛は猿楽の小飛出《ことびで》のように大げさに目を見開き、芝居じみた声を上げた。

「これは異なことを。では御家人たちが命を張って働き、その恩賞として武衛様からいただいた土地や権益を、都人《みやこびと》のために反故にすると仰せか」

実朝が答えに詰まったので、すかさず仲章が口を挟んだ。

「卒爾《そつじ》ながら、将軍が代替わりすれば先代で得た土地や権益はいったん反故にされ、次代の将軍に再交付を申請せねばなりません」

「そんなことは誰も聞いておりませんぞ」

「いいえ。『永代《えいたい》』という文字がない限り、代替わり時に手続きが必要です」

頼朝が文書に「永代」などという文字を入れるわけがないので、法的にも慣習上も仲章の言っていることが正しい。ただ鎌倉幕府が「代替わりの際に再交付の申請をせよ」とも言っていないので、在地の者たちは、賜った土地や権益がずっと所有できるものと思っている。

「それは解釈次第ではありますまいか」

「その解釈は、鎌倉府と将軍がいたします」

——勝負あった。

義盛が仲章に法理で敵うわけがないのだ。

「待て」と実朝が制する。

「これは難しい話だ。侍講殿、父上がいまだ将軍家だったとしたら、どうしていただろう」

「国司の主典にとっては、何も与《あずか》り知らぬ話です。年限の書かれていない土地や権益を与えてしまった分は、鎌倉府で弁済すべきでしょう」

「そこです」と言って義盛が板敷を叩く。

「御家人が所領を持つ地に、京方が国司を立てれば、さような揉め事が起こります。それゆえそれがしは、上総介の地位を望んだのです」

仲章の顔に焦りの色が浮かぶ。

「しかしわれらの方針は朝廷との融和であり、朝廷の面目をつぶすようなことはできません」

「そこに矛盾が生じておるのです。あらゆる国の国司の任免権を鎌倉府が持たないことには、これからこうした矛盾が頻発しますぞ」

「だからこそ、将軍家は税の減免などの新たな権益を出さないようにしています」

「それが間違っているのです！」

義盛の声が高まる。

——和田殿はよく分かっている。

明らかに議論の潮目が変わった。

「鎌倉府の将軍と御家人の間は、『御恩と奉公』で成り立っています。功を挙げた御家人に新たな土地を与えられればよいものの、もはや下賜する土地は少なくなり、税や労役の減免などで対処するしかありません。しかし、そうした御恩を御家人に供さないとなると、御家人は鎌倉府に忠節を尽くさなくなります」

仲章が顔を真っ赤にして応じる。

「もう戦はありません。皆が法に従って奉公すれば、新たな御恩を給付する必要はないはず」

「戦がないと言い切れますか！」

「それは――」

「さようなことを鎌倉府が考えていては、御家人たちは武術の鍛練を怠り、遊興に走ります。さすれば――」

義盛が目を剝く。

「次第に強化されつつある京方の武門に敗れるでしょう」

義盛が口辺に笑みを浮かべて付け加える。

「尤も、それを望んでおられるなら別ですが」

「何を仰せか！」

「もうよい！」

実朝が扇子で脇息《きょうそく》を叩く。「びしっ！」という空気を裂く音が、二人を黙らせる。

「われらが朝廷に弓引くことなどあり得ない。それゆえ朝廷が、われらに兵を向けることもない」

「果たしてそうでしょうか。朝廷に鎌倉府討滅の意志があったら、どうするおつもりか」

義盛の問いは、御家人の誰もが抱いている危惧だった。

重い沈黙が垂れ込める。

——答えなさい。

政子が心中で実朝に命じる。

むろんその答えは「朝廷の誤りを正すために弓を取る」しかない。

だが実朝は意外なことを言った。

「朝廷と戦うなど言語道断。もし兵が送られたら、われらは武具を捨てて迎えるだけだ」

「何と——」

「朝廷あっての鎌倉府だ。われらは朝廷から武門の統括を託されているにすぎない」

「それは違います」

義盛は自信に溢れていた。

「そもそも武衛様は、朝廷と公家の搾取から在地の武士を救うために、武士の府を作られたのです。それを否定することは何人たりともできません」

——さすがです。

義盛は実朝の朝廷重視の姿勢を、頼朝軽視の姿勢にすり替えた。

仲章が言葉尻を捕らえる。

「では和田殿は、将軍家の命に従えないと仰せか」

「黙らっしゃい！」

義盛が目を剝く。

「侍所別当は、誰よりも将軍家の命に忠実であらねばなりません。しかし『御恩と奉公』の存念（理念）を無視し、御家人たちを一方的に従わせるのは無理というもの。それゆえ上下の調和を図り、双方の思惑を一致させるのが、それがしの役どころです」

——和田殿は正しいことを言っている。

鎌倉幕府は武士たちの輿望《よぼう》を担って成立した。それゆえ武士たちの利益代表であらねばならない。そのためには「御恩と奉公」という基本理念を崩してはならないのだ。

「将軍家」と、義盛が優しげな声で実朝に語り掛ける。

「御家人たちを可愛いと思うなら、彼らの言葉にも耳を傾けて下さい。この老骨が言い残したいのは、それだけです」

実朝がうなずく。

「分かった。そなたの赤心は忘れない」

「では、藤原秀康殿を解任し、それがしを上総介に補任して下さい」

実朝の顔に焦慮の色が浮かぶ。そんなことをすれば、朝廷に反旗を翻すも同じだからだ。

政子は出番を覚った。

「和田殿、空いていた上総介の座を早急に朝廷に奏請しなかったのは、われらの落ち度です。しかしすでに任じられた者を解任させようとすれば、上皇の勘気をこうむり、朝廷との関係が悪化します」

実朝が「母上は黙っていて下さい」と言うのと同時に、義盛が答えた。

「尼御台様、それを申し聞かせるのが、武力というものではありませんか。上皇はどこまでやったらわれらが怒るか、探りを入れているのです。関東内の国司を、あろうことか朝廷の武を担う者に任官させるなどということを、われらに相談せずに行ったことがいかに重大か、上皇に知らしめるべきなのです」

「それは強引に過ぎます」

「いいえ。武士の府を守るために必要なことです。だいいち、それがしの任官奏請を握りつぶしたのは尼御台様ではありませんか。上皇にその隙を突かれたのです。それを覆してこそ、上皇は鎌倉府の恐ろしさを知るというものです」

実朝がうんざりしたように言う。

「もうよい。そなたの言い分は分かった。文士たちを呼び、早急に対応策を練る」

「よろしくお願いします」

義盛がぎょろりと目を剝いた。

だがこの後に起こる大きな事件により、この問題は棚上げにされていく。そして朝廷と鎌倉幕府の二重支配は、やがて大きな火種となっていった。

四

「ははあ、和田殿がそう申されましたか」

実朝と義盛の面談の後、政子の大倉屋敷で待っていた義時がため息をつく。

「はい。どう贔屓目に見ても、和田殿の言い分の方に分がありました」

義盛と仲章の議論には、朝廷と鎌倉幕府の二重支配の矛盾が浮き彫りにされていた。

「このままでは和田殿が中心になり、御家人たちが一丸となって反発するやもしれません」

「では、どうするというのです」

「今更ながら、和田殿を上総介に就けるのも手だったかもしれません」

「しかしあの時は、源家一門とわれら以外、国司に任命させないという点で一致していたではありませんか」

北条氏は将軍外戚に当たるので、特別扱いという解釈になるが、大江広元・親広《ちかひろ》父子が国司に任命されていることから、厳密には源家一門と北条氏だけというわけではない。しかも侍所別当という御家人たちの頂点に立ちながら、義盛の官職は御家人たちに多い左衛門尉のままなのだ。

せめて上総介に任官したいという望みも分からないではない。

「姉上、個々の身分や序を守らなければ、御家人たちは、われもわれもと言い出しかねません」

「それは分かっています。しかし鎌倉府内の身分や序を守ろうとしたことで、此度は上皇に付け入られたのです」

「では、どちらかを選ばねばなりません」

「私には分かりません」

しばし考えた末、義時が言った。

「やはり朝廷の影響力を東国に及ぼしてはいけません。鎌倉府内のことなら話がつくものも、朝廷が絡んでくれば、容易には解決できないことになります」

義時は鎌倉幕府内の身分の序を崩しても、東国から朝廷の力を排除するつもりなのだ。つまり北条氏と婚姻関係があったり、家臣同然に忠実な御家人だったりすれば、国司や介に任官させてもよいという考えだ。

「では、藤原秀康殿の主典や雑掌を退去させ、和田殿を上総介に就けるべきと申すのですか」

「今更それはできません」

義時が言下に否定する。

「そんなことを奏請しても、上皇の怒りを買うだけです」

「では、これからも上総国の軋轢は絶えないでしょう」

「それは分かっております。上総国については、在国衆に隠忍自重させるしかありません」

「でも多くの者たちが和田殿を恃《たの》みとし、様々な陳情を続けるでしょう」

義時がため息交じりに言う。

「そこが厄介なのです」

つまり義盛の声望が大きくなり、その存在自体が、幕府の獅子身中の虫となりつつあるのだ。

義時が笑みを浮かべて言う。

「若き頃の和田殿は竹を割ったような性分で、損得などにこだわったことはありませんでした。ただ、その日の酒がうまければよいという方でした」

義時の口調は、明らかに義盛を軽侮していた。

「ところが、かつての傍輩《ほうばい》たちが死んだり隠居したりして、周囲を見渡すと、武衛様の創業時から付き従っている者は、数えるほどになっている。そうなると一族や取り巻きから、今以上の地位や権益を望むべきという声が上がります」

だが政子は、それほど短絡的なことではないと思っていた。

「一概にそうとは言い切れません。此度の上総介への任官も、上総国の複雑な事情に通じ、御家人たちを抑えられるのは己だけだという自負から希望したのでしょう」

「いかにもそうでしょう。しかし和田殿が、己の死後に目を向けていないとは言えません」

「和田殿の死後と――」

「はい。元々、三浦一族は複雑な事情を内包しています。今は己がいるので、まとまっているように見えますが、先々はどうなるか分かりません。そこで和田殿は上総介に任官されることで、己の死後も三浦一族を従わせようとしているのです」

義盛は自らが本来の嫡流にもかかわらず、叔父に惣領の座を奪われたと思い込み、一方の義村は、自らが惣領家にもかかわらず御家人として義盛の命令に従わねばならない。これでは双方共に不満があるのは当然だ。

「さすがにこの尼も、三浦一族のことは存じておりますが、今のところ和田・三浦両家の間で揉め事は起こっていないようです」

義澄が亡くなったことで跡を継いだ義村は、義盛の息子たちと同世代になるので、表向きは素直に義盛に従っている。

「今のところはそうですが、これからは分かりませんぞ」

「まさか離間させるのですか」

「そこまではやらずとも、双方が手を握らないようにしておくことは必要でしょう」

「とは申しても、和田殿の声望は大きい。三浦一族は従わざるを得ないのでは」

「そうなのです。和田殿の声望が大きくなりすぎたのです。これまでは、和田殿が亡くなれば三浦一族全体の力も落ちると思っていましたが、和田殿はいまだ壮健です。その間に息子たちも成長し、強固な一族を形成するようになりました。もはや猶予はありません」

義盛の声望は実際の功績を上回るほどになり、若い御家人たちの間では生ける伝説と化していた。しかも生き残っている者が少なくなったことで、過去の戦いの勲功を己のものにし、さらに大きな存在となりつつあった。

「しかし双方を離間させる手はあるのですか」

「それは、これから考えます。その前に朝廷との関係を考えていかねばなりますまい」

義時が疲れた表情を見せた。

いつまでも若いと思っていた弟も、今年で四十八歳なのだ。

――われわれもいつ何時、死ぬかもしれない。その前に、将軍家の進む道を整えておかねばならない。

それを思うと焦りばかりが先に立つ。それは義時も同じなのだろう。以前に比べて事を急ぎすぎる気がする。

――だが、われらに残された時間は少ない。

政子は義時を抑えることはできないと覚った。


この直後の七月、上総国の国衙を預かる在庁官人が訴訟のために鎌倉にやってきた。彼らは藤原秀康が任命した主典や雑掌の横暴を訴えてきたが、義時、広元、康信の三人は「関東で沙汰を下せるものではないため、事実を朝廷に奏上する」と答えて引き取らせた。

だが奏上はしたものの、朝廷からはなしの礫《つぶて》で、鎌倉幕府の面目はつぶされた。それでも義時らは隠忍自重した。朝廷との関係を重視したからだ。そのため上総国は、藤原秀康が任命した主典らのやりたい放題となり、さらに不平不満の声が上がり始めた。

一方、京では十二月、土御門天皇が異母弟の順徳《じゅんとく》天皇に譲位した。後鳥羽に「させられた」と言った方が正しい。後鳥羽は土御門の温和な性格では、自らの死後、鎌倉幕府との間で交渉を有利に運べないと見て、順徳に譲位させたのだ。

今後の不安定な政局を、後鳥羽はしっかりと見据えていた。

五

承元五年（一二一一）は三月九日に改元されて建暦《けんりやく》元年となった。

平穏無事に半年が過ぎようとしていた六月七日、訴訟のため鎌倉に来ていた越後国三味庄《さみのしょう》の雑掌が殺されるという事件が起こった。早速、事件は侍所に知らされ、義盛自ら捜査に当たったところ、三味庄の地頭代が殺したと判明した。地頭代はすぐに捕まり、収監された。

このままなら地頭代には死罪が宣告される。だが地頭代の知り合いに、政子の女房頭の駿河局がいたことから、駿河局を通じて政子に、地頭代の命を救ってほしいという嘆願がなされた。にべもなく断るわけにもいかず、政子は実朝に会うことにした。


御所の対面の間に案内されると、またしても実朝が書見していた。

「これは熱心なこと。此度は何をお読みですか」

「これですか。京極《きょうごく》中納言（藤原定家《ていか》）の書かれた『近代秀歌』です」

「それは読んだことがあります。歌論書ですね」

「そうです。これにより『本歌取り』の要領を得ました」

「本歌取り」とは、有名な古歌の一句ないしは二句を取り入れて歌を作る手法のことで、本歌が背後にあることで、歌の描く世界に広がりを持たせることができる。

「そうですか。それなら武衛様の行ってきたことも『本歌取り』なさいませ」

政子の皮肉に、実朝の顔色が変わる。

「それは、いかなる謂で」

「他意はありません。武衛様の事績を知ることも大切だと申したかっただけです」

「それは十分に聞いております」

「それなら結構です。差し出がましいことを申し上げ、ご無礼仕りました」

実朝が書を閉じると言った。

「それで何用ですか」

「もうご存じだとは思いますが、此度の越後国三味庄の雑掌殺害の一件です」

「その件の裁定は済ませました」

「地頭代に死罪を命じたと聞きましたが、どのような話を聞いたのですか」

実朝がうんざりした顔をする。

「越後国から訴えを持ってきた雑掌を、地頭代が殺したということです」

越後国でも、朝廷から任命された国司と鎌倉幕府から任命された守護・地頭の軋轢が繰り返されていた。この事件は、国司の雑掌を追うようにやってきた地頭代が、雑掌と口論になって殺害するという一方的なものだった。

「それは分かっていますが、それに至るまでの経緯というものがあります。私が聞いたところでは、国司側が一方的に税の収受方法を変え、地頭らの取り分が減ったというではありませんか」

「そうです。これまで諸国ごとの慣例に縛られていた様々な決め事を、上皇は一律にしようとしています」

上総国の藤原秀康の主典も、その方針に従ったのは明らかだった。

「しかし、黙ってそれに従うのもおかしいのではありませんか。守護や地頭の権益を侵すようなものなら、鎌倉府として抗議すべきです」

「それは別の話です。地頭代の味方が多い鎌倉まで追いかけてきて、どさくさに紛れて人を殺すなど言語道断です」

実朝が力を込めて言う。

「では、せめて地頭代の命だけでも救っていただけませんか」

「どうして母上は、さように地頭代に肩入れするのですか」

「わが女房頭の駿河局の知人にあたるのです」

実朝がうんざりしたような顔をする。

「母上、よろしいか。これからは、そうした伝手《つて》を頼っても判決は変わりません」

「それは分かっていますが、そなたは朝廷を贔屓しているではありませんか」

「何を仰せか。贔屓などしておりません。裁きは誰に対しても平らかになされるものです」

「しかしそれでは、武士たちの心が離れていきます」

「伝手や情実によって判決を変える方が、武士たちの心は離れていきます。すべては公明正大に行われなければなりません。逆に、こうした嘆願をしてきた駿河局に突鼻《とつび》を言い渡します」

突鼻とは譴責処分のことで、同じようなことがまたあれば実刑となる。

「何ということを──。そなたは、わが女房衆まで罰するのですか」

「母上」と言いつつ、実朝が首を左右に振る。

「母上の女房衆の手当ては、鎌倉府から出ています。つまり駿河局の主は、母上ではなく鎌倉府なのです」

政子が言葉に詰まる。確かにその通りだからだ。

「母上、これからは吟味した末の判決に情実を挟む余地がないことを、周囲に知らしめねばなりません。お分かりいただけましたか」

「しかし人の命を、さように軽々しく扱ってよろしいのですか」

「では、雑掌の命はどうなのです。国司の命を受け、遠路はるばるやってきて殺されたのですぞ。その無念たるや想像もできません」

実朝は頑として譲らない。

「何を言っても、聞き入れてはくれないのですね」

「はい」と答えて実朝が瞑目する。もはや何も聞かないという態度だ。

——これがあの千幡なのか。

かつての実朝はいつもにこにこしており、周囲に笑いが絶えなかった。不愛想で内に閉じこもり気味だった頼家と違い、いつも笑顔の実朝は皆に愛された。だが今の実朝は頼家と何ら変わらない。

そうした実朝の変化が新たな火種とならないか、政子は不安だった。

六

九月十五日、頼家の次男の善哉が出家得度することになった。政子は鶴岡八幡宮寺別当の定暁《じょうぎょう》の本坊（屋敷）に出向き、出家の儀に立ち会った。

鶴岡八幡宮は神社と寺院が一体となった「神仏習合」の形態を取っており、最高責任者の別当は僧侶だった。ちなみに鶴岡八幡宮寺、勝長寿院《しょうちょうじゅいん》、永福寺《ようふくじ》の三寺は、頼朝建立の寺として、幕府が管理し、鎌倉で最も高い格式を持つ寺として尊重されていた。

出家の儀は、まず剃髪《ていはつ》が行われ、続いて法名と袈裟《けさ》を授けられ、戒律を守っていくことを誓って終わる。

髪を剃られた善哉に、定暁が法名を示す。

——公暁、と。

善哉の持つ紙片には、「公暁」という名が書かれていた。

定暁が厳かな声音で告げる。

「そなたに公暁という法名を授ける」

「ありがとうございます」

透き通った声が坊内に響く。

「公暁の公は、この国に住む者すべてを指す。暁は通暁や暁達という言葉があるように、何事かに精通するという謂だ。それが何かわかるか」

「はい。仏法かと」

「そうだ。そなたが仏から学んだことと、そなたが開いた悟りを、公に伝えていくことを願って命名した」

「感謝の言葉もありません」

公暁が感極まったという体《てい》で平伏すると、それを見てうなずいた定暁が威儀を正して言った。

「本日、そなたは得度した。得度の度という語は渡るに通じる。つまり得度とは『渡るを得る』という謂だ。そなたは彼岸へと渡ることを許されたのだ。だが得度したからには、俗世との縁を絶ち、俗世の楽しみを捨て去り、修行の果てに悟りを開かねばならない。そして人々を導く僧となるのだ。その覚悟ができているか」

「はい」と答える公暁の瞳は輝いていた。

――この子は聡明だ。万寿、もう心配は要りませんよ。

西方浄土の頼家に向かって、政子は語り掛けた。

定暁は立ち上がると、あらかじめ用意していた袈裟を捧げ持って公暁の背後に回ると、その小さな肩に掛けた。

「これで今日から、そなたは仏の弟子となった」

「ありがとうございます」

公暁が手を合わせて経を唱える。

皆に祝福されて、公暁は僧という人生へと船出した。


出家得度の儀が終わり、中食《ちゅうじき》に素菜《すさい》（精進料理）を食した後、定暁が「所用があるので、これにてご無礼を」と言って出ていった。供の女房衆も別の間にいるので、政子は公暁と二人きりになった。

薬湯を喫しながら、政子が出家者の心得などを語っていると、公暁が唐突に問うてきた。

「わが父も出家得度したと聞きました」

「ええ、そうですが――」

突然の問いに、政子は戸惑いを隠せない。

「将軍だった父は突如として発心《ほっしん》し、すべてを投げ出して僧侶になったと聞きましたが、その時、父はどのような思いで出家なさったのですか」

「あっ、そのことですね。万寿、いや前将軍家は重い病を克服し、それを御仏のご加護のおかげだと気づき、仏道に精進したいと仰せになりました」

それが、頼家が出家した公の理由となっていた。

「さようなことで将軍の座を譲ったのですか」

「そうです。それだけ病は重く、快癒したわけではなかったので、将軍の激務に堪えることができないと思われたのでしょう」

釈然としないのか、公暁が首をかしげる。

「尼御台様、父は自ら望んで出家したのでしょうか」

――この子は何か知っている。

背中に白刃を突き付けられたような衝撃が走る。

「もちろんです。前将軍家は自ら仏門に入り、修善寺で修行したいと仰せになったのです。しかし残念なことに、修行の道半ばで病を得て修善寺で亡くなりました」

「それは本当でしょうか。数日前のことですが、一人の僧が修善寺から参りました。その僧が境内を散歩していたので、少しでも父のことを知りたいと思い、話し掛けたのです」

政子が息をのむ。

「その方は幼い頃に修善寺に入山し、厳しい修行に堪えてきたと仰せでした。それで父のことを尋ねたのですが、最初は何のことか分からないという顔をし、私が名乗ると、『お父上のことは存じ上げません』と申し、それからは何を尋ねても知らぬ存ぜぬの一点張りで、青い顔をして戻っていきました。同じ時期に同じ寺で修行しながら、父のことを知らぬとは、どういうことでしょうか」

内心の焦りとは裏腹に、政子は笑みを浮かべて答えた。

「当然のことです。修善寺には三百を超える僧がおり、塔頭《たっちゅう》も多数あります。しかもさような末《まっ》僧《そう》と違い、前将軍家のような高僧は格別の扱いを受けます。それゆえ――」

「どうも父は、修善寺にいなかったような気がするのです」

「いいえ、確かにいらっしゃいました。その僧が知らなかっただけです」

「尼御台様」と言って公暁が威儀を正す。

「私の周囲にいる者たちは、私に何か隠しているようなのです。一年ほど前のことですが、夜中に腹が減ったので、何か残っていないかと台所に行ったところ、水仕女《みずしめ》たちが何やらひそひそ話をしていました。それによると、父のことで私を憐れんでいるような話でした。『本来なら将軍にもなれたのに、お可哀想に』という言葉が聞こえました」

政子の声が上ずる。

「さような下賤の者たちの言葉を信じてどうするのです。あの者たちは下世話が大好きで、事情を知らないにもかかわらず物事を面白おかしく推測します。それが雑説として流れ、事実と異なる形で伝えられるのです。仏に仕える身なら、真実を見極められる目を養わねばなりません」

政子が強い調子で言ったので、公暁は俯いて押し黙った。

「この世は、すべて仏のお導きでできています。仏のご加護の下、あらゆるものはよき方向に向かうのです。それゆえ懸命に精進なさい。必ずや悟りが開けます」

「はい。その言葉を肝に銘じます」

公暁が頭《こうべ》を垂れた。だがその様子からは、不承不承という感が漂っていた。

――鎌倉には置いておけない。

いつかは公暁も真実を知るだろう。だが成人して一廉の僧になれば、真実を知っても己の道を踏み外さないはずだと、政子は思った。

——そうだ。京に行かせよう。

政子は公暁を当分、鎌倉から遠ざけることにした。

出家得度してから七日後の同月二十二日、公暁を伴った定暁が近江国の園城寺《おんじょうじ》へと出発した。

園城寺で公暁に登壇受戒を授けるという名目だった。

登壇とは一人の行者として灌頂《かんじょう》を受けることで、受戒とは仏の定めた戒律を教えられることを意味する。つまり公暁は俗世と縁を絶ち、山に籠もって厳しい修行の日々を送ることになった。

定暁と公暁が旅立ったと聞き、政子は安堵した。

——あの子はきっと立派な僧となって戻ってくる。

政子は、そう信じたかった。

この年の十二月、和田義盛が上総介任官をあきらめ、嘆願書の返却を大江広元に申し入れた。広元が「すでに将軍に提出したので返却できない」と答えたところ、義盛は返却願いを取り下げたが、これを聞いた文士たちは、「将軍が『内々のお計らい』をしているというのに無礼ではないか」と義盛を批判した。だがそれは、義盛のある覚悟を示す行為だった。

七

翌建暦二年（一二一二）は何事もなく過ぎ、建暦三年（一二一三）になった。

二月十五日、鎌倉の甘縄にある千葉成胤《なりたね》の屋敷に、安念《あんねん》と名乗る一人の僧が訪ねてきた。

その僧は信濃国の泉親衡《いずみちかひら》という御家人の使者で、義時を殺して実朝を廃し、頼家の三男で僧の栄実《えいじつ》を将軍に擁立しようという策謀を成胤に語り、協力を求めた。

だが成胤には謀反など起こす気もなく、安念を捕らえて義時に差し出した。

義時は広元と協議し、安念を二階堂行村《ゆきむら》に預けると、取り調べを命じた。行村は侍所の検断奉行(検事兼裁判官)を務めている。

翌日、安念は観念し、泉親衡の陰謀に関係している御家人の名を口にした。それを聞いた行村は驚愕した。実に首謀者と加担者は百三十人、その伴類(傍輩や家臣)は二百人に及んだからだ。

問題は、それだけではなかった。

首謀者百三十人の中に、和田義盛の子の義直《よしなお》と義重《よししげ》、さらに甥の胤長《たねなが》の名があったことから、鎌倉は騒然となった。

胤長は義盛の弟で早世した義長《よしなが》の息子にあたり、弟を不憫《ふびん》に思っていた義盛は息子同然に扱ってきた。

早速、首謀者の探索が始まった。

三月二日、雪ノ下の筋違橋《すじかえばし》付近に泉親衡が潜伏しているという情報を得た行村たちは、捕縛に向かうが逃走を許してしまう。その時、親衡は栄実を伴っていた。

一方、義直、義重、胤長の三人は、「全く身に覚えのないこと」と言いながらも、素直に縛に就いた。この時、義盛は本拠の上総国伊北庄《いほうのしょう》に帰っていたので、早速、和田家から早馬に乗った使者が派遣された。

三月八日、和田義盛が鎌倉に戻ってきた。すぐに実朝に対面し、三人の赦免を願い出たところ、これまでの義盛の勲功に免じ、義直と義重は赦免された。だが胤長だけは赦免を保留された。

政子は自邸で義時と向き合っていた。人払いしたので、周囲には誰もいない。

「多少の見当違いもありましたが、ここまではうまく行きました」

義時が安堵のため息をつく。

一連の事件は義時の陰謀だった。まず安念に言い含め、千葉成胤に陰謀を打ち明ける。成胤は小心者なので、義時に訴え出るのは目に見えていた。続いて行村に言い含め、安念を締め上げたことにして、北条氏と縁の薄い中小御家人たちの名を挙げさせた。もちろんその中に、和田一族の三人の名を入れさせる。

泉親衡は雪ノ下で形ばかりの争闘を演じさせた後に逃げ出すように取り計らう。もちろん泉の所領は、息子に引き継がせることで話はついていた。

だが誤算もあった。義直、義重、胤長から「身に覚えがない」と聞いた義盛が、実朝と会って赦免を懇請したところ、実朝は即座に息子二人を赦免したことだ。安念の証言以外、何の証拠もなかったからだ。

この時、義盛は胤長の赦免も懇請したが、それは認められなかった。というのも胤長と泉親衡は顔見知りで、以前から往来があったからだ。これにより実朝は胤長の赦免を保留した。胤長と親衡に親交があったことが、義時にとって幸いしたのだ。

「和田殿の迅速な対応で、息子二人の赦免は勝ち取られましたが、かろうじて胤長だけは罪を問える状況です。将軍家の目を盗み、迅速に胤長を罰さねばなりません」

「しかし証拠が不十分なら、将軍家は赦免します」

「姉上、それには策があります。将軍家の注意をほかにそらせるのです」

「あっ」と政子が驚く。

「まさか正二位への任官の件ですか」

「そうです。今の将軍家は、その返礼で頭がいっぱいです」

同月六日、京にいる源仲章の使者が鎌倉に到着し、実朝が正二位に叙任されたと伝えてきた。

これは、順徳天皇の閑院内裏《かんいんだいり》遷幸《せんこう》と内裏の造営にあたっての経費を、鎌倉幕府が負担したことに対する褒賞の意味があった。褒賞なので、本来なら御礼の使者を遣わすことで済ませられるが、義時はそれだけではなく、何らかの善行を施すことで、お礼の意を表すべきだと提案しようというのだ。

「つまり何かの供養を行うというのですね」

「そうです。まあ、国家安寧を願う祈禱や施行《せぎょう》（粥などの炊き出しを行うこと）が妥当でしょう」

「それを私から将軍家に勧めよと――」

「ご明察」

これにより四月に入ってから、実朝は八万四千基に及ぶ塔婆の供養を行い、さらに南都の十五の寺に献金し、非人施行を実施する。

「そのほかにも、将軍家が懇意にしている寺の住持から説法を聞きに来るよう誘わせ、さらに様々な者たちから和歌会《わかえ》や宴に誘うようにしむけます」

「さすれば将軍家は、胤長のことを忘れると――」

「忘れずとも多忙になれば、われらに任せることになるでしょう。その間に、われらで胤長を首謀者の一人と断定します」

われらとは、自らと大江広元ら文士を指す。

「それで胤長を断罪できたとしても、和田殿は挙兵しますか」

「それは容易ではありません。何の証拠もないのですから、幾度となく胤長の赦免を願い出るでしょうな」

「やはり――」

「しかしやり方次第で、和田殿は挙兵せざるを得なくなります」

義時が自信を持って言う。

――何か手札を持っているのだ。

だが政子は、そこまで聞く気はない。

「それで和田殿が挙兵したとしても、勝てる見込みはあるのですか」

「手札をうまく使えば勝てるはずです」

義時の顔に緊張が走る。

――自信がないのだ。

勝敗は手札次第だが、その手札がどう動くか、まだ確信が持てないに違いない。だがそれは義時に委ねるしかない。

「どうしても和田一族を滅ぼさないといけないのですね」

「もちろんです。さもないと滅ぼされるのは当方になります」

それは政子も感じていた。というのも和田・三浦の両一族の勢力伸長は著しく、とくに義盛と息子たちが実朝に気に入られており、それを知る御家人たちが、和田義盛を旗頭にした与党を形成し始めているからだ。

「しかし小四郎、和田一族を滅ぼすことが、武士の府を守ることにつながるのですか」

「もちろんです」

義時が不敵な笑みを浮かべた。

「分かりました。すべてはお任せします」

政子は義時に決断を委ねた。だが長年にわたって頼朝を支えてきた義盛への後ろめたさは、拭いきれないものがあった。


翌九日、義盛は一族九十八人を引き連れて御所に参上し、胤長の赦免を願い出た。しかし泉親衡と親しかったことを理由に、実朝からの許しは出ない。

しかも義時は、居並ぶ義盛らの目の前で後ろ手に縛られた胤長を引き回すよう命じた。義盛にとってこれほどの屈辱はなく、和田一族は抗議の意味で、御所への出仕を取り止めた。

しかも十七日、証拠がないにもかかわらず胤長が陸奥《むつ》国に配流されるに及び、和田一族は態度をさらに硬化させる。それでも義盛は隠忍自重を説き、一族を引き連れて屋敷に逼塞《ひっそく》した。

十九日の夜、武蔵国の御家人の横山時兼《よこやまときかね》が和田邸に入った。その時、時兼と五十人ばかりの郎党が甲冑姿だったので、鎌倉は騒然となった。

時兼は武蔵七党の一つ・横山党の当主で、石橋山の合戦以来、頼朝に付き従い、畠山一族なき後、武蔵国一の有力御家人として、周囲からも一目置かれる存在だった。同世代の義盛とは縁戚関係にある上、親友と言ってもよい間柄だった。

これにより御所で行われていた「庚申会《こうしんえ》の歌会」が急遽中止となり、鎌倉は緊張に包まれた。だが一日経つと、横山らは常の装束に着替えたので、緊張は徐々に解けていった。

二十一日、病を患っていた胤長の娘の荒鶴《あらづる》が息を引き取る。享年は六歳だった。義盛の孫の朝《とも》盛《もり》が胤長のふりをし、意識がもうろうとしている荒鶴を元気づけようとしたが、その甲斐なく荒鶴は亡くなった。娘の死に目に会うこともできず、無実の罪を着せられて配流された胤長に、和田一族は涙を流した。とくに夫を配流にされ、娘を失った胤長の妻の絶望は深く、その日のうちに出家を遂げた。

こうしたことから和田一族の怒りは頂点に達し、もはや義盛も堪忍袋の緒が切れようとしていた。

八

胤長の屋敷は、御所の東隣にあたる荏柄《えがら》天神社の南にある。和田氏嫡流ではないにもかかわらず、御所に面する場所に屋敷地を与えられたということは、実朝の信頼が厚い証拠であり、また変事があった際に御所に急行できるので、ほかの御家人たちからは羨望の眼差しで見られていた。無人となったその屋敷を所望する御家人たちは多かったが、御家人の所領や財産が没収された折は、当人の血縁者か一族の氏長者が相続するという慣例があるので、義盛に与えられるものと思われていた。

三月二十五日、義盛はその慣例に従い、実朝に「御所の宿直《とのい》に伺候する便宜があるので、拝領したいと思います」と所望した。実朝は当然のこととして、即座にそれを許した。

願いが聞き届けられたことに義盛らは満足し、胤長の赦免が近いことを期待した。元々、何の証拠もない事件であり、胤長以外の誰も罪に問われていないことから、胤長の赦免も近いというのが、もっぱらの噂だった。

そんな最中の四月二日、義盛が拝領したばかりの胤長の屋敷に、義時の郎従たちがやってきて退去を求めた。留守を預かっていた義盛の代官は訳も分からず追い立てられた。

この報告を聞いた義盛は激怒して実朝に抗議したが、実朝は関知しておらず、広元に事情を問うたが、広元も首をかしげるばかりだった。

そこで義時を呼んだが、どこかに書付が隠されているかもしれないので、屋敷内を調べたいという。それなら仕方ないと思った実朝は、「胤長の冤罪を晴らすため、鎌倉府が預かる」と義盛に告げた。

だがすでに胤長が捕縛された際、屋敷内は調べられており、再度の明け渡しはおかしい。義盛は再び抗議したが、実朝は「少し待て」と言って義盛をなだめた。

だが何日経っても屋敷地が義盛に返却される気配はなく、遂には義時の家人が住むようになった。義盛の再度の抗議を受けた実朝が義時に理由を尋ねると、「まだ調べきれておりません」と言ってはぐらかされた。これが義時の挑発行為なのは明らかだった。


四月十五日の夜のことだった。この日は「月見の歌会」が御所で行われることになり、政子も招待された。

その歌会の最中、取次役が実朝に面談を求めている者がいると言ってきた。それが誰か実朝が問うと、「和田新兵衛尉《しんひようえのじよう》殿に候」と答えたので、実朝は喜び、歌会の場に通すように伝えた。

和田新兵衛尉とは、義盛の長男にあたる常盛《つねもり》の長男・三郎朝盛のことだ。朝盛は人格高潔な上に文武に通じ、次代の侍所別当として将来を嘱望されていた。しかも朝盛は実朝と同年代で、実朝が最も寵愛した近習だった。

『吾妻鏡《あずまかがみ》』には、「朝盛は将軍家の御寵愛を受けており、同輩は決して争わなかった」とある。つまり争う者がいないほど、実朝と親しかったのだ。

しかし和田一族がそろって抗議の出仕停止をしたため、ここ一月、朝盛も実朝と顔を合わせていなかった。その朝盛が面談を求めてきたということで、実朝は上機嫌だった。

「母上、三郎は和田一族の出仕再開を告げに来たに違いありません」

朝盛は、官途名にちなんだ新兵衛尉か仮名《けみょう》の三郎と呼ばれていた。三郎だけ兵衛尉に新の字が付くのは、父常盛も兵衛尉なので混同を避けてのことだ。

「よかったですね」

内心とは裏腹に、政子が笑みを浮かべる。

――和田殿は三郎殿を使者として遣わしたに違いない。これで小四郎の挑発策も水泡に帰したということか。

義時は強引なまでに和田一族を挑発してきたが、義盛も老練なので乗ってこなかったのだ。

早速、取次役に案内され、朝盛がやってきた。

「ご無礼仕ります」という涼やかな声と共に障子が開けられた瞬間、そこにいる者すべてが唖然とした。

朝盛の頭は見事に剃り上げられ、肩には袈裟が掛けられているではないか。

それを見た実朝にも言葉はない。

「事前に何も告げず、かような姿で御前にまかり越しましたるご無礼、平にご容赦下さい」

ようやく実朝が声を絞り出した。

「いったいどうしたのだ」

「見ての通り、出家いたしました」

「だから、いかなる理由で出家したのだ」

嗚咽を堪えつつ胸にしまった短冊を取り出した朝盛が、それを詠み上げた。


身を捨つる覚悟の道を行きつつも　心はいまだ行きつ戻りつ

「三郎、それは西行《さいぎょう》法師の本歌取りだな」

「はい。西行法師の『身を捨つる人はまことに捨つるかは　捨てぬ人こそ捨つるなりけれ』から取りました」

この歌の謂は、「身を捨てて仏門に入った人は、本当に身を捨てたのか。むしろ身を捨てられない思いのある人ほど、身を捨てることができるのではないか」となる。

ここでの身とは、俗世の身分や人間関係を指すが、西行は出家者の覚悟のなさを憂い、その一方、身悶えするほど俗世に未練がある人ほど、出家すると身を捨てて修行に精進できると言いたかったのだ。

「そなたの歌の真意は、いずこにある」

「それは――、お察し下さい」

「そなたの口から申し聞かせよ！」

実朝が珍しく感情をあらわにする。

「私の思いは、すべて歌に託しました」

「つまり出家という道を選んだにもかかわらず、いまだ俗世に未練があるということか」

朝盛が声音に苦渋をにじませる。

「いいえ。私は俗世に未練などありません。ただ無念なのです。その無念の思いが、私の後ろ髪を幾度となく引きました。しかし此度は無念を断ち切り、出家しました。その思いを歌に託したのです」

「何が無念なのだ」

「さようなことは、そこにおられる尼御台様がよくご存じのはずです」

実朝の顔がゆっくりと政子の方を向く。

政子があえて冷静な声音で言った。

「三郎殿の申すことが、この尼にはとんと分かりません」

「それなら結構です。ただ――」

朝盛が思い切るように言う。

「かようなことを続けていれば、いつか鎌倉府に大きな災いをもたらしますぞ」

「災いだと――」

実朝の目が大きく見開かれる。

「母上、どういうことですか。まさか私の与り知らぬところで、何かしておられるのですか」

朝盛の言葉を、政子は強く否定せねばならないと思った。

「三郎殿、若輩者ゆえ大目に見てきたものの、いみじくも武衛様の妻室だったこの尼に何という無礼か。そなたは、われらが将軍家に黙って裏で何かをやっているとでも言いたいのか」

「母上――」

実朝の顔色が変わる。

「今、『われら』と仰せになりましたね。それは母上と相州（義時）のことでは」

――しまった。

政子は語るに落ちたことを覚った。

「ただの言い間違いです」

「三郎、歌だけでは分からぬ。そなたの真意を教えてくれ」

朝盛がゆっくりと顔を上げる。

「私は出家の身。もう何も申すことはありません」

朝盛は何も言わず、はらはらと涙をこぼした。

政子は立ち上がると、扇子で朝盛を指した。

「そうか。そなたが出家した理由が分かった。和田一族は謀反を働こうとしておるのだ。それゆえそなたは懇意にしていた将軍家に弓引けぬので、出家の道を選んだのだ。そうに違いない！」

「母上、お待ち下さい。三郎、そうではないな。そなたは以前から『いつか出離生死《しゅつりしょうじ》の道を行きたい』と申していた。その思いを結実させたのだろう」

出離生死の道とは、世俗を離れて仏道を修め、生死の苦悩から解放されたいと願うことだ。

「どうか、お許し下さい」

平伏した朝盛が立ち上がった。

「三郎、どこに行く」

「京に上り、出離生死の道を行きます」

「そうか」と言って実朝が唇を噛む。

「もはや何を言っても無駄のようだな。致し方ない。三郎、達者でな」

「はい。将軍家こそお達者で」

そう言い残すと、口に手を当てて嗚咽を堪え、朝盛がその場から去っていった。

「母上、先ほどのご推察は本気ですか」

「それ以外考えられません。和田一族は御所に弓引くつもりでいるのです」

「だとしたら、先ほどの三郎の言葉からすると、そう仕向けている者がいるということですね」

「それが、この尼だというのですか」

「そうです。母上と叔父上が策謀をめぐらし、和田一族を追い込もうとしているとしか考えられません」

「何を仰せか。われらは何もしておりません。胤長の罪は明々白々であり、配流は穏当すぎる措置です。それを逆恨みし、将軍家に弓引くつもりに違いありません！」

「和田の者どもが、弓引くと決まったわけではありません」

「しかしこのままでは、そうなります」

実朝がうんざりしたように言う。

「もう結構です。母上と叔父上が策謀をめぐらしているなら、それなりの措置を取らせていただきます」

「それなりの措置ですと」

「そうです。鎌倉府は正しい裁きによって動かしていきます。いずれは法を制定し、万人に公平な裁きを下すようにしますが、当面は、将軍それがしが正義を貫くようにいたします」

「私は――、そなたの母ですぞ」

「母だろうと罪科は罪科です」

「何という不孝なことを――」

「何を言われようと結構。それがしは将軍です」

実朝は傍らに置いてあった短冊を踏みつけると、そそくさと奥に消えていった。

政子は実朝との間に、大きな亀裂が走りつつあるのを覚った。

九

朝盛は御所を出た足で京に向けて出奔した。供は郎党二人と小舎人童《こどねりわらわ》一人だけだ。しかし事は、それで済まなかった。

十六日、朝盛の出家を知った義盛と常盛が朝盛の部屋を調べると、書き置きが残されていた。そこには「謀反の企ては知っています。しかし私は父祖に背くことも、主君に弓引くこともできません。それゆえ出家を遂げ、遁世《とんせい》いたします」と書かれていた。

これを聞いた義盛は怒り、四男の義直に連れ帰るよう命じた。義直は駿馬を駆って朝盛の後を追い、十八日に駿河国の手越宿《てごしのしゅく》で追いつき、説得して連れ帰った。

この間、鎌倉では合戦が始まるといった風聞がしきりで、難を避けようという民が、車に家財道具を載せて走り去る姿も見られるようになった。

二十七日、実朝が義盛に使者を送り、「謀反の風聞があるが、実否はいかん」と尋ねたが、義盛は「全く身に覚えがないこと」と答えた。しかも息子たちが列座し、それぞれの前に愛用の得物（武器）を置いたという。つまり「得物を回収したければどうぞ」という意思表示だ。これを見た使者は安心し、得物の回収を行わず御所に戻り、実朝に顚末を報告した。

だが実朝と共にこれを聞いた義時は突如として立ち上がり、「謀反の疑い間違いなし！」と断じた。実朝が「なぜか」と問うと、「古来、中原《ちゅうげん》（中国大陸）では、主君に謀反を働く場合、主君に得物を捧げることで、戦う意思を表すのです」と答えた。つまり武器を差し出したことが、宣戦布告の意思表示だというのだ。そこにいる者たちで、そんな故事を知る者はいなかった。しかも武器を差し出しているのだから明らかに矛盾している。

しかし義時の口調があまりに激しく、また確信に満ちていたので、誰も「聞いたことがない」という声を上げる者はいない。また「知らぬ」と言えば恥になるかもしれないので、口をつぐんでいた。その結果、再び使者が義盛の許に差し向けられた。

使者は義盛に「主君を害し奉るという風聞があり、ひじょうに驚いている。その真偽はいかが」と問うと、義盛は「主君を害そうなどとは微塵も考えていません。ただ義時の所業があまりにもひどいので、その詮議を行っていただくべく、若輩者たち（息子たち）が集まっています。それがしは止めたのですが、もはや聞く耳を持ちません」と答えた。極めて曖昧な回答だが、幕府が義時を詮議しないなら、「義時討伐」の旗を揚げるという意味にも取れる。

使者が戻ってこのことを伝えると、義時は再び怒り「政所別当のそれがしを討つというのは、鎌倉府に対する謀反と同じ」とこじつけた。

確かに理屈としてはそうなるので、「正義を尊び情実を廃する」ことを標榜している実朝としては、「和田一族の謀反」を認めるしかなかった。

こうした話が、政子の許にも逐次入ってきていた。

――果たして、これでよいのか。

鎌倉幕府を守るために、和田一族を挑発して蜂起させ、それを討つというのが義時の計画だ。そうなれば当然、義盛は実朝という玉《ぎょく》を押さえに来るはずで、場合によっては御所をめぐる戦闘になり、鎌倉が灰燼《かいじん》に帰す。

――これは避けられない戦いなのか。

和田義盛の声望が高まり、同時に和田一族の勢力が大きくなることが、どうして武士の府の危機につながるのか、政子にとってはいまだ疑問だった。

――しかも三浦一族をも敵に回すことになる。

この戦いの帰趨《きすう》は三浦一族に懸かっている。確かに一族内の複雑な関係はあるにしても、義盛に対する義村のこれまでの従順な態度からすれば、和田一族に加担する可能性は高い。

――小四郎には、本当に勝算があるのだろうか。

疑問が次々と湧き、様々な不安が頭をもたげてくる。そこに義時の来訪が告げられた。

険しい顔つきの義時が入ってきた。甲冑は着けていないものの、その顔は緊張に包まれ、戦が迫っていることを如実に物語っていた。

「いかがなされましたか」

「御家人たちに御所に集まるよう告げました」

「先手を打つのですか」

「いいえ。それでは外聞がよろしくない。何としても敵方に先手を打たせたいのです」

義時は和田一族とその与党を敵方と呼んだ。

「もはや引き返せないのですね」

「はい。敵も覚悟を決めているに違いありません」

この言葉には深い意味があった。戦の手練れの義盛は、勝算がなければ立たないはずだ。その勝算こそ三浦一族だった。

実はこの少し前、義盛が義村と密会して挙兵の決意を語ると、義村は一も二もなく賛意を示し、共に立つことを誓った。これにより義盛は息子たちに戦うことを許した。

「こちらに勝算はあるのですか」

「あります」

「どのような勝算ですか」

「今日は、その件で参りました」

義時が縁に控える郎党に命じる。

「連れてこい」

「はっ」と答えるや、郎党がきびきびした動作で下がっていった。

「誰を連れてくるのですか」

「見てのお楽しみ」

やがて七歳前後の童子が郎党に連れてこられた。

「これは――、駒若丸《こまわかまる》か」

むろん政子も、その童子のことを知っている。

童子は政子の前に座すや、「お久しぶりでございます」と言って平伏した。

義時が得意げに言う。

「見ての通り、義村の子の駒若丸です」

「どういうことですか」

「三浦一族が証人（人質）として出してきました。つまり三浦が和田方へ味方するのは偽装になります」

「以前、そなたが話していた手札が駒若丸だったのですね」

義時が得意げにうなずく。

「それで、駒若丸をどうするのです」

「預かっていただきたいのです」

「どうしてですか」

義時が駒若丸と郎党に「下がっていろ」と命じると、駒若丸らは長廊を軋ませて下がっていった。それを確かめてから義時が言った。

「万が一の場合に備えてです」

「それはどのような場合ですか」

「これにて三浦一族はわが方に付くと思われますが、戦局次第では分かりません。もしもわれらが劣勢に陥れば、駒若丸を捨てても和田方に付くでしょう」

後に「三浦の犬は友を食らう」とまで言われることになる義村だ。一族のためなら、孫の一人を切るくらいのことはする。

「預かるのは結構ですが、敗勢に陥った時、私にどうしろというのです。まさか駒若丸を――」

「姉上にそんなことはさせません。姉上が駒若丸を確保しておれば、三浦方が奪還に来ることもありませんからな」

義時としては、最悪の場合の交渉の手札として、駒若丸を使おうというのだ。しかも万が一に備え、政子に駒若丸を確保させることで、奪還部隊を差し向けることを躊躇させようという思惑もあった。

「それだけ勝敗は不明ということですね」

「いや、将軍家を取られぬ限り、負けはありません。しかし何事も万が一に備えるのが、われら北条家の作法ではありませんか」

政子がため息交じりに言う。

「そなたも父上に似てきましたね」

「ははは」と声を上げて笑うと、義時が頭を下げた。

「では姉上、しばし騒がしい日々が続きますが、ご容赦下さい」

その場から去ろうとした義時を、政子が呼び止めた。

「小四郎、和田一族を滅ぼすことが、本当に鎌倉府のためなのですか」

義時の動きが止まる。

「鎌倉府のためではなく、そなたが権勢を握るために滅ぼしたいのでは」

義時が肩越しに目を剝く。

「姉上、今更何を言うのです。これは私利私欲から出たことではありません。和田一族は大きくなりすぎました。今のうちに根から絶っておかないと、鎌倉府にとって取り返しのつかないことになります」

「将軍家はさような策謀を好みません。しかも和田殿を慕っております」

「とは言っても、己に弓引かれるのです。われらに味方せざるを得ません」

政子が無言でいると、義時がその場から去ろうとした。

「くれぐれもお気をつけ下さい」

「ありがとうございます。そうだ。一つ言い忘れました。泉親衡のことですが――」

広縁まで出た義時が向き直る。

「かの者が、どうかしたのですか」

泉親衡など、もはやどうでもいい人物だった。

「その後、親衡は武蔵国の河越まで逃れ、出家して静海《せいかい》と名乗るようになりました」

「それがどうしたのです」

「その静海から書状が届きました」

突然、胸騒ぎがした。

「そこに何と書かれていたのです」

「静海が出家するのを見た栄実は、すべてに絶望して出奔したとのこと」

「栄実の行方は知れぬのですか」

「はい。杳《よう》として摑めません。どうやら静海は、これが策謀だと栄実に知らせておらず、栄実は、すっかり将軍になれると思っていたようです」

――可哀想な栄実。

政子には言葉もなかった。

「では、ご無礼仕ります」

その場から去ろうとする義時に、政子が再び問う。

「栄実の行方を摑んだら殺すのですか」

「それは分かりません」

義時は振り向かず答えると、大股で去っていった。

――わが弟ながら、恐るべき男。

政子は栄実の無事を祈るしかなかった。

十

鎌倉の空に、どんよりとした雲が広がり始めた五月二日、和田義盛邸の近くに住む御家人から、「甲冑姿の者たちが、和田屋敷に集まってきている」という通報があった。

この知らせを聞いた義時は急いで御所に赴き、かねて取り決めていた通りに防戦の手はずを整えた。実朝は御所背後の山にある法華堂に移された。

法華堂とは、かつて頼朝が奥州征伐の成功を期して造らせた祈願所兼持仏堂で、高所にあるので、御所周辺で一朝事ある時は、ここに籠もって敵を防ぐと以前から決めていた。

やがて政子の大倉屋敷にも使者が現れ、鶴岡八幡宮寺別当の定暁の坊に導かれた。もちろん三浦駒若丸を伴っている。

申《さる》の刻（午後四時頃）、突如として人馬の喧騒が聞こえてきた。定暁が物見に出していた若い僧が次々と戻り、合戦の開始を告げてきた。どうやら和田方が御所に攻め寄せたらしい。

やがて何かが焼け焦げる臭いが漂ってきたので、政子が庭から御所の方を見ると、黒煙がたなびいている。大倉屋敷は御所と隣り合っているので、火が出れば類焼は免れられない。

――千幡（実朝）は無事か。

政子はそれだけが心配だった。義時のことだから抜かりはないと思うが、実朝を殺されるないしは奪われると、すべては終わる。つまり義時は殺されて北条氏は滅亡し、政子も幽閉に近い状態に置かれるはずだ。

戻ってきた僧たちによると、和田方は御所と義時邸の双方を囲み、さかんに矢を射込んでいるという。きっとその中には、火矢もあったのだろう。

この頃、和田方は御所内に乱入し、白兵戦となっていた。

断末魔の絶叫や激しく刃のぶつかり合う音が重なるようにして聞こえてきたが、御所内のことなので、物見の僧にも詳しい状況は分からない。

やがて義時の使者が着くと、「将軍家は法華堂に移られて無事」と伝えてきた。

それでも撃退の一報は入らない。各所で激戦が展開されているらしく、武具がぶつかり合う音や人声が大きな塊となり、定暁の坊まで押し寄せてくる。

そのまま夜になった。炎が天を朱に染めるのを眺めながら、政子は懸命に経を唱え、実朝の無事を祈った。周囲にいた僧や政子の付女房たちは、堂に入って一心不乱に祈りを捧げている。

――果たして勝てるのか。

和田一族は、畠山一族と並んで鎌倉幕府の武を担ってきた一族だ。味方する者も多いに違いない。一つでも義時の目算が外れれば、北条氏の滅亡が口を開けて待っている。

「尼御台様」という声に振り向くと、駒若丸が立っていた。

「お付きの者はどうしたのです」

「皆、堂に籠もって仏に祈りを捧げています。私も連れていかれましたが、眠くなったので一人でこちらに戻りました」

「そうでしたか。御仏のご加護があるので心配は要りません」

駒若丸が不安そうに問う。

「御所に攻め寄せたのは、和田の祖父《じい》様と聞きました」

「どうやらそのようです」

「和田の祖父様はとてもよい方です。なぜかようなことになったのですか」

「それは――」

政子には何と答えてよいか分からない。

「和田の祖父様は、私を見ると抱き上げて、『大きゅうなった、大きゅうなった』と言っては空高く掲げてくれました」

駒若丸が懐かしそうな顔をする。

――和田殿はそんな男だ。

義盛は楽しい時には笑い、悲しい時には泣き、不平不満があれば怒り、人間が本来持つ喜怒哀楽を素直に表出できる男だった。

頼朝も表裏のない義盛の純粋さを愛した。

――そんな男を、われらは罠にはめたのだ。

政子の胸にじんわりと悔恨の情が湧く。

――いや、討つと決めたら討つ。さもないと討たれるのが鎌倉だ。

政子は武士の厳しさを思い出すことで、悔恨の情を捻じ伏せた。

「わが父は和田の祖父様と一緒なのですか」

駒若丸の問い掛けに、政子がわれに返った。

「何も聞いていないのですね」

「はい。誰も口をつぐんで教えてくれません」

「そうでしたか。そなたの父は将軍家の側です。だから心配には及びません」

「では、戦に敗れれば、和田の祖父様はどうなるのですか」

政子は駒若丸の両肩に手を置いた。

「何事も仏の思し召しなのです。おそらく、もう和田の方々と会うことはないでしょう。でも和田の方々は皆、仏の許に召されるので安心なさい」

「では、和田の三郎様とも会えぬのですか」

和田の三郎様とは朝盛のことだ。

「おそらく会えません」

「どうしてですか。三郎様はそれがしに優しく、様々なことを教えてくれました」

「そうでしたか。和田の方々は皆よい方ばかりですね」

確かに和田一族は、竹を割ったような性分の者たちが多かった。

「わが父は、『三浦と和田は同族ゆえ結束は固い』と常々言っておりました」

そんな絆など、大人の世界では呆気ないほどもろいものなのだ。

「もう眠りましょう」

「はい。そうします」

政子は駒若丸に添い寝し、伊豆に伝わる歌を口ずさんだ。

「ねんねん法師に緒を付けて、ろろ法師に引かせよう。ろろ法師に緒を付けて、ねんねん法師に引かせよう。ねんねんねんねんねんろろろろ」

やがて政子も、まどろみの中に入っていった。

「姉上」という呼び声にはっとして目を開けると、義時が控えていた。すでに戦の喧騒は去っている。


「戦はどうしました」

「一段落しました」

「当方は勝ったのですか」

「はい。勝ちました」


寝ている駒若丸を起こさないように立ち上がった政子は、義時と共に広縁に出た。


義時が得意げに言う。

「先ほど皆を集めたところ、北条家は誰一人として討ち死にせず、たいした手傷も負っていませんでした」

「よかった」


政子が胸を撫で下ろすと、義時が戦の詳細を語った。

「敵方は御所の門を破り、御所に火を放ちましたが、修理亮《しゅりのすけ》（北条泰時）、次郎（同朝時《ともとき》）、足利三郎殿（義氏）が奮戦し、一進一退となりました。最後は御所内まで攻め込まれ、危ういところだったのですが、三浦の者どもが和田勢の背後から襲い掛かり、何とか撃退しました」

「やはり三浦勢のお陰だったのですね」


三浦義村が味方するという約束を信じた義盛は、勝てると踏んで蜂起に踏み切った。だが義村は義盛を裏切った。最初から旗幟《きし》を鮮明にしていれば、義盛は蜂起しなかったことを思うと、義時の思惑通りに事が運んだことになる。

——何と酷《むご》いことか。

かつて何かの宴の席で、義盛と義村が並んで座し、大笑いしながら酒を飲んでいたことを思い出す。そんなことなど、武士にとっては何の絆にもならないのだ。

「和田方は味方の死傷者をも置き捨てて、由比ヶ浜の方に引いていきました」

「勝つか負けるか、ぎりぎりの戦いだったのですね」

「はい。三浦殿が敵方に付いていたら、間違いなく当方は敗れていました」

義時が安堵のため息をつく。

「和田一族を滅ぼしても向後、三浦一族の台頭を許すことになるのでは」

「姉上、先々のことを案じていては、きりがありません。われらには武士の府を守り抜くという大義があります。その大義の邪魔になる者を除いていかねばならぬのです。三浦一族がその大義に逆らわないのであれば、われらに三浦一族を滅ぼす理由はなくなります」

「それは本当ですか。われらは——」

政子がためらいながら言った。

「武士の府を守るという大義を掲げていながらも、その実、北条家の権勢を強めたいだけではありませんか」

「そんなことはありません。すべては、武衛様の作られた武士の府を守るためなのです」

義時が確信を持って言う。

「分かりました。事ここに至らば、そなたを信じるしかありません。武士の府の将来は、そなたに託しました」

「ありがとうございます」と言って平伏する義時の顔は、自信に溢れていた。

――だが、それでよいのか。

そんな疑問が湧いてきた時、使者が駆けつけてきた。

「申し上げます。いったん由比ヶ浜まで引いた和田方ですが、そこに加勢の横山らが駆けつけ、再び御所に向けて攻撃を仕掛けてきました」

義時の顔色が変わる。

「何だと――。敵方の兵はどれほどいる」

「三百ほどかと」

横山勢が加勢に駆けつけてきたことで、和田方は勢いを盛り返したのだ。

実は、義盛は「今日（五月三日）を矢合わせ（合戦）の期と定める」と時兼に伝えてあったので、時兼は三日の早朝に鎌倉に着くべく兵を率いてきた。だが北条方に和田方の蜂起を見透かされたため、義盛は二日の夕方、和田勢だけで御所を襲ったのだ。

「どうするのです」

「こうしたことも見越し、すでに防戦の手配りは済ませてあります。しかし何があるか分からないので、それがしは将軍家の許に参ります」

「将軍家をお守り下さい」

「もちろんです。将軍家あってのわれらですから」

義時がその場を後にした。

この後、戦いは一進一退を続けた。義盛は数度にわたって御所へ攻撃を仕掛けたが、北条方は進撃路にあたる若宮大路や小町大路にあった家々を引き倒して阻塞《そそく》としていたので、最初の攻撃とは様相を異にしていた。

騎馬武者は阻塞に進路を阻まれ、徒士《かち》とならざるを得ない。そうなれば突進力は弱まる。それで和田方は決定力を失った。

辰《たつ》の刻（午前八時頃）、曾我《そが》・中村《なかむら》・二宮《にのみや》・河村《かわむら》といった西相模の武士団が鎌倉郊外に到着した。どちらが有利か判断しかねた彼らが形勢をうかがっていたところ、実朝の花押《かおう》が添えられた将軍御教書《みぎようしよ》が届いた。義時が届けさせたのだ。それを見た西相模の武士団も幕府方としての参戦を決意した。その頃には千葉勢も武蔵国から駆けつけ、俄然幕府方が有利となった。

決戦は若宮大路で行われた。双方は馬の轡《くつわ》を並べ、激戦を展開したが、義盛の片腕となっていた土屋義清《よしきよ》が流れ矢に当たって討ち死にしたのを機に、和田方の劣勢が明らかになった。

夕方には義盛が最も可愛がっていた四男の義直も討たれ、それに落胆した義盛も敵中に突入して討ち死にを遂げた。これにより義盛の息子たちも次々と討たれていった。

敗勢が覆い難くなり、義盛嫡男の常盛や横山時兼は逃亡する。その際、戦わなかった朝盛も同道した。彼らは翌四日、甲斐国まで落ちるが、逃走をあきらめて自害した。その時、共に自害した者は二百三十四を数えたという。

唯一、朝盛だけは捕らえられ、出家者だったことで一命を救われた。実朝は朝盛に和田一族の菩提を弔わせるべく、寺の建立資金を与えた。

九日には陸奥に配流された胤長も殺される。

この戦いの帰趨は紙一重だった。というのも山内、渋谷、毛利《もうり》、愛甲、土肥、海老名《えびな》氏ら和田氏とさほど近い関係になかった御家人たちが、こぞって和田方となったことからも分かる。彼らは鎌倉幕府の武を代表する和田義盛、横山時兼、土屋義清の三人に三浦一族が加われば、勝てると踏んでいたのだ。

十一

戦は終わり、鎌倉は焼け野原となった。親を亡くした子は泣き叫び、子の行方が分からない親は、子の名を連呼する。

――まさか鎌倉が、かような目に遭うとは。

若宮大路の中ほどにあたる中の下馬橋《げばばし》辺りまで牛車《ぎっしゃ》を引かせた政子は、その光景を見て唖然とした。それは頼朝と共に作り上げた鎌倉の終焉《しゅうえん》を意味していた。

今日にも鎌倉の再建は始まるだろう。だがそれは、頼朝との思い出に溢れた鎌倉ではない別の町だった。

政子の乗る牛車の傍らを、甲冑姿の御家人たちが札《さね》のこすれる音を高らかに鳴らしながら通り抜けていった。逃亡者の捜索だろう。逃亡者を討ち取った者は、その所領を拝領できることが多い。それゆえ本戦では戦わずに鳴りを潜めていた武士たちも、追捕《ついぶ》となると功を焦って飛び出していく。

――何と浅ましい。だがこれが鎌倉武士なのだ。

政子は深く嘆息した。

新たに侍所別当を拝命した義時は、和田一族とそれに加担した御家人の所領を没収し、武功のあった者たちに新恩として給付していった。新恩を拝領した者たちは、実朝というより義時に恩義を感じ、北条氏に忠誠を誓うという構造ができ上がった。

この戦いで政所と侍所の別当という鎌倉幕府の二大要職を兼ねることになった義時は、絶大な権力を握った。もはや北条氏に対抗し得る勢力はなくなり、誰もが戦々恐々として、義時の心を取ることに腐心するようになる。

——ただ一人を除いて。

六月、政子の邸を訪れた義時がため息交じりに言う。

「将軍家の怒りは相当なものでした」

「何と言われたのですか」

「当初、それがしが侍所別当に就くことは、『乱後の落ち着きを取り戻すまで』と申したので、将軍家はそれを信じて許可してくれました。しかし昨日、それがしが侍所別当の座にとどまると申したところ、『早急に侍所別当の職を返上しろ』と仰せになりました」

「そなたは『いつまで』とは申さなかったのですね」

「はい。乱後の落ち着きを取り戻せるのは三年後か五年後か、それがしの判断ですから」

義時が薄ら笑いを浮かべて続ける。

「それだけではなく、わが被官の金窪行親《かなくぼゆきちか》を侍所所司に任命したことを非難し、『そなたの郎従を所司に任命するとは、どういうつもりか』と詰め寄られました」

侍所の所司に義時の被官、すなわち御家人ではない陪臣が就いたのは前例のないことだった。別当は所司を指名できるという慣行を、義時がうまく利用したのだ。

以前、義時は実朝に、「年来の郎従たちに御家人に準じる新たな地位を与えてほしい」と懇請したにもかかわらず、実朝はそれを許さなかったので、義時は面目をつぶされていた。しかし、これで強烈なしっぺ返しを食らわせたことになる。

実際に別当は名誉職で、実務は所司が取り仕切る。つまり御家人たちは、義時の被官の顔色をうかがわねばならなくなったのだ。

「被官の所司任官を、将軍家は許さないというのですね」

「そうです。『即刻返上させろ』とのことでした」

「それで何と答えたのですか」

「所司は別当の命令に従い、御家人の勲功を調査する役割を持つので、やりやすい者を指名するのは当然のことと申し上げました」

義時が平然と言う。

「背後には、かの者がいるのですね」

「はい。間違いなく侍講殿の入れ知恵でしょう。そこで大江殿の登場です」

源仲章のいかにも公家然とした風貌を思い浮かべたのか、義時が笑いながら言う。

高齢の大江広元は、自らの死後の大江家が心配だった。義時はそれを十分に心得ていて、広元の隠居後は子息の親広を自らと同じ政所別当とすると約束することで、広元と手を握っていた。

義時の依頼を受けた広元は、侍所別当や所司を別の者に任せれば再び兵乱が起きると、実朝を諭した。さらに自らも政所別当なので、義時の専横は許さないと約束した。

頼朝の片腕として鎌倉幕府の政治を担ってきた広元の言葉は重い。実朝はその言に耳を傾け、義時の侍所別当就任と金窪行親の所司就任を遂に認めた。

「小四郎、将軍家とて馬鹿ではありません。しかも背後には侍講殿がおります。甘く見てはいけません」

「そもそも侍講殿を鎌倉に呼んだのは、姉上ではありませんか」

「そうでした。しかし将軍家の学問の師として招聘《しょうへい》したのであり、まさか背後で将軍家を操るとは思いもしませんでした」

「侍講殿の狙いは何でしょう」

義時が首をかしげる。

「将軍家の権勢強化を図り、北条家の力を弱めることでしょう」

「やはり、そこに行き着くのですな」

「それでも将軍家の権勢を強めることが鎌倉府の安定につながるなら、結構なことではありませんか」

「しかし姉上、将軍家の権勢を強化することと、武士の府を守ることとは両立しないかもしれませんぞ」

――小四郎は何を考えているのか。

義時は幼い時から気に入らない相手には、徹底的に嫌がらせをした。

ある時など、義時を厳しくしつけていた女房の一人の房に蛇を投げ込み、大騒ぎになった。しかも目撃者がいるにもかかわらず、頑として罪を認めないため、時政からはたかれ、大泣きして政子の許に駆け込んできたことがあった。

「まさか侍講殿を――」

「はい。それも一つの考えです」

「しかし帰京を勧めたところで、侍講殿は帰らないはずです」

「もちろん。侍講殿には侍講殿の勝算があるはずですから」

「勝算とは何ですか」

義時が苦い顔で答えた。

「将軍家の権勢を強化するには、後ろ盾が要ります。しかし将軍家が直率《じきそつ》できる兵は、ほとんどおりません。となると自ずと軽く見られることになります。ただし唯一、兵などいなくても権勢を強化できる手があります」

将軍の武力としては関東番役があるが、これは遠江国より東の御家人に課せられる役務《えきむ》にすぎず、廻り番で供出された兵が御所の警備に当たる程度のものだった。

「それは京のことですか」

「そうです。上皇と連携し、われらの勢力伸長を抑えていくつもりかもしれません」

そのつなぎ役が侍講殿こと、源仲章なのだ。

「確かに武士たちは、朝廷の威権に弱い一面があります」

義時が強い調子で言う。

「それがしが最も危惧しているのは、そこなのです。侍講殿を仲立ちとして、後鳥羽院と将軍家が手を握り、武士の府の存立を危うくさせることも考えられます」

「それが成れば、どうなるとお思いか」

「院の思う壺でしょうな。おそらく公武融和を名目にまず院は西国の荘園の回復に努めるでしょう。しかし西国の御家人が鎌倉府に助けを求めても、院に取り込まれてしまっている将軍家は、文句を言ってくれません。さすれば鎌倉府は御家人たちの信望を失い、いずれは『御恩と奉公』で成り立っている存立基盤が揺らいでいきます」

「ということは、武衛様の作り上げた武士の府が潰えると申すのですね」

「すぐに潰えるとは言いません。おそらく西国から徐々に侵食され、最後は朝廷の代官のような役割を果たすことになるでしょう」

「それが本当なら、武士たちは搾取されるだけの存在に戻るのですか」

義時が首を左右に振る。

「そうなる前に、三浦か千葉か足利か、有力な武士団が鎌倉府を倒すことも考えられます」

「さようなことがあるのでしょうか」

「それが歴史の必然です。もはや朝廷には、この国を統べる力はありません。その朝廷の走狗となった鎌倉府を支えようなどとは、御家人の誰も思いません。そうなれば新たな武士の棟梁が必要になります」

「われらはどうなるのです」

「将軍家と共に滅ぶしかありませんな」

義時が他人事のような苦笑いを浮かべた。

「いずれにせよ、将軍家との確執をうまく乗り越えていかねばなりますまい」

「その通りですが、侍講殿だけならまだしも、将軍家は着実に成長してきています」

本来なら政子にとって、実朝の成長は喜ばしいことだ。しかしそれは公武融和を意味し、必ずしも武士たちの利益につながってはこない。

頼朝とともに打ち立てた武士の府を守るために、政子は多大な犠牲を払ってきた。とくに頼家を見捨てたことは苦渋の決断だった。だが今度は、もう一人の息子が邪魔になりつつあるのだ。

政子には、己の運命を呪うことしかできなかった。

第四章　罪多き女

一

鎌倉幕府の根幹を揺るがした和田一族の反乱が終息し、義時の独裁体制が確立された。

しかし和田合戦により、将軍御教書《みぎょうしょ》の威力を知った実朝だけは違った。義時の専横を抑え、自らの将軍権力を確立していくことが、次なる実朝の課題となっていく。その後見には源仲章がおり、その背後には後鳥羽院が君臨している。しかも後鳥羽に忠実な六カ国（伊勢・伊賀・越前・美濃・丹波・摂津）守護の大内惟義という大身の在京御家人もおり、さらに後鳥羽は、北面の武士の藤原秀康に下野・上総・能登・伊賀・河内・備前・淡路・若狭の八カ国の国司職を与え、これを朝廷の武力の柱に据えようとしていた。

とくに和田一族なき今、西国に絶大な勢力を築きつつある大内氏は、北条氏の勢力拡大を抑えようとしている実朝にとっても頼りになる武力だった。将軍として武士の府を守るという立場にありながら、後鳥羽の力を借りて北条氏の勢力拡大を抑制していくという皮肉な立場に、実朝は置かれていた。

激動の建暦三年は十二月六日に建保に改元される。

建保元年は何事もなく終わり、建保二年（一二一四）を迎えた。

前年までは和田一族が居並んでいた正月の儀式も、すっかり様変わりした。和田一族がいなくなったことで、座次《ざなみ》が上になった者もおり、政子も知らない顔が散見されるようになっていた。

――時は移り、人も変わる。

政子は今年、数えで五十八歳になっていた。ここのところ体の節々が痛み始め、膝の痛みで歩行さえもままならない。それでも政子は、威厳のある存在であらねばならない。その思いが政子を支えていた。

二月、政子の屋敷に義時の息子の泰時がやってきた。泰時は義時の庶長子だが、幼い頃から聡明で将来を嘱望されていた。だが気難しい一面があるのか、十代になってからは義時に反発することも多くなっていた。それゆえ一人で会いに来ると聞いた時は、意外な思いを抱いた。むろん時候の挨拶などで来るはずがなく、何か重大な用件があってのことにほかならない。

入室してきた泰時は、常にない硬い表情をしている。

――何かある。

政子の直感がそれを教える。

「かような老尼に、北条家の次代を担う修理亮殿が会いに来られるとは珍しい」

それでも政子は、にこやかに泰時を迎えた。

「こちらこそ、長らくお伺いできず、ご無礼仕りました」

泰時が深く頭を下げる。義時と政子の話し合いにより、泰時は義時の後継者に決定しており、その沈着剛毅な立ち居振る舞いは、すでに御家人たちから一目置かれていた。

「修理亮殿は、おいくつになられた」

「おかげさまで三十二になりました」

「そうでしたか。早いものですね」

「人の命は儚いものです。それがしとて、いつ何時、仏のお召しを受けるか分かりません」

「何を仰せですか。さように弱気なことを言ってはなりません」

「それだけ私の将来を嘱望いただくのはありがたいことですが、ご期待に添えるかどうかは分かりません」

泰時が冷めた笑みを浮かべる。

「何か言いたいことがおありのようですね」

泰時が威儀を正す。

「先日、高円坊《こうえんぼう》に行ってきました」

――やはり、そのことか。

政子が押し黙る。

「三郎は、かつての姿とは別人のように痩せ細っておりました」

三郎とは和田朝盛のことだ。出家者として一命を救われた朝盛は、和田一族と所縁《ゆかり》の深い三浦郡の初声《はつせ》に小さな坊を営み、自らの法名を取って高円坊と称していた。

「聞いております。三郎殿は一族の菩提を弔うという大切な仕事を託されています。どうかこれからも気を配ってあげて下さい」

「気を配る、と仰せか」

泰時の顔色が変わる。

「われらに対する恨みつらみを、三郎殿から聞いたのですね。そんなことは――」

政子の言葉が終わらないうちに、泰時が言葉をかぶせる。

「三郎はさようなことを申しません。ひたすら一族の菩提を弔っております」

泰時が朝盛と会った時のことを語った。朝盛は一切の愚痴を言わず、一日一食で、懸命に経を唱え、仏道に精進しているという。

「では、何が言いたいのです」

「此度《こたび》の大乱ですが、尼御台様はどれほどご存じなのですか」

「何のことですか。私は尼です。俗世のことは相州に任せてあります」

泰時が小さなため息をつく。

「多分、そうお答えになると思っておりました」

「何が言いたいのです」

「いったい誰が此度のことを仕組んだのです」

「仕組んだとは、どういうことです」

「乱後、様々な雑説を耳にしました。その大半が、父上と尼御台様が和田の長老たちを罠にはめたというものでした」

「くだらない！」

政子が言下に否定する。

「そなたは次代の北条家を背負って立つ身ですぞ。にもかかわらず、さような雑説に惑わされ、われらを疑うとは嘆かわしい」

だが泰時も負けていない。

「それがしは若宮大路で懸命に戦いました。父上と尼御台様が正義だと信じてのことです。しかしお二人は北条家の繁栄だけを考え、多くの罪なき者たちを陥れてきました。さようなことを繰り返していては、いつか己に火の粉が降りかかってきます。それを浴びるのは、次代を担う者たちではありませんか」

「何を言っているのですか。われらは武士の府が続くことだけを念じてきました。討たれた者たちは、すべて武士の府の存続を危うくする者たちでした。われらが正義を貫いたことは、天が味方したことからも明らかです」

泰時が首を左右に振る。

「この世は本音と建て前からできています。それくらいは、それがしにも分かります。それゆえ北条家中で波風を立てることは慎みます。しかしながら、それがしはお二人と同じ道を歩みませんぞ」

「同じ道と──」

「そうです。正義は『武士の府を守るため』などという建て前ではなく、法によって下されます。われらに御家人たちを統制する法がないために、いつ果てるともなく血が流されるのです」

──千幡も同じことを言っていた。

若い世代は法を求めていた。厳密な法による統制がない限り、実力が物を言う。そして誰もが実力を付けて上にいる者を追い落とそうとする。だから鎌倉では争乱が絶えないのだ。

政子が素直に言う。

「この尼も仰せの通りだと思います」

「ようやくお分かりいただけましたか。それがしがお願いしたいことは一つだけ。これまでのやり方は、もはや通用しないということです。ここからわれら若い者たちは、法によってすべてを決めていきます。それゆえ――」

泰時の視線が政子に据えられる。

「われらの道行きを邪魔せぬよう、お願いします」

それだけ言って一礼すると、泰時は去っていった。

――どうやら、小四郎と私のやってきたことを知っているようだ。

聡明で温厚な泰時も三十代になり、政子や義時のやり方に不満を覚え始めたのだ。

実際に泰時は、乱後の論功行賞における恩賞のすべてを辞退した。御家人たちが餓鬼のように恩賞を求める中、「さすが北条家の嫡男」と言われたが、実際は抗議の意味での辞退だった。

聡明な泰時が鎌倉幕府を危うくするとは思えないものの、背後から冷たい視線が注がれていることを、政子と義時は常に意識せねばならなくなった。

二

十二月十日、在京御家人の大内惟義が、後鳥羽の使者として鎌倉にやってきた。実朝への挨拶を済ませた後、政子にも挨拶したいというので会うことにしたが、その報告を聞いた政子は言葉もなかった。

「という次第で、栄実殿は身罷《みまか》られました」

頼家の三男にあたる栄実は、泉親衡と共に武蔵国に逃れた後、逐電したまま行方知れずとなっていた。

「栄実が自害したと仰せですか」

「はい。遺品の袈裟《けさ》はこれに」

惟義が背後の従者から袈裟を受け取り、政子に渡す。

「ああ、栄実――」

政子がそれを胸に抱く。あどけなかった頃の栄実の笑顔が思い出される。

惟義が顚末を語る。

「この十月、栄実殿が都に姿を現し、秘密裏に声を掛けてきました。そこでその話を聞くと、どうやら和田の残党をかき集め、鎌倉に攻め上ろうとしていると分かりました。それがしは話に乗るふりをし、栄実殿の居所を聞き出し、大江殿の在京郎従に知らせました」

十一月二十五日、広元の郎従らが一条北辺にある栄実の住処を急襲すると、逃れられないと覚った栄実は自害を遂げたという。

「それがしは自害するとは思いもよらず、さようなことなら、われらの手で捕らえておけばよかったと――」

惟義が言い終わる前に政子が問う。

「なぜ大江殿の手の者に知らせたのですか」

功を挙げたければ惟義の手勢が行うべきだし、こうした際の置目《おきめ》に則るなら、京都守護の中原季時に知らせねばならない。

「それがしは一御家人にすぎず、洛中で兵を率いて戦をすることはできません。また大江殿の郎従に知らせたのは、中原季時殿に知らせるかどうかは、大江殿の郎従の判断に任せたのです」

――そんなことはないはずだ。

惟義はこの謀反が成功しないと見通し、それなら逆に、自分の忠誠を証明しようと思って密告したに違いない。知らせる相手が京都守護では、そこで礼を言われて話が終わってしまうが、広元の郎従なら広元に話が伝わり、将軍の耳にも入ると計算したに違いない。

「分かりました。栄実のことは残念ですが、大内殿に過失はありません」

「ご理解いただき、ありがとうございます」

惟義が頭《こうべ》を垂れる。

「で、此度の御用は、それだけではありますまい」

「さすがお察しが早い」

惟義がにやりとする。その顔つきからは、何かの取引があると見てよい。

「それがしは後鳥羽院の意を受けて参りました」

「お待ち下さい。この尼は政《まつりごと》から手を引いており、何の力も持ちません」

「いえいえ、さようなことはありますまい」

――侍講殿から聞いているのだな。

仲章が後鳥羽に鎌倉の情報を流しているのは、公然の秘密となっている。

「そう思われるなら、それで結構です。何なりとお話し下さい。しかしお力になれるかどうかは分かりません」

「もちろんです。しかしすべては尼御台様次第」

「どういうことですか」

「院は鎌倉府と事を構えるつもりはありません。朝幕融和こそ、世の静謐を保つために必須だとお考えです」

「われらも、そう思っております」

「で、あるなら、此度の相州殿の専横は、いかなることでしょう」

「何をもって専横などと申すのですか。そなたは御家人ではありませんか」

「その通りです。しかし院の意を受けて参ったと申しました」

「何が言いたいのです」

「院は、相州殿の力が強まることを危惧しておいでです」

――そうか。警鐘を鳴らしに来たのだな。

後鳥羽や惟義は鎌倉の情勢に疎いため、政子が義時よりも実朝に近いと思い込んでいるのだ。

「つまり院は、鎌倉府内のことについて案じていると仰せなのですね」

「はい。あまりにあからさまな専横は、鎌倉府と将軍家にとって、よからぬことにつながるのではないかと危惧しておいでです」

「よからぬこととは」

「さて、それがしには想像もつきません」

――此奴《こやつ》は一筋縄ではいかない。

源氏一門とはいえ、後鳥羽に取り入り、両属のような立場を築いた惟義の手腕は侮《あなど》れない。

「相州が就いている今の地位は、将軍家もお認めになっています」

「もちろんです。しかしかようなことになり、将軍家は満足しておられるでしょうか」

――さしでがましいことを。

後鳥羽と惟義らは、北条氏が独裁体制を築くことで、鎌倉幕府が一枚岩になることを恐れていた。それは実朝の考えと一致している。

「院の思し召しを聞かせていただき、ありがとうございました。しかし最初に申し上げた通り、尼は政にかかわっておりません」

「はい。それも重々承知。しかし将軍家と相州殿の間に亀裂が生じることを院は案じられており、双方の融和を取り持てるのは尼御台様以外にいらっしゃいません。それゆえ院は格別の思し召しを示されているのです」

「ありがとうございます。この尼にできることには力を尽くすつもりです」

「それがよろしいかと」

惟義は大げさに頭を下げると去っていった。

――亀裂を生じさせたいのは、院の方ではないか。

後鳥羽が、どこまで本気で朝幕融和を図っていこうとしているかは分からない。一つだけ確かなことは、後鳥羽のやっていることは「伝統回帰」であり、朝廷の力を取り戻し、彼らの理想郷だった平安の昔を復活させることだ。

――つまり鎌倉府の力が弱まることなら、何でもやってくるだろう。

曲がりなりにも朝廷が認めていた平家政権に対して牙を剝いた頼朝は、法的には謀反人だった。平家政権が試行錯誤を繰り返しながら築き上げた「朝廷との同居」を壊し、武力により東国を実効支配し、皇族や公家たちが東国に所有していた荘園を簒奪《さんだつ》した。しかし武力を持たない朝廷は、源氏政権の樹立を追認せざるを得なかった。

そうしたことに不快な思いを抱く後鳥羽は、西面《さいめん》の武士という制度を設けただけでなく、官職という王朝秩序の中に御家人の一部を組み込み、武力の育成を始めた。その代表こそ大内惟義だった。

惟義は源氏一門に名を連ねることから、義時に対しても容赦はない。しかも在京なので罠にはめようにもはめられない。鎌倉に滞在している間に謀殺なり毒殺なりするという手もあるが、そうなれば後鳥羽の怒りは頂点に達し、朝幕断絶ということにもなりかねない。だから惟義は身の危険など一顧だにせず、鎌倉内を歩き回っているのだ。

――院と戦うことにでもなったらどうなる。

これまで朝敵とされた者が勝った例《ためし》はない。単に軍事力を比較すれば、鎌倉幕府の御家人たちが一丸となれば勝てるだろう。しかし北条家の専横に反感を抱く御家人もいる。とくに在京および西国の御家人は、朝廷に味方する者が多く出るだろう。

後鳥羽が官職を使って彼らを誘引し、十分に勝てるだけの戦力がそろった時点で、鎌倉幕府を潰しにくる可能性は高い。

先々に起こることは誰にも分からない。だが丹念に不安要素を摘み取っていかない限り、武士の府が安定することはないと、政子は思っていた。

三

建保三年（一二一五）一月六日、父の時政が死去したという知らせが届いた。昨年から胃の痛みを訴えており、伊豆から入った報告では「膈《かく》の病（胃癌）」で、胃に拳大のしこりができていたという。享年は七十八だった。

本来なら頼朝創業以来の功臣として、盛大な葬儀が営まれるはずだが、時政は実朝の退隠を策した大罪人なので、政子も義時も修善寺で行われた葬儀に駆けつけることはせず、鎌倉で簡単な法要を営んだだけで済ませた。

もはや過去の人でしかない時政の死に、政子は何の感慨も抱かなかったが、頼朝と共に武士の府を作り上げた時政の功績は大きく、徐々にでも名誉を回復してやりたいという思いはある。

年初の時政の死以外、この年は何事もなく過ぎ去り、建保四年（一二一六）となった。義時を中心にした鎌倉幕府の体制は盤石となり、後鳥羽からの干渉もなくなった。実は昨年から今年にかけて、後鳥羽は宮廷儀礼の復興に熱中し、朝廷を後鳥羽の考える「あるべき姿」に戻そうとしていたからだ。

それでも「歌合《うたあわせ》」などを通じて、後鳥羽と実朝は心を通じ合うようになっていた。

後鳥羽は実朝の都への憧憬をかき立て、自らの壮大な人物像を想像させるような歌を送り続けた。こうした歌のやりとりから、実朝の従順な人間性を見抜いた後鳥羽は、六月に実朝を権中納言に昇進させる。

建仁三年（一二〇三）、十二歳の時に従五位下に叙されてから実朝の官職は上がり続けたが、建暦三年（一二一三）二月に正二位に昇任してからは止まっていたので、実に三年四カ月ぶりの昇任だった。さらに閏《うるう》六月を挟んでの七月、今度は左近衛中将《さこんえのちゅうじょう》を兼ねることになり、実朝の後鳥羽への感謝の念は膨らんでいく。

後鳥羽は実朝を操ることで鎌倉幕府を支配下に置こうとし、実朝は後鳥羽の権威を利用することで将軍親政を軌道に乗せ、義時の専横を抑えようとした。つまり双方の利害は一致したのだ。

この年の四月、実朝は御所の南面で「諸人（御家人）の愁訴」を終日聞くという将軍親政を象徴する行事を行った。その時、奉行に選ばれたのは、三浦義村、三善康信、二階堂行光、中原仲《なか》業《なり》で、義時と広元は外された。

そして十月には、それを正式化した「庭中言上《ていちゅうごんじょう》」を行う。これは御家人たちの直訴を実朝自ら聞き、その場で裁断を下していくもので、かつて頼朝が行って以来のことだった。

むろん実朝と背後に控える仲章も、北条氏や大江氏の扱いを周到に考えていた。すなわち義時やその弟の時房、さらに大江広元の息子の親広の政所別当の地位をそのままにし、さらに別の四人を政所別当に加えることで、義時の権力を薄める方策を取ったのだ。

これが将軍親政を強化するための「政所別当九人制」である。

新たな四人とは、いったん隠退を表明していた広元を復帰させ、在京御家人の源頼茂《よりもち》と大内惟信（惟義の息子）に、仲章を加えたものだった。

広元は気力が衰えてきており、頼茂と惟信は朝廷に近く、さらに実朝側近の仲章を任官させることで、自らの権勢を確立しようというのだ。

これにより義時と北条一門の権勢は弱まるはずだった。


十一月二十三日、権中納言任官後、初めて直衣《のうし》を着る「直衣始め」の儀を行った翌日、実朝は中国式の巨大船「唐船《とうせん》」を建造し、唐土《もろこし》（中国大陸）にある医王山《いおうざん》（現中国浙江《せっこう》省の阿《あ》育王寺《いくおうじ》）を参拝すると言い出した。

この発表に鎌倉は大騒ぎになる。

実朝自ら渡宋するのも危険が大きすぎる上、大船の建造には莫大な予算を計上せねばならない。これを聞いた大江広元や三善康信の使者が政子の許に駆けつけ、「何とか思いとどまらせてほしい」と懇請してきた。

これを受けた政子が義時に相談すると、「将軍家の真意は分からないが、まずは話を聞きに行きましょう」となり、二人して実朝に会うことになった。

今回は義時が共にいるためか、実朝は緊張の面持ちで待っていた。背後に仲章が控えていないのは、あらかじめ用件が分かっていて、仲章もそれに賛意を示していないのだろう。

「ご無礼仕ります」

平伏しながら義時が時候の挨拶を述べたが、政子は実朝の実母の上、幕府の組織外にいるので、軽く会釈しただけにとどめた。

「母上と相州殿がおそろいとは珍しい」

実朝の皮肉を受け流した義時は早速、本題に入った。

「此度の大船造りのこと、昨日聞いたばかりで驚いております」

「ああ、そういえばそなたには相談しなかったな」

「何ら知識もなく唐船を造ることはもとより、将軍家自ら渡宋するなど危うすぎます。いかなる経緯で、こうしたお考えに行き着いたのでしょう」

「聞きたいか」

実朝が説明を始めた。

この年の六月、東大寺の大仏再建資金を集めるべく、陳和卿《ちんなけい》という宋人の仏師が鎌倉にやってきた。実朝に拝謁した時、陳和卿は実朝の前世は医王山の長老で、自分は門弟だったと涙ながらに語った。そこまでなら寄進を募るための作り話だと誰でも分かるが、実朝が「かつて同じ夢のお告げを聞いた」と答えたので、同席していた者たちは騒然となった。

実朝は多額の大仏再建資金を提供しただけでなく、陳和卿に鎌倉に滞在することを勧め、連日のように唐土の話を聞くようになった。

そんな中、陳和卿が唐船の築造技術に通じていると聞いた実朝は、自ら医王山に参詣しようと思い立ったのだ。

「という次第だ」

得意満面な実朝に対し、渋い顔で義時が応じる。

「経緯は分かりました。しかしあまりに無謀な企て。これまで唐土に渡ろうとして難船となり、命を落とした者が数多くおります。何とか唐土にたどり着けたとて、様々な風土病に冒され、亡くなった例は枚挙にいとまがありません。とくに将軍家は蒲柳《ほりゅう》の質《しつ》。とても医王山にはたどり着けないでしょう」

「海で死ぬか、唐土で死ぬかは分からぬ。それもすべて天の思し召しだ」

「さような博奕《ばくち》を打ってどうするのです。御身のことだけでなく、一両年も将軍家が不在となれば、鎌倉府はどうなってしまうか分かりません」

「わしが不在の間、鎌倉府を守るのが、そなたらの仕事だろう」

「とは仰せになっても、将軍家しか決裁できないことも多々あります」

「たとえそうであっても、わしは唐土をこの目で見て、諸王朝の政を学びたいのだ」

――どうやら本気のようだ。

ここまで政子は半信半疑だったが、実朝が本気で渡宋するつもりだと覚った。

――そういえば佐殿も、「ここには海がある。海があれば、船でどこにでも行ける」と仰せでした。千幡もその血を受け継いでいるのかもしれない。

時折、頼朝は「どこかの深山に隠遁《いんとん》したい」といった弱音を吐くことがあった。今にして思えば、逃げだしたいという衝動に駆られるほど将軍職は重荷だったのだ。

──それは千幡も同じ。

「将軍家」と政子が落ち着いた口調で語り掛ける。

「仰せはご尤もです。若いうちでなければ唐土に渡ることはできません。また将軍家が唐土の政や仏法を学ぶことは、この国に大きな恩恵をもたらします」

「さすが母上、わが思いを分かっておられる」

「しかしながら、それは吏僚《りりょう》や学僧の役割。さような者どもが得てきた知識を聞き、それを政に生かしていくのが、武士の棟梁の仕事ではありますまいか」

実朝の顔に落胆の色が走る。

「やはりそう来ましたか。母上にも相州にも、わが思いは伝わりませんでしたな」

「はい。残念ながら」

義時の言葉を横柄と感じたのか、実朝の顔に朱が差す。

「相州、そなたは、わしがおらぬ方が都合がよいのではないか」

「何を仰せか。さようなことは微塵も思っておりませぬ」

「そうではあるまい。そなたにとって武士の府などどうでもよいのだ。自らが権勢を振るい、北条家だけが栄える。それがそなたの望みだろう」

怒りを堪えているのか、義時が無言で俯いたので、政子が口を挟んだ。

「将軍家、お言葉が過ぎます。相州は日々、御家人や民のために心を痛めています」

「果たしてそうかな」

実朝が冷めた笑いを浮かべた。

──誰かに似ている。

それが頼家なのは明らかだった。

「相州よ、わしは、そなたらを相手に駆け引きするのに飽いた。将軍としての権勢や威権など、もはやどうでもよい。わしは一度だけの生涯を、そなたらといがみ合って生きていくのにうんざりしたのだ」

――その気持ちは分かる。

これまで実朝は仲章の指導を受け、将軍親政を行おうとしてきた。十月の「庭中言上」までは、何とかその方針を貫いた。だが義時との駆け引きに疲れ、何もかも投げ出したくなったのだ。そんな時、後鳥羽から権中納言に補任《ぶにん》され、朝廷に対する責任も重くなってきた。

――そうしたことが重なり、行くなら今しかないと思ったのだ。

義時が冷静な声音で言う。

「それがしは将軍家を助け、この世を少しでもよくしていきたいだけです。誰と張り合う気もありません。それがしが気に入らなければ隠居しますので、そう仰せになって下さい」

その言葉には、逆に隠居などするものかという気概が溢れていた。

「そなたは、今まで己の生き方を振り返ったことはないのか」

「ありませんな」

実朝が目を剝く。

「己の権勢ばかり追い求め、邪魔者を次々と排除していく生き方を振り返ったことがないと申すのだな！」

「何を仰せですか。すべては将軍家のために行ったことです」

「畠山や和田など、罪なき人々を屠《ほふ》ることが、わしのためなのか」

「はい。謀反を働こうとする者に鉄槌を下すのは、執政として当然のこと」

実朝が疲れたような笑みを浮かべる。

「では、そなたも共に宋に行かぬか」

「えっ」

あまりに唐突な誘いに義時が唖然とする。

「ははは、戯《ざ》れ言《ごと》だ。そなたはそんな無駄なことをしない。ひたすら己の権勢を強めたいだけだろう」

「さようなことはありませぬ」

「もうよい。大船は造らせてもらう」

「ご随意に」

遂に義時も匙《さじ》を投げた。

「母上もよろしいですね」

「そなたの意志が固いことは分かりました。しかし、二度とこの国には帰ってこられませんぞ。よしんば帰ってこられても――」

実朝が言葉の穂を継ぐ。

「新たな将軍が擁立されているので、それがしに用はないと仰せですね」

「そうです。行くなら将軍職を辞してから行きなさい」

「分かりました。そのつもりでしたので、ご心配なく」

実朝が皮肉な笑みを浮かべた。

これにより陳和卿の指揮の下、唐船造りが始まる。奉行には有力御家人の結城朝光が指名され、六十人余の随行者まで決められた。

由比ヶ浜に心地よい槌音が響き始めると、実朝は連日それを眺めに行くようになった。

四

年が明けて建保五年（一二一七）、唐船の建造は順調に進んでいた。実朝は由比ヶ浜の建造現場を訪れては、指揮を執る陳和卿から進捗状況を聞いていた。しかも船が完成するや、すぐにでも渡宋すると言っているという話が、政子の耳にも聞こえてきた。

——やはり本気なのか。

渡宋計画が現実味を帯びてきたことで、政子は実朝と一対一で会うことにした。ところが幾度となく面談を申し入れても、実朝は様々な理由を言い立てて会おうとしない。

そこで二月十日、政子は思い切った挙に出る。

政子が牛車《ぎっしゃ》に強引に乗り込むと、実朝が目を見張った。

「なぜに母上が——」

「御台所（坊門信子）には、別の牛車に乗ってもらいました」

「何と勝手なことを——。いったい何事ですか！」

「こうまでせぬと、そなたは私に会おうとしませんから」

「だからと言って、今日は永福寺で一切経会《いっさいきょうえ》が行われるのです。母上がいらっしゃることを事前に伝えておかないと、僧たちが戸惑います」

「もう私の方から伝えました」

それを聞いた実朝は、ため息をつくと横を向いた。

「母上は昔から強引ですね」

「そなたが、どうして以前の私を知っているのですか」

「人から聞いた話です。とくに父上の許に押し掛けた話は、母上の性格をよく表しています」

かつて政子は頼朝に一目惚れし、時政に軟禁されていた北条屋敷を真夜中に飛び出し、頼朝の住む屋敷へと走った。政子と結ばれることはないとあきらめていた頼朝だったが、その熱意にほだされて時政を説得し、政子を正室に迎えた。

「何事もそうですが、自ら動かぬ者に道は開かれません」

実朝が皮肉な笑みを浮かべて言う。

「それが母上の流儀なのですね」

「そうです」

「それがしも母上の血を引いています。それゆえ自ら道を切り開くべく、この国を飛び出したいのです」

これには政子も苦笑せざるを得なかった。

「それが分かっているなら、己のやろうとしていることの愚かさも分かるでしょう」

「そう言って頭から否定するから、それがしも意地になるのです」

――その通りかもしれない。

政子も実朝の言は尤もだと思う。だが親というのは、子のやることを否定することがやめられないのだ。

「母上は何事にも直截《ちょくせつ》に過ぎます。駆け引きはもっとうまくやらねばなりません」

「息子に駆け引きなど要りません」

「分かりました。それで結句、渡宋をやめさせたいのですね」

「そうです」

「よろしいですか。それがしは単なる憧憬から渡宋したいと申しているわけではありません。それがしが目指しているのは医王山の阿育王寺です。この寺は舎利信仰の聖地として崇められており、行けば必ず舎利を分けてくれるはずです」

舎利とは釈迦の遺骨のことで、王法と仏法を護持するために必要不可欠なものと言われていた。かつて実朝は、渡宋経験のある寿福寺《じゅふくじ》長老の栄西《えいさい》から三粒の舎利を受け継いでいた。これにより「舎利会《しゃりえ》」と呼ばれる仏事が行われるようになったが、欠片のような三粒では「舎利会」にも限界がある。

「そこで、それがしは舎利を拝領し、この国の大寺に配布したいのです」

「そのためには多額の布施が必要です。しかも舎利と呼ばれているものが、本当に釈尊の骨なのかは分かりません」

「何ということを仰せですか！」

実朝の顔が上気する。

――この子は大丈夫なのか。

ここのところ、実朝は感情の起伏が激しくなっていた。かつては穏やかで人の言うことを素直に聞いていた実朝だったが、最近は唯一無二の師として尊敬していた源仲章にも盾突くようになっているという。

だが実朝は苦い顔をすると、ポツリと言った。

「母上、申し訳ありません」

「よいのです。そなたの真摯な気持ちは分かりました」

「もちろん信仰面だけではありません。これを機に宋との交易も盛んにしたいのです」

この時代、宋船はやってきていたが、私貿易の域を出るものではなかった。それを実朝は国家間の正規のものにしたいというのだ。

「茶や絹などの交易品だけではありません。仏典や仏画などを持ち帰ることで、やがてこの国に学識ある者たちが溢れ、戦乱や殺し合いなどない世が到来するでしょう」

実朝の目は輝いていた。だがそれは理想に燃えているというより、何かしらの危うさを秘めているような気がした。

「母上、それゆえぜひ、わが渡宋に賛意を示していただきたいのです」

――今は何を言ってもだめだ。

政子は説得をあきらめた。

「行きたければ行きなさい」

「お許しいただけるのですね」

実朝の顔に笑みが浮かぶ。

「許しましょう。ただし一つだけ忘れてはならぬことがあります。渡宋するなら将軍職を辞していただかねばなりません。しかし、そなたには子がおらぬのですぞ」

「また、そのことですか」

実朝が坊門信清の娘・信子を正室に迎えたのが元久元年（一二〇四）十二月だった。それから十二年以上の年月が経ったにもかかわらず、二人の間には子ができなかった。しかも実朝は側室を置こうとしなかったので、子ができる可能性は極めて低いものとなっていた。

「そなたに子ができない理由を詮索するつもりはありません。しかし自らの子に跡を取らせたいと思うのが、常の親の気持ちではありませんか。それをそなたは——」

「母上、将軍職というのは柳営《りゅうえい》（幕府）の機関の一つであり、必ずしも世襲するものではありません」

「しかし武家の棟梁として御家人たちを率いていくのは、源氏の血を引く者でなければ務まらないのも事実です」

「果たしてそうでしょうか。源氏の正統が将軍を務めねばならないという根拠は、どこにあるのですか」

「それは——」

政子が言葉に詰まる。

「律令で決まっていることでもなければ、自然に固まってきた家格の形成によるものでもありません」

律令制では征夷大将軍でさえ令外官《りょうげのかん》であり、征夷大将軍が源氏の血筋を引く者でなければならないという規定もない。また朝廷における摂関家のように、長年かけて家格による極位極官《ごくいごっかん》（その家として就くことのできる最上位の位階と官職）が決まっているものとも違う。

「しかし武家政権は、そなたの父上が実力で打ち立てたものです。それを世襲していくことで、御家人たちも納得するのです。かつてわが父は——」

政子は時政のことを引き合いに出した。

「そなたに代えて平賀朝雅殿を将軍職に就けようとしました。しかしあの政変が成功したとて、御家人たちは平賀殿に従ったでしょうか。私はそうは思いません。武衛様の血を引く源氏嫡流でなければ、御家人たちは将軍の正統性を認めなかったはずです」

「それはそうでしょう。平賀殿に幕府創業の功はなく、その血筋とて新羅《しんら》三郎義光《よしみつ》流という傍流で、八幡《はちまん》太郎《たろう》義家《よしいえ》公の血を引くわれら嫡流からは遠すぎます」

「では、そなたが退いた後、誰を将軍位に就けるのですか」

「貞暁《じょうぎょう》殿ではいかがでしょう」

残る頼朝の息子には、実朝の別腹兄にあたる貞暁がいた。唯一の庶子で頼家と実朝の地位を脅かす存在ではなかったが、七歳の時に出家させられ、高野山で修行を続けている。貞暁は見識人格共に傑出しており、鎌倉法印の名で慕われていた。

「法印殿は高僧の道を歩み始めており、還俗《げんぞく》する気などありません」

「果たしてそうでしょうか。皆は母上を慮っているだけで、母上さえよろしければ喜んで迎えるのではありませんか」

「何を言うのです。法印殿には、武家の棟梁になろうなどという野心は微塵もないはずです」

「では、兄上（頼家）の子息ではいかがでしょう。公暁をわが猶子に据えたのは母上です。万が一、それがしに子ができなかった時のことを考慮していたのでは」

頼家の息子は次男の公暁と四男の禅暁の二人が生き残っていた。中でも公暁は実朝の猶子であり、実朝に子ができなかった場合、将軍候補筆頭と噂されていた。

「さような者たちを引っ張り出してきて将軍に据えたとて、御家人たちが従うわけがありません」

「では、なぜ公暁をわが猶子にしたのですか」

「それは――」

政子が答に詰まる。

「あの時は、それがよいと思ったのでしょう。しかし長じるにつれ、公暁も兄上の死の顚末を知るようになった。もし公暁を将軍職に就ければ、母上や相州、いや、右京兆《うけいちょう》の立場は苦しいものとなります」

義時は相模守から右京権大夫《うきょうのごんのだいぶ》に転じていたので、相州改め右京兆と呼ばれていた。

「何を言うのです。さようなことはありません」

「それがしは将軍ですぞ。兄上の一件はすべて知っています。それでもそれがしが将軍後見役として健在なら、公暁が将軍になったとて何もできますまい。しかしそれがしが衰えるか死ぬかすれば、公暁は北条一族を滅ぼすことでしょう。それを母上は案じているのです」

図星だった。苦しげな政子の顔を見た実朝が諭すように言う。

「母上と右京兆は血塗られた道を歩んでこられましたからな」

「何ということを――」

政子が嗚咽を堪える。

「それゆえ、それがしは別のことを考えております」

「別のこと――」

「そうです。それがしでなくても、御家人たちが唯々諾々と従う将軍はおります」

「そんなはずがありません」

「いえ、おります。しかも一人ではありません」

揺れる牛車の中で、政子は混乱していた。

「いったい誰のことを仰せか」

「もう話してもよいでしょう」

実朝の双眸《そうぼう》が暗い牛車の中で光る。

「わが後継にふさわしいのは親王です」

「親王と――」

「そうです。後鳥羽院の息子ないしは孫で、帝位に就けないと思われる方をもらい受けます」

政子が絶句する。

「さすれば、すべてはうまくいきます。すなわち親王を将軍に迎えることで、御家人たちは平伏し、朝幕融和も図れます」

「しかしそれでは、元の世に戻るだけではありませんか」

「それは違います」

実朝は権門体制こそ世を安定させる構造だと説いた。頂点に治天の君（ないしは天皇）を頂き、その下に政治と国家的儀礼を司る公家、軍事と治安維持を司る武家、そして神仏への祈禱（主に国家鎮護）を司る寺社が三位一体となって治天の君ないしは天皇を支える体制こそ、理想の国家体制だというのだ。

すなわち権門体制という枠組みの中で朝幕融和を図り、なおかつ幕府の権威を向上させるという狙いが、親王将軍という奇手にはあった。

実朝が続ける。

「それまであった政の仕組みを変えたのが父上です。公家たちが管掌する政を武家のものとし、朝廷儀礼を司るだけの機関に公家たちを落としたわけです」

「しかし、それを元に戻してしまっては、御家人たちの不平不満は高まります」

「いいえ、親王がその威権によって折り合いをつけていけば、必ずやうまくいきます」

実朝の言っていることは理想論に近いものだった。

すでに各地で、荘園と守護地頭という体制の矛盾が噴出し始めていた。すなわち知行国守と守護双方の、土地をめぐっての主張が食い違うという揉め事が頻発していた。そのため荘園や公領における地頭の年貢や税の未進が起こり、またその逆に、藤原秀康のような国司の主典《さかん》たちが国や地域ごとの特例を認めず、御家人の被官たちとの軋轢《あつれき》がひどくなるばかりだった。

だが実朝によれば、親王将軍の裁定なら誰もが従うと言うのだ。

政子が首を左右に振る。

「武士にとって土地は命よりも大切です。親王将軍にすれば、すべてうまくいくとは限りません」

「そんなことはありません。公家も武家も親王には頭が上がりません。しかも徐々に親王を守る馬廻《うままわり》衆を強化していけば、反逆する者など出てこないはずです」

「しかし親王は、国司を贔屓するのではないでしょうか」

「だからこそ後見役として、それがしがいるのです」

——実朝は武士の「治天《ちてん》の君」を目指しているのか。

だがそれなら、自分が将軍のままでいればよいことだ。

「では、そなたが将軍のまま院と連携し、武士の府をまとめていけばよいではありませんか」

「それがしは自由になりたいのです」

自由という言葉は、すでにこの時代に存在していた。

「自由――」

「そうです。勝手気ままに動きたいのです。此度の渡宋もその一つです」

まさにそれは、天皇が上皇になって思うままに動き回りたいのと同じことだった。

深くため息をつく政子に、実朝が初めて親愛の籠もった言葉を投げかけた。

「母上、もう肩の荷を下ろして下さい。それがしがこうした判断に至ったのも、母上の辛さを見てきたからです。それがしには、母上同様の重荷を背負って生きることはできません」

実朝の言葉が耳を通り抜けていく。

――私の生涯はいったい何だったのか。

心の中には荒れ野が広がっていた。その中に政子は一人で立ち、吹き付ける強風を正面から受け止めていた。

――すべては終わったのだ。だが終わらせていいのか。

「母上、気を落とさないで下さい。これも考えに考えた末のことなのです」

実朝がそう言った時、牛車が止まった。

五

灯明に照らされた義時の半顔は、かつて見たこともないほど皺深いものだった。それを見た政子は、自分たちにも晩節が始まっていることを覚った。

義時がため息交じりに言う。

「将軍家は、そう仰せになりましたか」

「はい。確かに一理あるとは思いますが――」

「困りましたな」

「いよいよ次の将軍候補を考えておかねばなりません」

「それはそうですが、姉上は武衛様の血統が途絶えてもよろしいのですか」

政子が苦渋を顔ににじませる。

「それだけは避けたいと思ってきましたが、頼家の遺児たちに継がせるわけにもいきません」

「もちろんです。かの者らも長じてきたので、耳に入ってくる話も多くなるでしょう」

頼家の息子を次期将軍に据える気など、義時には毛頭ないようだ。

「公暁は、やはりまずいでしょうか」

「姉上――」

義時がため息をつく。

「公暁も禅暁もいけません。それは姉上が最もよく分かっておるはず」

――もはや血脈を伝えていくことは叶わぬのか。佐殿、申し訳ありません。

政子は心中、頼朝に侘びた。

「親王将軍に竹御所《たけのごしょ》様を娶《めと》せれば、血脈は続くかもしれません」

竹御所とは頼家の娘で、母親は頼家嫡男の一幡と同じ若狭局（比企氏）となる。政子は竹御所を憐れみ、公暁と同じく実朝の猶子にしていた。

「さようなことができるのですか」

「残念ながら親王将軍の妃《ひ》というわけにはいきません。つまり妾《しょう》ということになりますが、それでもよろしければ――」

――佐殿と私の孫が妾となるのか。

親王の妃は家格で決まっており、竹御所が正室に迎えられることはない。妾なら可能性はあるものの、子ができるとは限らず、また妃の腹に子ができれば、竹御所の子がいたとしても将軍位の継承には不利になる。唯一、血統を残せるとしたら、妃に子ができず、ないしは女子しか産まれず、竹御所が男子を産んだ場合のみだ。

「武衛様の血脈が、さような日陰を歩まされるとは――」

政子が袖で口元を押さえる。

「姉上、親王将軍とはそういうことなのです。おそらく――」

義時が口ごもる。

「おそらく――、何ですか」

「将軍家は――」と言って躊躇した後、義時が思い切るように言った。

「あえて子を作ろうとしていないのでは」

「えっ、そんな」

「将軍家は御家人の若者たちと同様に馬を駆けさせ、弓を引くこともできます。しかも信子様との関係も良好です」

実朝夫婦の仲睦まじさは、鎌倉でも有名だ。

「では、なぜ子ができぬのです」

「それをそれがしに言わせるのですか」

「そうですね」

女性と睦みながら子をなさない方法は、いくらでもある。

「つまり将軍家は、かなり前から親王将軍という妙手を考えていたのかもしれません。しかも信子様にもそれを打ち明け、納得いただいたのでは」

信子としては、自らに子ができなくても、姉の子を跡継ぎにできるなら文句はないのかもしれない。この時代、出産は命懸けなので、貴種に生まれて体が弱い女性の多くが早々に仏門に入ってしまうのは、出産による危険から逃れるためでもあった。

――最初は、ただ子ができなかっただけかもしれない。しかし千幡（実朝）は、できないということを天意と思い込み、その天意を忖度《そんたく》し、親王将軍という答えを見出したのではないか。

義時は立ち上がると、庭に通じる障子を開け放った。芽吹いたばかりの草の香りが室内に満ちる。

「季節が変わるのは早いもの。何かに迷っていては、どんどん取り残されていきます」

――それが、そなたの生き方でしたね。

何か不安や懸案があると、義時は「少し様子を見よう」とか「事態の変化を待とう」とは思わず、不安や懸案の芽を迅速に摘み取ってきた。かつて父の時政は、「小さな芽を摘み取るのはたやすい。だがそれが大きく育ってしまうと手の施しようがなくなる」と言っていた。すなわち、その教えを忠実に守っているのが義時なのだ。

「さて、いかがいたしますかな」

義時が独り言のように呟く。その視線の先には、義時邸の広大な池泉が広がっている。それは月光さえもぼんやりさせるほどの春霞に覆われ、その先に冥府があるように思える。

――佐殿の許に行けたら、どれだけ楽か。

だがそれが叶わないのを政子は知っていた。ここで政子がいなくなれば、鎌倉幕府は急速に求心力を失い、離反していく御家人が続出するかもしれない。

――だから私は死ねない。死んではならぬのだ。

政子は自らに言い聞かせた。

「将軍家のお考えについて、そなたはどう思う」

「さて――」と答えて義時が広縁に胡坐《あぐら》をかく。野放図なその姿が伊豆にいた頃を思い出させる。

――あの頃は、われらも若かった。

だが振り向いた義時の顔は、酸いも甘いも知った初老の男のものだった。

「姉上の危惧が当たれば、鎌倉府の基盤は揺らぐかもしれません」

「しかし将軍職を辞した千幡と親王将軍の合議によって裁定を下していくのです。必ずしも御家人たちに不利な裁定とはならないのでは」

「いかにもそうかもしれません。しかし次代が親王将軍となった時点で、御家人どもは騒ぎ出します」

人は現状を変えたくない。現状がまだ変わっていなくても、現状が変わるかもしれないという危惧を抱いた時、それが現実のものとなる前に異議を唱える。

実朝にもしものことがあったら、御家人たちも「致し方ない」となるのだろうが、実朝が健在にもかかわらず身を引くとなると、「そんなことをするくらいなら、源氏の血が濃い者を将軍職にしてほしい」と言い出すかもしれない。

「誰かが公暁を担いで乱を起こすとでも言いたいのですか」

「それは否定できません。公暁は今、近江国の園城寺で修行中ですが、誰かが甘言を囁き還俗させることも考えられます」

「誰かとは――」

「例えば大内惟義」

それは十分に考えられることだった。

「そんな誘いに公暁が乗りますか」

「そればかりは分かりかねます。ただ――」

「ただ、何ですか」

「人伝に聞いたのですが、園城寺というところには、高僧ばかりではなく、悪僧も多くいるとか」

建暦元年（一二一一）九月、十二歳の公暁は落飾し、園城寺で公胤《こういん》という高僧から伝法灌頂《かんじょう》を受けた。公胤は定暁の師にあたり、これにより公胤―定暁―公暁という法脈が形成された。

公胤の法脈は天台宗寺門派にあたる。この法脈は、これまでも天台宗の総本山の比叡山延暦寺《えんりゃくじ》と抗争を繰り広げてきた。つまり公暁の周囲には、荒ぶる僧兵が多数いた。それが公暁の人間形成に大きな影響を及ぼしている可能性はある。

「では、どうするのです」

「公暁を、われわれの目が届くところに置いておく方が無難でしょうな」

「目が届くところ――」

「そうです。鶴岡八幡宮寺とか」

「あっ、ちょうど今、別当の定暁殿が病に臥せっています。それで別当の仕事が滞り、代行を立てることになったと聞きました」

「そうでしたか。で、定暁殿の病は快復するのですか」

「聞くところによると重篤とか」

五月十一日、定暁は入滅《にゅうめつ》することになる。

「では、公暁を呼び戻しましょう」

「そうしていただけますか。悪僧がいる寺に長く置いておくわけにはいきません」

政子の胸中に嫌な予感が湧き上がる。

「さてと」と言いつつ、義時が障子を閉めて座に戻った。

「いずれにせよ朝廷がある限り、いろいろ厄介なことが起こりますな」

「まさか、そなたは――」

「早合点しないで下さい。それがしとて朝廷と合戦に及ぼうなどとは思っておりません。朝廷は治天の君次第で、どうにでもなりますから」

「ということは――」

「その話はやめましょう。いかに姉上の前とて、不敬にあたることは慎まねばなりません」

義時が白い歯を見せて笑う。

どうやら義時は、後鳥羽院に率いられた朝廷の力が、これ以上、強化されていくことを危惧していているらしい。

「そなたは何を考えておるのか」

政子は義時の底知れなさに不安を抱いた。

「それがしは、鎌倉府にとってよかれと思うことを考えております」

「では、将軍家が鎌倉府にとってよくないことをしようとしたらいかがいたす」

それには何も答えず、義時は言った。

「夏が近いとはいえ、夜は冷えます。そろそろ床に入った方がよろしいかと」

「そうですね。小四郎は昔から気が利きます」

政子の皮肉を、義時は軽く受け流した。

「それがしは気が利きすぎて、何事も先に手を打ちすぎます。ははは――」

義時の屈託のない笑い声は昔のままだった。だがその年老いた顔からは、得体の知れない不気味さが醸し出されていた。

六

四月十七日、実朝の唐船が完成した。着工から五ヵ月という期間でこれだけの巨船を造り上げたことに、政子も驚きを隠せなかった。

実朝自ら計画に参与し、時間さえあれば船造りの現場に顔を見せていたことが、この迅速さにつながっていたのだろうが、それは実朝の威権が、将軍就任当初より格段に上がっていることの証しでもあった。

唐船進水の儀式を執り行うという知らせが入り、政子も由比ヶ浜まで行くことにした。実朝の渡宋に反対している政子が行くこともない儀式だが、生まれついて好奇心が強いこともあり、巨船が海に浮かぶのを見たいという気持ちが勝った。

牛車が由比ヶ浜に着くと、鎌倉中の人々が集まったかと思うほど、立錐の余地もない人だかりができていた。老若男女から僧侶や神官まで、この歴史に残るはずの瞬間を見るために集まってきたのだ。

「尼御台様がいらした」という複数の声が聞こえると、人混みが二つに割れ、牛車は砂浜ぎりぎりのところで止められた。皆が注視する中、若い女房に手を取られ、臨時に組まれた桟敷に案内された政子は、浜より一段高い場所で進水の儀を見ることになった。

堂々たる威容の唐船は、由比ヶ浜の端に造られた船台の上に鎮座していた。その周囲には人が取り付き、進水前の様々な仕事に従事している。

――思っていた以上に大きい。

三十間（約五十五メートル）は離れている政子の位置から見ても、その巨大さは際立っていた。

「駿河よ」と政子が女房頭の駿河局に声をかける。

「何でしょう」

「そなたは駿河国の江尻（清水）の生まれと聞いたが、あれほど大きな船を見たことはあるか」

「いいえ、初めてでございます。何年かに一度の割合で唐船らしきものも来ていましたが、あれほどではなかったかと」

「では、よほど重いのだろうな」

「はて、どうでしょうか」

駿河局と雑談をしていると、喜びを隠しきれないような顔をした実朝が近づいてきた。

「母上、よくぞいらしていただきました。それがしの渡宋には反対のようだったので、来ていただけるとは思いませんでした」

「それとこれとは別です。この儀には、鎌倉府の威信が掛かっていますから」

「仰せの通りです。陳先生（陳和卿）の指揮の下、鎌倉府を挙げて、これだけの大船を造り上げたのです」

ちょうど舎人《とねり》たちが、船の舳《へさき》と艫《とも》に修羅をはめようとしている。その前方では、別の舎人たちが忙しげにコロを並べている。

修羅とは重量物運搬用の橇《そり》のことで、コロと呼ばれる転がし丸太の上を滑らせて進水させる。

「そなたの念願が叶い、本当によかったですね」

「はい。これほどの喜びはありません」

黒々と日焼けした実朝の顔は生き生きしていた。だが政子は、実朝が快活に過ぎることを案じていた。

「将軍家ともあろうお方が、感情をあらわにしてはいけません」

「それは分かっておりますが、うれしさを抑えきれぬのです」

「仕方ないですね」

「では、また後ほど」と言い残すと、実朝は弾むようにして去っていった。

――気持ちが高ぶるのも無理はない。

念願がいよいよ叶うのだ。喜びを抑えろと言っても無理だろう。

やがて船の各所に多くの太縄が括りつけられ、下にいる者たちがそれを摑んだ。一本の太縄を三人から四人で摑んでいるので、かれこれ五十人はいるはずだ。

実朝の姿を探すと、船の近くまで寄って扇子を掲げている。どうやら実朝の合図で船を引き始めるようだ。

引手たちを鼓舞するためなのか、鉦《かね》や太鼓を持つ者や笛を吹く者の姿が船上に見える。

海は満潮で風も吹いてきている。進水させるには絶好の日和だ。

実朝が何か叫んで扇子を下ろすと、鉦や太鼓が連打される。それに呼応して引手たちが「よいや、よいや」と声を合わせて太縄を引き始める。

だが船はびくともしない。それを見て、遠巻きにして眺めていた者たちが走り寄って縄に取り付く。船上にいた者たちが船から飛び降りるのも見える。少しでも船を軽くしようというのだ。

先ほどよりさらに激しく鉦太鼓が打ち鳴らされ、笛の音が快晴の空に響き渡る。掛け声も次第に激しくなっていく。

ようやく船が動いた。観衆から「おお」というどよめきが起こる。しかし船は波打ち際まで来たところで止まった。どうやら舳が、波打ち際の泥土に修羅ごとめり込んでしまったらしい。

すぐさま鋤簾《じょれん》と呼ばれる竹で編まれた箕《み》を取り付けた道具を使って、砂の掘り出しが始まった。コロも隙間なく敷かれていく。だが舳は波で洗われているためか、作業は難航しているようだ。

波が打ち寄せるたびに、修羅の先端部分が埋まってしまう。その度にコロも流されていく。

気づくと、先ほどまで浜に密集していた観衆の数もまばらになってきていた。時間がかかると見て、それぞれの仕事に戻ったのだろう。

一方、実朝は何事か叫びながら、皆を懸命に鼓舞している。陳和卿も船の周囲を歩き回りながら、何事か指示を出している。

実朝の傍らには義時の姿も見える。義時は今日の儀式の差配を命じられていたが、さすがの知恵者でも、こうなってしまってはどうしようもない。

――由比ヶ浜は遠浅なので、船が重すぎて沖まで出せないのだ。

政子は鎌倉に来た頃、由比ヶ浜から海に入ったことがある。その時に感じたのは、伊豆の海と違って遠浅だということだ。すなわち東西から滑川《なめりがわ》と稲瀬川が土砂を運んできているため、常の浜より堆積物が多いのだ。

作業は停滞していた。波が打ち寄せるたびに、船の舳が砂の中に沈んでいくように思える。しばらくすると、コロを縄で固定して隙間をなくした上で、何度目かの合図がなされた。再び浜は鉦や太鼓の音に満たされ、掛け声にも熱が籠もってくる。それでも船は動かない。

その後、様々な方法で、数度にわたって牽引作業を行ったが、船はびくともしなかった。

――これはもしや出せないのでは。

安堵とも不安ともつかない感情が湧き上がってくる。船が進水できなければ、実朝の渡宋計画は頓挫する。しかし実朝の落胆は、言葉にできないほど大きなものとなるだろう。その姿を見るのは辛い。

やがて日が西に傾いてくる頃、大江広元が船の方からやってきた。

「尼御台様、今日のところは、お引き取りいただいた方がよろしいかと」

「船は動かないのですか」

「はい。びくともしません」

船の方を見やると、実朝が地団駄踏むようにして陳和卿に何事か言っている。もしかすると叱責しているのかもしれない。

「では、どうするのです」

広元が難しい顔をする。

「私には何とも――」

「しかし明日になれば、船はもっと砂の中に沈むはず。すぐに何とかせねばなりますまい」

「その通りです。しかし手立てが何もないのです」

「分かりました。私は引き取らせていただきますが――」

政子は実朝のことが心配になった。

「万が一、船が動かなかった時は、将軍家に『これも仏の思し召しです。謹んで受け容れるのですぞ』とお伝え下さい」

「承知仕りました」

一礼すると、広元が肩を落として船の方に歩み去った。広元にとっても、怒りをあらわにする実朝をなだめるのは辛いのだろう。

政子は女房たちに「帰ります」と伝えると、帰途に就いた。

最後に船の方を一瞥したが、多くの者が舳に集まっているだけで、状況は変わっていない。

――もしも船が出せなければ、将軍家の威信は失墜する。

それは、鎌倉幕府の威信の失墜にもつながることだ。

――これが何かの不運の前兆でなければよいのだが。

政子は心の中で仏の加護を祈るしかなかった。

七

翌日になっても船は動かなかった。その後も様々な方法で船を動かそうとしたが、状況は日に日に悪化していった。五日ほど経つと、実朝の姿も見えなくなり、船の周囲に取り付く人の数もめっきり減ってきた。十日ほど後には、陳和卿と弟子たちが茫然と船を眺めているだけになった。

むろん船は日に日に泥土に沈み込み、砂浜に引き戻すことさえできなくなっていた。結局、実朝の唐船は進水することができず、由比ヶ浜で朽ちていくしかなかった。

次第に砂に埋まり、板木が腐っていくその姿は、鎌倉幕府の末路を思わせるようで、道行く人々に不吉の象徴として映った。

陳和卿も人知れず鎌倉を去り、その後の消息は途絶えた。

この計画は決して無謀なものではなかった。しかし陳和卿は造船知識を持っているだけで、由比ヶ浜から船が進水できるかどうかまで考えていなかった。そこに失敗の原因があったのだ。

この失敗によって、実朝がひどくふさぎ込んでいるという噂が、政子の許に入ってきた。だが政子は、あえて会おうとしなかった。慰めを言ったところで船が浮かぶわけではなく、「別の場所でまた船を造る」とでも言い出さない限り、そのままにしておいた方がよいと思ったからだ。

だが事はそれだけでは済まない。実朝の落胆は渡宋計画の挫折にとどまらず、政務にも影響を及ぼし始めていた。自ら始めた「庭中言上」にも姿を見せなくなり、宿老たちにすべてを任せるようになっていった。実朝は執務するでもなく、儀式に出るでもなく、茫然と日々を過ごしているという。

こうした実朝の感情の激しさが小さな事件を起こした。

五月十二日、寿福寺長老の行勇《ぎょうゆう》が御所を訪れ、係争中の所領相論を有利に運んでほしいという申し入れを実朝に行った。本来なら政所別当の誰かを通すべきだが、直接願い出ることにより、実朝に有利な裁断を下してもらおうと思ったのだ。

しかしこれを聞いた実朝は激怒し、「高僧ともあろう者が『取り成し』を頼んでくるとはもってのほか。修行に専念された方がよろしいのではないか」と告げた。これを聞いた行勇は悔し涙を流しながら寺に戻ると、自ら閉門蟄居《ちっきょ》した。

行勇といえば藤原北家魚名《うおな》流の嫡流四条《しじょう》家の出で、永福寺と大慈寺《だいじじ》の別当を歴任するほどの名僧だ。かつて頼朝と政子の帰依を受け、政子が落飾する時は、その戒師を務めたほど源家とは親しい間柄だった。

武士たちの実力行使が平然と行われている時代なのだ。寺社とて境目相論はあり、それに高僧が駆り出されることも多々あった。行勇は幼い頃からよく知る実朝なら、話を有利に運んでくれると思ったのだろうが、それが裏目に出た。

この話を聞いた政子は驚いた。早速、寿福寺に女房を送って慰めの言葉を伝えさせると、実朝に寿福寺に行くよう勧めた。

大江広元も強く諫言したので、実朝は寿福寺に行って行勇と会談し、双方は和解した。実朝はそのしるしとして、自邸内にある持仏堂の文殊菩薩像の供養のため、導師として行勇を招いた。これですべて丸く収まると思われたが、実朝はその時の布施（礼銀）として、牛黄《ごおう》を行勇に下賜したのだ。

牛黄とは牛の胆にできるという黄褐色の胆石で、薬として効用があると言われていた。だが、それをお布施とするのは礼を失している。その場にいた広元が「それはよろしくありません」と諫言したが、実朝は聞き入れず、広元を叱責する始末だった。

こうしたことから、修復成ったばかりの行勇との関係もぎくしゃくし始める。これを聞いた政子は、ひそかに信子に手を回し、寿福寺に詫びを入れに行くよう勧めた。

信子は寿福寺を訪問し、多額の布施を渡して行勇をなだめた。

これで寿福寺との一件は片付いたものの、実朝の情緒不安定ぶりに、政子は一抹の不安を抱き始めた。

――もしや気移りの病（双極性障害）では。

渡宋計画が頓挫してから、実朝はいつも苛立っており、少しでも気に入らないことがあると、相手が誰だろうと叱りつけるようになった。

致し方なく、政子は気持ちが落ち着くという煎じ薬を取り寄せ、信子を介して実朝に飲ませようとした。しかし実朝は受け付けず、信子に対しても辛く当たるようになったという。

そんな最中の六月二十日、園城寺で修行していた公暁が鎌倉に戻ってきた。実朝はふさぎ込んで誰とも会わないというので、政子が公暁に会い、その帰還を祝福した。公暁は精悍な面持ちの青年僧になっていた。

三代別当の定暁が五月十一日に示寂《じじゃく》したばかりだったので、政子の要請に鶴岡八幡宮寺側が応じ、十八歳の公暁が四代別当になることが内定した。だが公暁に別当としての教育を施す必要があることから、別当就任は三カ月半ほど先になる。

政子も公暁の教育には熱心で、何度か公暁の本房に通い、別当の心得を話したりした。

そして十月、公暁が正式に鶴岡八幡宮寺の別当に補任された。その儀式に参列した政子は、その頼もしい姿に涙した。

公暁は見事な立ち居ぶるまいで「神拝の儀」を執り行った。

「神拝の儀」とは、別当に補任されたことを源氏の氏神に報告し、感謝の意を表すことで、長々とした祝詞《のりと》を上げる。公暁は祝詞をすべて暗記しており、一字一句過たず、自信に溢れた声音で奏上した。

実朝は式に参列したものの、公暁に声を掛けるでもなく、そそくさとその場を後にした。もはや実朝にとって公暁は眼中になく、将軍と鶴岡八幡宮寺別当として、政治と宗教を支え合っていくつもりもないようだった。

式の後、本来なら実朝も交えて一族で会食となるはずだったが、実朝が帰ったため、政子と公暁は二人で食事をすることになった。

祝いの日ということもあり、麦飯、漬物、味噌汁に、大根の煮つけ、湯葉、胡麻豆腐などの豪華な食事が並べられた。

それらに形ばかり箸を付けた後、政子は上機嫌で語り掛けた。

「公暁殿が当寺の別当となり、尼は安堵しました」

「ありがとうございます。尼御台様のご期待に応えられるよう精進いたします」

「そう願っています。聖俗が一体化してこそ、世の安寧が図れるのです」

「仰せの通りです。拙僧もそう教えられてきました。しかし将軍家は、そう思われていないようですね」

政子は戸惑いながらも問い返した。

「それは、どういうことでしょう」

「今日は拙僧にとって晴れの日。しかも拙僧は将軍家の猶子で、将軍家とは叔父と甥の関係。にもかかわらず早々にお帰りになったということは、将軍家は仏法を軽んじていらっしゃるのではありませんか」

公暁は直截だった。

「それは誤解です。将軍家はこのところご不例《ふれい》が続き、儀式に出ることも稀でした。今日は公暁殿の『神拝の儀』ということで、無理を押していらしたのです」

「果たしてそうでしょうか。拙僧が目礼しても視線を外し、言葉の一つも賜れませんでした」

「それは――」

政子が言葉に詰まる。

「将軍家は、拙僧を疎んじているのではありますまいか」

「何を言っているのですか。将軍家は常に公暁殿のことを気遣い、これまでも繰り返し、『今頃、公暁は懸命に学んでおるだろうな』と仰せでした」

「それは本当ですか。拙僧が度々書状で近況を伝えても、将軍家からはなしの礫《つぶて》でした」

――そうだったのか。

公暁は実朝の猶子なので、近況を実朝に伝えるのは義務に等しい。しかし実朝は返書の一つも出さなかったのだ。

「将軍家はご多忙です。とくに昨年から、将軍家が直接訴えを聞き、裁断していく『庭中言上』まで始められたので、返書をしたためる余裕などなかったのでしょう」

「それなら致し方ありません」

それでも公暁は首をかしげている。実朝には祐筆《ゆうひつ》がおり、口述筆記させることも可能だし、祐筆に代筆を丸投げすることもできるので、納得がいかないのだろう。

――だが将軍家は、それさえしなかった。

親王将軍構想を持つ実朝にとって、公暁の存在は邪魔に違いない。だとしたら懐柔しておけばよいのだが、公達《きんだち》として育てられた実朝には、懐柔などという人心掌握術はできないのだろう。しかし公暁は自分の猶子なのだ。もう少し相手の気持ちを慮ってやることもできるはずだ。

――もしも公暁に野心があれば、親王将軍が擁立された時の衝撃は大きい。

政子はそのことに思い至った。

「食事を下げて二人にして下さい」

政子が周囲を取り巻く女房たちに命じる。女房たちは緊張が解けたかのように、喜んで下がっていった。公暁の張りつめた雰囲気が、女房たちを不安にさせていたのは間違いない。

二人だけになったので、政子は思い切って踏み込んでみた。

「ときに公暁殿は、何かの事情が変われば還俗する意思はおありですか」

公暁の双眸《そうぼう》が爛々《らんらん》と光る。

「どういうことですか」

「為政者は、あらゆることを想定していなければなりません。つまり将軍家にもしものことがあった時、公暁殿は次期将軍の候補の一人となります。しかし公暁殿が俗世に戻る気がないのなら、それを重んじ、別の方を将軍に立てることになるでしょう。それゆえ還俗するご意思があるのかないのか明らかにしていただきたいのです」

公暁の眉間に皺が寄り、その大きな鼻の穴から、空気が出たり入ったりするのが分かる。

――ここが人生の勝負所だと心得ているのだ。

やがて公暁が威儀を正して言った。

「拙僧は仏門に仕える身。苦しみ悶える衆生を一人でも多く救うことが、拙僧の使命です。俗世のことには関心がありません」

「それを聞いて安堵しました。私も阿闍梨《あじゃり》となられた方を還俗させようなどとは思いません」

「申し訳ありません」

「何を謝るのです。これから公暁殿は、鶴岡八幡宮寺別当として衆生を救っていくのです。これほど尊い仕事はありません」

公暁の顔に逡巡の色が走る。

——やはりそうなのか。

公暁が言い訳がましく言う。

「この一身は衆生を救うためにあります。しかし俗世を卑しむつもりはありません。俗世に身を置き、政に一身を捧げる方々もまた尊いと思っております」

「それが分かっておられるのであれば、この尼は何も申し上げることはありません」

「わが意を、お分かりいただけたのですね」

「はい。十分に」

公暁が射るような眼差しを政子に注ぐ。

——そなたは将軍になりたいのだな。

その目は、すべてを物語っていた。


その翌日、公暁は驚くべき行動に出る。周囲に対して「一千日の参籠《さんろう》を行う」と宣言したのだ。参籠とは神社仏閣に一定期間籠もり、宿願成就を祈願することだが、その間、周囲との交わりはほとんど断たれる。つまり俗世との関係を断ち切るので、別当としての寺務は下役任せになり、多くの儀式にも参列できない。別当が主たる役割を担う儀式も代理を立てねばならないので、京から貴顕が下向してきた折など不都合が生じる。それが実に三年近くも続くのだ。

長老たちは口を極めて諌めたが、公暁は「国家安寧の祈願を行うのだ」と言って聞かない。

政子のところにも「思いとどまらせてほしい」という嘆願が入り、政子は公暁に面談を申し入れたが、「すでに参籠を始めました」と返され、あきらめざるを得なかった。

参籠中の僧侶は身を潔斎して一心不乱に祈禱を捧げているので、俗人と会うことはできない。病気以外の理由で参籠を途中でやめれば、宿願が成就しないのはもとより、仏罰が下るとされていた。

この時、政子は若さに任せた情熱から、公暁が千日参籠を思い立ったと信じていた。それゆえその三年の間に、実朝の念願の親王将軍を成立させようと思った。すなわち公暁が参籠を終わらせる頃には、親王将軍の治世が始まっており、公暁の将軍になりたいという野心を捨てさせようと思ったのだ。

八

建保六年（一二一八）の正月行事も一段落した十二日、政子はある決意を胸に、義時を呼び出した。

政子の話を聞いた義時は戸惑いを隠せなかった。

「それを本気でお考えか」

「もちろんです。早急に上洛し、親王将軍という構想を院に奏上いたします」

「姉上自ら朝廷との交渉の矢面に立つこともありますまい」

「いいえ。私が立たないことには使者の往復で時間ばかりがかかり、まとまる話もまとまらなくなります」

義時が腕組みし、何かを考えている。

「もし将軍家のご内室が懐妊されたら、どうなさるおつもりか」

「女子だったら先々、親王将軍に娶《めと》っていただきます」

「男子だったら――」

「出家させるしかありますまい」

政子にとって男子の孫を出家させることは断腸の思いだが、出家させておかないと、成長してから誰かが担ぐ神輿に乗り、親王将軍に反旗を翻す可能性もある。

「武衛様と姉上の血脈が絶たれるのですぞ」

「将軍家は子を作らないつもりです」

「やはり、そうでしたか」

義時が唇を嚙む。

「武衛様の血脈を残せないのは無念の極みです。しかし将軍家が子を作ろうとしないのですから、どうしようもありません」

「頑固なお方だ」

「武衛様と私の子ですから」

義時の顔に苦い笑みが浮かぶ。

「次代の将軍のことを、それがしもずっと考えておりましたが、親王将軍という考えは、存外うまくいくかもしれません」

「やはり、そうお思いか」

「はい。将軍家は象徴に過ぎず、様々な訴えや褒賞は政所の宿老たちで決めればよいことです。親王を将軍に頂いても、政所が裁断を下していけば、御家人たちに不利な裁定ばかりとはならないでしょう」

「では、そなたもそれでよいのですね」

「構いません。いつまでも決めないでいると、どこからか公暁を次期将軍にしようという声も上がってきます」

「このことが明るみに出れば、御家人たちが騒ぐでしょう。それを抑えていけますか」

「抑えるしかありますまい」

義時が同意したことで、政子はこの話を進めていける手応えを摑んだ。

「小四郎、公暁の参籠のことを聞いていますか」

「はい。聞きました。困ったものですね」

「困ったどころではありません。別当が三年間も参籠すれば、あらゆる寺務が滞ります」

「しかし始めてしまったものを、やめさせることはできません」

「そうなのです。公暁は一本気で、周囲を顧みない一面があるようです」

「そのあたりは、お父上似ですな」

公暁の父にあたる頼家は、感情を制御できない一面があった。祖父の頼朝は短気な一面はあっても、感情を飼いならすことはできた。だが曾祖父の義朝は、感情の赴くままに生きているような男だったと聞いている。そうした源氏の熱い血を、公暁も継いでいるのだろう。

「僧侶となって修行を積むことで感情を抑えられると思っていましたが、園城寺で悪僧たちと日々接していたのですから、無理な相談でした」

「それはそうですね。で、前将軍家の死の秘密は、どの程度知っているのでしょう」

「おそらく」と前置きしてから、政子が言った。

「すべて知っているでしょう」

あの鋭い眼光はそれを物語っていた。

「そうでしょうな。鎌倉に戻ってきてから耳に入ったかもしれません」

――そうか。三浦の者どもが、何かを吹き込んだかもしれない。

公暁の周囲には、弟子のような形で若者が集まり始めていた。中でも三浦駒若丸は五歳年上の公暁のことを兄のように慕っていた。というのも、出家前の公暁の乳母夫《めのとぶ》は三浦義村だったので、頼家が失脚するまで、公暁は三浦屋敷によく招かれていた。そうしたことから、公暁にとって三浦家が実家のようになっていた。

「その公暁が、俗世との縁《えにし》を断ち切って参籠しているのです。その間に親王将軍の話を進めてしまおうというわけです」

「なるほど、よく分かりました。姉上の上洛について異存はありません。ところで将軍家の了承は取れているのですか」

「これから確かめますが、とくに反対はしないでしょう」

ここのところ実朝は政務を執ることに関心をなくし、誰かに何かを言われれば、「そうせい」「構わぬ」「好きにしろ」などと答えていると聞く。たとえ気力をなくしていても、実朝の構想を実現するためなのだから、実朝が今更反対する理由はない。

案の定、この後、政子が使者を御所に送り、自ら上洛し、親王将軍の話を進めることを伝えると、実朝は一も二もなく賛成した。

「政所の面々はどうしますか」

政所別当は九人おり、親王将軍のことを語れば、外部に漏れることは必定だ。

「そうですな――。大官令（大江広元）には伝えておきますが、残る者らには、まだ伝えないでおきましょう」

「では、上洛の理由を何にしましょう」

「南山参詣《さんけい》ではいかがか」

南山参詣とは熊野詣のことだ。

「そうしましょう」

それで話は決まった。

同月十五日、政所で政子の南山参詣の審議があり、とくに異論もなく決定した。付き従うのは在京経験のある弟の時房と、使者として京との間を往復することの多い二階堂行光だ。

二十一日、それとは別に京から勅使が到着し、実朝の権大納言《ごんだいなごん》昇進を告げた。権中納言就任から一年半余が経ち、後鳥羽も「頃合いよし」と思ったのだろう。これで実朝は、頼朝の到達した官位とほぼ並んだことになる。朝廷に対して頼朝ほどの勲功がないにもかかわらず、これだけの昇進速度は、摂関家の子弟でも類を見ないほどだった。

二月四日、政子は鎌倉を発ち、上洛の途に就いた。建久六年（一一九五）に頼朝と共に東大寺大仏殿落慶《らっけい》供養のために上洛してから、約二十三年ぶりの京となった。

これを追うように十日、実朝は大江広元に命じて使者を京に送った。実はこの頃、朝廷では実朝を頼朝と同じ右近衛大将《うこんえのだいしょう》に昇格させようという動きが出ており、それを伝え聞いた実朝が、それならば格上の左近衛大将を望んだからだ。この願いは聞き届けられ、実朝は三月六日に左近衛大将に補任される。さらに左近衛大将が兼任する慣例となっている左馬寮御監《さまりょうごげん》にも就任した。

遂に実朝は頼朝を超えたのだ。

実朝の狙いは明らかだった。自らの官途をできるだけ引き上げておかないと、親王将軍の後見人としてふさわしくないとされるのを案じたのだ。後鳥羽もそれを尤もとし、実朝の望むままにした。

歌を通じて信頼関係を培ってきた二人により、朝幕融和は成るものと思われた。

政子の旅は慌ただしかった。上洛するや後鳥羽の乳母にあたる卿二位《きようのにい》藤原兼子《けんし》と交渉し、雅成《まさなり》・頼仁《よりひと》両親王のどちらかを新将軍として鎌倉に下向してもらうことで話をつけた。

この時、政子が無位無官だと知った後鳥羽は、四月十四日、政子を従三位に叙する宣旨《せんじ》を下す。出家した女性の叙位は准后《じゅごう》以外なく、破格の宣下だった。これまで政子と後鳥羽とは一切交流がなく、面識もないことを考慮すれば、いかに後鳥羽が実朝との関係を重視していたかが分かろうというものだ。朝幕の蜜月はここに極まったのだ。

さらに後鳥羽は政子に拝謁を許す旨の勅使を送ったが、政子は「辺鄙の老尼が龍顔《りゅうがん》（天皇位に就いたことのある人の顔）を拝するのは畏れ多い」と言って固辞し、予定していた京の諸寺への参詣を中止して、熊野詣に旅立った。

政子としては、朝廷との関係が密になりすぎることで朝廷の魔に取り込まれることを避けたのだ。本来、頼朝が鎌倉に武士の府を置いたのも、朝廷と距離を取るためであり、それを政子はよく心得ていた。しかし後鳥羽は政子の態度を殊勝とし、さらに十月十三日に従二位に昇叙する。

一方、政子に同行した時房は次男の時村《ときむら》と共に京に滞在を続け、後鳥羽の鞠会《まりえ》への参加を許されるほど歓待された。後鳥羽は蹴鞠《けまり》に熟達しているが、時房の技を見て絶賛した。これがよほどうれしかったのか、時房は鎌倉に戻ってからも、そのことを皆に吹聴した。

政子が京を出発したのは、熊野詣から戻った後の四月十五日になってからだった。二十九日に鎌倉に帰り着いた政子は、大任を果たした疲れから何日か寝込むほどだった。

かくして朝幕の融和はいっそう進んだが、それによって矛盾が生じ始めたのも事実だった。

八月、些細なことから実朝の怒りが爆発した。大江広元次男の長井時広《ながいときひろ》が、禁裏への奉公に専心するために上洛したいと言ってきたからだ。時広は朝廷から蔵人《くろうど》の官職を得ており、廷尉《ていい》（検非違使の職位の一つ）の官職を求めて後鳥羽の側近くに仕えたいというのだ。

頼朝は、御家人が朝廷から直接官途を下賜されることを固く禁じた。義経との関係が完全に絶たれたのも、義経が後白河から官途を賜ったのが原因だった。しかし頼朝以前は、武士が複数の主人に同時に仕える「兼参《げんさん》」は普通に行われており、その通念を覆したのが頼朝だった。

頼朝の死後、大番役で上洛する武士が増え、朝廷から直接命令を受けて犯罪人の追捕や貴人の警固を行う者も増えてきていた。手柄を立てれば褒美がもらえるためで、こうした仕事は、自己負担で京に滞在せねばならない大番役の御家人たちにとって数少ない役得だった。

結局、時広は義時を通じて再び願い出て、最後には実朝もこれを許した。常に朝廷を重んじている実朝が、朝廷に仕えたいという者を思いとどまらせることは自己矛盾となるからだ。

かくして頼朝が作った「御恩と奉公」の互恵関係は、朝廷との融和が進むにつれて有名無実化していった。

その後も実朝の昇叙は続いた。十月には武家としては異例の内大臣、十二月には右大臣の宣下を受けた。太政大臣が名誉職となっていたので、右大臣は左大臣に次ぐ地位で、武家としては破格の昇進になった。

九

年が明けて建保七年（一二一九）、実朝の治世は絶頂期を迎えていた。渡宋計画の挫折から一時は不安定だった感情面も、相次ぐ昇叙によって次第に安定し、とくに前年の後半からは、常に上機嫌な状態が続いていた。

この年の正月行事も無事終わり、一月に行われる大規模な儀式としては、二十七日の「右大臣拝賀の儀」を残すばかりとなった。本来なら上洛し、後鳥羽院臨席の下で行われる行事だが、実朝が鎌倉を離れられないので、後鳥羽によって派遣された貴顕を京から迎え、鶴岡八幡宮で行われることになった。

その前日、政子は御所を訪れ、実朝と夕食を共にした。

「母上、明日はいよいよ右大臣拝賀の儀です。武家にもかかわらず、後鳥羽院にここまで厚遇していただけるとは思いもよりませんでした」

実朝は感無量といった体で箸を擱《お》いた。

「これも、そなたの朝廷への忠勤の賜物です」

「これにて朝幕融和が成り、平安な世が続くのでしょうな」

「その通りです。そなたの官途の昇叙は、親王将軍の構想が実を結んだ証しです」

「しかし母上と亡き父上には、お詫びの申し上げようもありません。お二人が血のにじむ思いで打ち立て、そして守り抜いた武家の棟梁の座を明け渡してしまうのですから」

それについては政子も苦しんだ。しかし実朝が子を作ろうとしないのだからやむを得ない。政子は割り切れない気持ちを抱えつつも、何とか納得した。

「正直な話、私にも葛藤はありました。武衛様の作った鎌倉府を守るために、あまりに多くの血が流されましたから」

政子が言葉に詰まる。だがいつもは詰問口調になる実朝が、この時だけは違った。

「母上、委細は存じ上げております。父上と母上は、その時に最善と思う選択をしてきたのです。その末に鎌倉府は威権を確立し、しかも難題だった朝廷との折り合いもつけられたのです。これほどの慶賀はありません」

「そう言っていただけるのですね」

「もちろんです。母上は最善を尽くしました」

政子の脳裏に、死んでいった者たちの顔が次々と浮かんでは消えていった。それぞれが死んでいった理由は様々ながら、今となっては皆、鎌倉府のために死んでいったと思いたい。

――鎌倉府を今の姿にするまで、どれほど多くの血が流されてきたか。それもこうして報いられたのです。

頼朝の死後、実権を握った時政や義時は、あらゆる不安要素は未然に摘み取ろうとした。そのため殺さなくてもよい者を殺し、滅ぼさなくてもよい一族を滅ぼしてきた。

――だが過去は変えられない。

もちろんすべてを正当化することはできない。だからこそ鎌倉幕府を確固たるものとして確立する以外に、彼らに報いる方法はないのだ。

――それが今、成就したのだ。

「しかし多くの犠牲の上に、今があります。むろん過去は変えられません。その忌まわしい過去から、私も逃れることはできないのです」

「もうその話はやめましょう。母上は考えに考え、その時に妥当と思う判断を下してきたのですから」

「そなたに慰められ、どれだけ肩の荷が下りたか分かりません」

初めて息子に慰められた政子はうれしかった。これまで肩にのしかかっていた重荷も一瞬にして消え失せた気がする。

「これからの世は――」

実朝が明るい声音で言う。

「万事がうまく行きます。朝廷も武士もなく、われら為政者が目指していた王道楽土が現出するのです」

「もしそれが現出するなら、この尼は命も要りません」

「何を仰せですか。母上はこれからも生き続け、武衛様の遺徳を伝えていっていただかねばなりません。そして王道楽土を共に見ようではありませんか」

政子は息子の成長が心からうれしかった。

「私は立派な息子を持ちました。母として、これほどの喜びはありません」

「母上」と言いつつ、実朝が威儀を正す。

「これまで様々なことを言い、母上を苦しめたことをお詫び申し上げます。すべて水に流していただけますか」

「もちろんです。私もそろそろ仏門に精進したいと思っていました」

「それはいい。どこぞに寺でも建てましょう」

「いいえ、俺の一つもあれば余生を送るには十分です」

「母上らしきお言葉。そのことはおいおい考えましょう。いよいよ明日は、それがしの一世一代の晴れ舞台です。ぜひ母上も――」

「いいえ。尼の出る幕はありません。私は大鳥居の横で、そなたの凜々しい姿を眺めるだけにいたします」

「分かりました。ぜひそうして下さい。あっ――」

実朝は突然立ち上がると、庭に続く障子を開け放った。

「雪、か――」

政子が振り向くと、庭が薄絹を掛けたように白くなっていた。

「明日は雪になるのでしょうか」

「どうやらそのようです。いっそう厳かな儀式になりそうですね」

――これは吉兆なのだろうか。

政子にもそれは分からない。だが、もはや不安なものは何一つないのだ。

政子は袖で涙を拭うと、実朝と共に無言で雪景色を眺めた。

十

「右大臣拝賀の儀」は夜に行われる。酉《とり》の刻（午後六時頃）に御所を出た実朝は、二尺（約六十センチメートル）余も雪が積もる中、鶴岡八幡宮に向かった。

儀式は実朝と鎌倉幕府の重鎮たちの行列が社殿に入って奉幣《ほうへい》し、宮司が祝詞を読み上げ、それが終わると、石段の下に控える公卿や殿上人《てんじょうびと》たちの間を通り、大鳥居に向かうという段取りになっている。

後鳥羽が下向させた公卿や殿上人は、御台所信子の兄にあたる大納言坊門忠信《ただのぶ》や大内惟義をはじめとした錚々たる顔ぶれだった。その中には、かつて平清盛に頼朝の命乞いをした池禅尼の孫の正三位・平光盛《みつもり》までいた。

さらに大鳥居の前に控える御家人や随兵を加えると、一千を超える人々が集まる大規模な儀式となった。

実朝が社殿に入ったという知らせを受けた政子は、牛車に乗って大鳥居の前に向かった。

大倉屋敷を出ると、すでに人だかりができていた。実朝の晴れ姿を見ようと、鎌倉の民が集まってきているのだ。それを縫うようにして大鳥居に向かうと、今度は御家人たちとその従兵たちが整列していた。その人出の多さに、政子は驚きを隠せなかった。

――それほど栄誉なことなのだ。

今更ながら、息子が到達した官途の高さを政子は思い知った。

大鳥居の前に牛車を止め、実朝が来るのを待っていると、数人の者たちに囲まれて大鳥居から出てくる者がいる。

――あれは小四郎では。

牛車の前を義時が通り過ぎる。何事かあったのか、義時は左右の者たちに両脇を取られている。

「誰ぞ、あそこを行く右京兆を呼んでまいれ」

その言葉を受けた随兵が義時を呼びに行った。政子の随兵が拝跪して義時に何かを言上すると、義時がこちらに向かってきた。

「姉上、お体が冷えるのに、いらしたのですか」

義時の声は上ずっている。

「それよりも、そなたは御劔役《みつるぎ》ではありませんか。いったいどうしたのです」

御劔役とは、儀仗《ぎじよう》用の劔を持ち、実朝の直前を供奉《ぐぶ》する役で、御家人の中でも最上位の者が担う。

「それが、社殿の前で気分が悪くなり、これから自邸に戻るところです」

「えっ、この晴れの舞台で不例ですか。不吉ではありませんか」

「申し訳ありません。でもこればかりは――」

――致し方ない。責めては可哀想だ。

義時も五十七歳になる。不例となっても仕方がない年齢だ。

「御劔役は誰に代わったのですか」

「侍講殿（源仲章）です」

源仲章なら政所別当なので、とくにおかしくはない。だが義時と仲章は犬猿の仲なので、あえて嫌っている者に大役を譲るのはおかしい。

「ほかに誰かいなかったのですか」

「ほかにというと――」

「例えば三浦殿とか」

三浦殿とは三浦家の当主の義村のことだ。

「かの御仁は、本日の儀に参列しておりません」

「えっ、なぜですか」

「お忘れですか。以前に行われた左大臣直衣始の儀において、三浦一族の長老の長江《ながえ》明義《あきよし》殿とひと悶着起こし、将軍家から謹慎処分を下されています」

――ああ、そうだった。

和田義盛の死後、名実共に三浦氏の氏長者となった義村だが、うまく一族をまとめられず、長老の長江明義と序列をめぐって言い合いになり、実朝の勘気をこうむっていた。

「分かりました。それで、これからいずこへ参るのですか」

「小町の自邸に戻ります」

「そうですか。よく養生するのですぞ」

「ありがとうございます。そうさせていただきます」

そう言い残すと、義時は雪の中、郎従に左右の脇を取られて去っていった。だがその足取りは、雪中にしては意外にしっかりしている。

――どう見ても、不例とは思えない。

政子は、その後ろ姿がやけに印象に残った。

やがて寒さが身に染みるようになってきた。それは大鳥居の外で待つ者たちも同じで、誰もが手に息を吹きかけて足踏みをしている。政子は小さな火鉢を牛車の中に入れているが、さほど効果はない。

――何をやっておるのだ。

実朝一行はなかなか姿を現さない。

戌《いぬ》の上刻（午後七時半頃）、ようやく大鳥居の内が騒がしくなった。

――来たか。

行列の前駆《さきがけ》が皆を整列させるために大声を上げているのかと思ったが、何人もの御家人が大鳥居の中に駆け込んでいく。それは儀式の場には似つかわしくない光景だった。

——何かあったのか。

政子の胸内から嫌な予感が湧いてくる。

やがて駆け込んでいく者の数が増え、大鳥居の周囲は騒然としてきた。

——何かあったのだ。

不安が確信に変わった時、誰かが走り寄ってきた。

「姉上！」

「相州、いったいどうしたのだ」

政子と義時の弟にあたる時房は、武蔵守から相模守に遷任《せんにん》（転任）されたので、呼び名が武州から相州に変わった。

「一大事が起こりました」

時房の声は震えていた。

「一大事と——。御簾《みす》を上げよ！」

舎人が御簾を巻き上げると、雪中に拝跪する時房の顔は蒼白になっていた。

「尼御台様、心を落ち着けてお聞き下さい」

「ど、どうしたのだ。早く申せ！」

時房が大きく息を吸うと言った。

「将軍家が何者かに襲われ——」

「ええっ、千幡が襲われたと！」

「はい。暴徒に襲撃されました」

「それで千幡は無事なのか！」

時房が顔を伏せる。

「まさか！」

「将軍家は、その場で身罷られました！」

「何と！」

政子が牛車から落ちた。

「尼御台様！」と叫んで時房が抱え起こそうとしたが、政子はその手を振り払い、雪の中を這いずるようにして大鳥居の方に向かった。

「千幡、母が参りますぞ！」

皆が手を差し伸べて政子を抱え上げようとするが、それらの手を振り払い、政子は進んだ。だが数歩も行かないうちに、雪に足を取られて膝をついた。

「千幡、死なないで！」

大鳥居の内に向かって、政子は声を限りに叫んだ。

――佐殿、どうか千幡をお助け下さい。

天を見上げると、黒々とした空から深々と雪が降ってきていた。

なぜかその時、政子はそれが喩えようもなく美しいと思った。

第五章　尼将軍

一

その日のうちに、実朝の遺骸は御所に運ばれた。一刻も早く対面したかった政子は御所の入口まで来たが、そこにいた義時に遮られた。

「今は、お会いにならぬ方がよろしいでしょう」

「なぜですか。千幡はそれほどひどい有様なのですか」

義時がため息をつきつつ言う。

「実は――、首を持ち去られたのです」

「今、首と申しましたか」

「はい。無念ですが、ご遺骸には首がありません」

義時の口から発せられた言葉の意味を理解した政子は、その場にくずおれた。

――なぜ千幡が、さような仕打ちを受けねばならないのか。

「姉上、支度ができ次第お呼びしますので、こちらでお待ち下さい」

義時に支えられるようにして御所内の一室に入った政子は、女房たちと共に泣き崩れた。

その時、外の様子を見に行かせていた駿河局が戻り、武者たちが慌ただしく東に向かったと告げてきた。思えば先ほどから鯨波《げいは》や人声が聞こえていたような気がする。だが実朝の死で打ちひしがれている政子の耳には、何も入ってきていなかった。

やがて義時に先導され、実朝の遺骸が安置されている居室に入った。一足早く御台所の信子が来ており、枕頭《ちんとう》に座して身も世もなく泣いていた。

実朝の顔の位置には頭部に代わる何かが置かれ、その上に白布が掛けられている。

――何と酷い。

その哀れな姿を見た政子は、その場に立ちすくんだ。それに気づいた信子は、「どうぞ、ごゆるりとお別れをなさって下さい」と言って下がっていった。

政子は思わず「千幡、起きなさい」と呼び掛けてしまったが、首のない実朝は微動だにしない。

「姉上、見ての通り将軍家は冥府へと旅立ちました」

義時が背後から小声で囁く。

「分かっております」

実朝との思い出が次々とよみがえる。とくに赤子の頃の思い出は鮮烈だ。初めて自分の乳をやった時、千幡は乳首をくわえながら寝入ってしまった。その様子が愛《いと》しくて、いつまでもそのままにしていたことを覚えている。

頼朝の喜びようも一方ではなく、慣れない手つきで抱きながら、「この子は聡明そうだ」と言っては笑っていた。

それだけ誕生を祝福され、大切に育てられてきた実朝が、首と胴を切り離された遺骸となり、自分の前に横たわっているのだ。

――あの千幡が、さような仕打ちを受けるとは。

その首のない遺骸からは、実朝の無念がひしひしと伝わってくる。

「姉上」という義時の声が背後から聞こえ、政子は現実に立ち返った。

「将軍家の逝去ですので、諸事が詰まっております。よろしければそろそろ――」

「母が子との別れを惜しむ暇もいただけないのですか」

「いや、そうではなく――」

肩越しに見える義時の顔には、「事情を察してくれ」と書かれていた。

「分かりました」と答え、政子は住処としている大倉屋敷に戻ることにした。


政子の居室には、すでに女房たちによって火鉢が入れられていた。その暖かさにほっとしたが、それが逆に悲しみを誘う。

――千幡、さぞや寒かったでしょうね。

人は死に際し、真夏でも「寒い、寒い」と言うと聞いたことがある。ある法印によると、人は死が近づくと体温を急速に失い、寒くてならないという。雪の降る鶴岡八幡宮の石段に倒れた実朝は、死が訪れるまで寒さを堪えていたに違いない。

――可哀想な千幡。

涙が止め処もなく流れてきた。

「ご無礼仕ります」

障子越しに義時の声が聞こえた。

「そなたらは下がっていなさい」

女房らを下がらせた政子は、義時を招き入れた。

「小四郎、先ほどは具合が悪いようでしたが、もう大丈夫なのですか」

「はい。あれから一休みしていると収まってきました。それで寝に就こうとしたところ、将軍家が難に遭ったという知らせが入ったのです」

「そうだったのですね。それで下手人は誰なのですか」

「それが――」

義時は言いにくそうにしている。

「構わぬから言いなさい」

「はい。近くにいた者によると、下手人は――」

義時が一拍置くと言った。

「鶴岡八幡宮寺別当の公暁とか」

「何を言っているのです。公暁は参籠中です」

政子には、義時の言っている意味が分からない。

「ところがそうではなかったのです。どうやら公暁は参籠と称して将軍家の呪詛《じゅそ》を行っていたらしく、その最中、親王将軍を迎え入れると伝え聞き、絶望して凶行に及んだようなのです」

「それはおかしい。あんな暗い中で、誰が公暁の顔を見たのですか」

義時はため息をつくと、実朝暗殺の顚末を語った。

それによると、奉幣《ほうへい》を終えた実朝一行は社殿前の石段を下り、京からやってきた公家たちが左右に居並ぶ前を、袍《ほう》の下に着けた下襲《したがさね》の裾《きょ》を長く引きながら歩いていた。

すると法師姿に山伏の兜巾《ときん》をかぶった男が、大銀杏の陰から突如として現れ、実朝の下襲を踏むと、「親の仇はかく討つぞ」と言って頭部に斬りつけた。この一撃で実朝は昏倒し、瞬く間に首をかかれたという。その言葉から、犯人が公暁なのは明らかだった。

一方、共に飛び出してきた三人の男は、前駆けとして松明《たいまつ》を掲げていた源仲章に殺到した。実朝が殺されるのとほぼ同時に、仲章も斬り殺されたという。

「では、侍講殿も殺されたのですね」

「はい。下手人は二人を殺し、将軍家の首を携えると、疾風のように姿を消したとのことです」

「その公暁らしき者は、間違いなく『親の仇はかく討つぞ』と言ったのですか」

「はい。間違いありません。すぐに公暁の行方を捜したのですが見当たらず、致し方なく武士たちを雪ノ下にある公暁の本坊に向かわせたのですが、そこで合戦となり――」

――駿河局が伝えてきた喧騒は、それだったか。

おそらく功に飢えた武士たちは、何も問い質さず本坊を襲ったに違いない。それで公暁の家人や門人たちは、訳が分からず抵抗したのだろう。

「そこに公暁はいたのですか」

「いませんでした」

「では公暁の行方は――」

「杳《よう》として知れません。それゆえ鎌倉の七口に兵を配置し――」

「分かりました。もう結構です」

政子にとって公暁を捕える手立てのことなど、どうでもよかった。ただ自分の息子を討ったのが自分の孫だったという事実に茫然としていた。

――万寿（頼家）を殺したのは千幡ではないのに、なぜ「親の仇」になるのか。

誰かに指嗾《しそう》されない限り、そんな誤解は生じないはずだ。

「姉上、それがしは公暁を捕らえねばなりませんので、これにて――」

「最後に一つ聞かせて下さい」

「はい。何なりと」

「千幡以外で斬られたのは、侍講殿だけというわけですね」

「ええ、そうですが――」

義時が首をかしげる。

「公暁以外の討手は三人で、その者たちが侍講殿に殺到したと――」

「そういうことになります」

「なぜ将軍家の討手が公暁一人で、ほかの三人が侍講殿に向かったのですか」

義時がさも当然のように答える。

「公暁は園城寺で武芸修業を積んできておりますので、武器を持たない将軍家なら一人でも討てると――、あっ、これはご無礼を」

あまりに露骨な物言いだったので、義時が口を閉ざす。

「構いません。続けなさい」

「将軍家を討つのは、公暁一人で十分と踏んだのでしょう」

「では、侍講殿を襲った三人が誰なのかも分かっているのですね」

「今は分かっていませんが、明日になれば誰が逐電しているかで明らかになります」

「なぜ侍講殿は襲われたのですか」

義時が得意げに言う。

「将軍家の近くで松明を持っていたのは、侍講殿だけだったからでしょう。まずはそれを打ち落とそうとしたのでは。また侍講殿は将軍家の大劔《おおつるぎ》を捧げてもいました」

拝賀行列の中で劔を身に付けているのは御劔《みつるぎ》役だけではないが、皆が差しているのは儀仗用の小刀で、しかも刀袋に包まれている。しかし御劔役だけは実朝の劔を捧げ持っているので、唯一の防戦できる武器として抑えに走るのは当然だと、義時は言う。

「しかし御劔は飾り同然ではありませんか。しかも刀袋に入れてあるはずなので、すぐには抜けません。それでも将軍家と同時に襲う必要があったのでしょうか。万が一、誰かが公暁を邪魔すれば、将軍家は逃れられたかもしれないのですぞ」

義時の顔に不審の色が浮かぶ。

「いかにも侍講殿を三人で襲ったのは不可解ですな。おそらく――」

義時が尖った顎の先端を撫で回すと言った。

「残る三人には、侍講殿に別の意趣があったのでは」

「将軍家を殺すついでに侍講殿も殺したというのですか。それなら侍講殿は別の機会に襲えばよいだけではありませんか」

その方が確実に仲章を殺せる。だいいち仲章は護衛など付けずに鎌倉内を歩き回っているので、いつでも討てるはずだ。

「いかにも姉上の仰せの通り、不可解ですな」

そう言うと義時が立ち上がった。

「いずれにせよ明日には、すべてが明々白々となります。そうだ。一つお願いですが――」

「何でしょう」

「将軍が不在となったので、姉上から公暁に与《くみ》した者たちの捕縛を命じてほしいのです」

「私の名で命じるのですね」

「そうです。御家人たちの心を一《いっ》にできるのは、姉上だけなのです」

「つまり私に将軍家の代わりを務めよと」

「はい。それは姉上以外の何人《なんぴと》にもできないことです」

将軍不在の鎌倉幕府が求心力を取り戻すためにも、自らの健在を示す必要があることは、政子にも分かる。

——だが女の私に何ができる。

政子の逡巡を見た義時が畳み掛ける。

「御家人は皆、姉上のことを『お袋様』と呼んで慕っております。それゆえ何卒——」

——もはや私は「お袋様」ではないのに。

政子がそう呼ばれたのは、頼家と実朝の母だったからだ。しかし二人が先んじて鬼籍に入ってしまった今、「お袋様」と呼ばれるのは辛いだけだ。

それに義時も気づいたのか、慰めるように言う。

「姉上は皆の『お袋様』なのです」

「御家人たちのですか」

「そうです。ここで人心を落ち着かせることができるのは、姉上だけなのです」

政子は思い出の中にいる頼朝に語り掛けた。

——佐殿、やはり私が立たなければなりませんか。

頼朝が力強くうなずいた気がする。

――佐殿と私が手塩にかけて育んだ鎌倉府だけは、守り通さねばならない。

政子は意を決した。

「分かりました。私が将軍家の代わりとなります」

「ははっ」と言って義時が平伏する。

政子は「今夜中に公暁の群党を糾弾すべきの旨」という将軍御教書《みぎょうしょ》の代わりとなるものを書き、義時に託した。これにより政子は尼将軍と通称されるようになる。

政子自筆の追討令の文面を義時が確かめる。

「これで結構です。早急に一味を捕らえます」

「お願いします」

義時は「これにてご無礼仕ります」と言うと、大股で去っていった。

一人になると悲しみが襲ってきた。

――なんで。どうして。

同じ疑問が幾度となく浮かんでくる。

頼家の失脚により、実朝が将軍職に就いたのは間違いない。だが実朝は頼家の失脚に関与しておらず、恨みを抱かれることはないはずだ。

――やはり公暁は将軍になりたかったのだ。

だが公暁の血筋には筋目があっても、前将軍を殺した者が将軍職に就けるはずがない。

――では、父の仇を取るためだけに、すべてを投げうてるのか。

鶴岡八幡宮寺別当といえば、鎌倉の仏教界では頂点に位置する職だ。これまで老いた高僧しか就けなかった地位に就いた公暁の前途は洋々だった。

——となると、千幡を討てば将軍に擁立すると誰かに指嗾されたのか。

有力者の後押しがない限り、公暁がこれほどの凶行に及ぶとは思えない。

——三浦か。

出家前の公暁の乳母夫《めのとぶ》は三浦義村で、公暁は三浦の家で育ったも同然だ。しかも五歳下の駒若丸とは、衆道《しゅどう》の契りを交わしていると噂されるほど仲がよい。

だが三浦勢が動いたという一報は、まだ届いていない。

——少し頭を冷やそう。

政子は広縁に出ると夜の庭を眺めた。雪が薄絹のように木々や石を覆い、そこはかとない風情を醸し出していた。その雪景色が千幡の旅立ちにはふさわしい気がした。

ようやく政子は、実朝がこの世の者ではなくなったという事実を受け容れられる気がしてきた。だが実朝を殺したのが孫の公暁だという事実だけは、どうしても受け容れられない。政子にとって公暁は愛くるしい童子のままで、憎しみなど湧いてこないのだ。

耳を澄ませると、甲冑を着た武者たちが走り回る音や、それに驚く野犬の遠吠えが聞こえてくる。屋敷の塀を隔てた空が明るいのは、諸所で焚かれた篝火《かがりび》が反射しているからだろう。

——まるで放生会《ほうじょうえ》の夜のよう。

政子は真夏に行われる鶴岡八幡宮の放生会を思い出していた。

——今宵一夜、鎌倉は眠らないのだ。

体が冷えてくると、頭もはっきりしてきた。

——確か侍講殿が鎌倉に下向してきた折、どこぞの庭をゆっくりと散策したことがあった。あ あ、あれは大倉屋敷の庭だった。

政子の脳裏に再び疑問がよみがえる。

――侍講殿はなぜ殺されたのか。

仲章が誰かの恨みを買っているという噂は、一度として聞いたことがない。だいいち鶴岡八幡宮寺の僧侶たちとの接点もあまりないはずだ。

その時、政子はあることを思い出した。

――御劔役は小四郎だった。恨みを買っていたのは小四郎ではないか。

次第に事件の輪郭が見えてきた。

――三浦義村は公暁を使って千幡と小四郎を殺そうとした。だが小四郎は、たまたま具合が悪くなり、御劔役を侍講殿と替わった。それで小四郎の代わりに侍講殿が殺されたのだ。となると今夜にも、義時が三浦義村討伐の兵を挙げるに違いない。義時は父の時政同様、機先を制すことを何よりも得意としているからだ。

だが狭い鎌倉で、そんな騒ぎが起こっているようには思えない。

――いったいどうなっているのか。

政子は混乱してきた。

――だが明日になれば、すべては明々白々となる。

そう己に言い聞かせると、政子は障子を閉めて居室に戻った。

――ああ、千幡。

再び悲しみが襲ってきた。政子は瞑目し、実朝と過ごした懐かしい日々に思いを馳せた。

二

伊豆山《いずさん》神社の本宮に至る長い石段を登っているのに、政子は気づいた。しかしいつまで経っても本宮には着かない。誰かが随分と上で「早く、早く」と政子を呼んでいるのだが、足が重くて一歩踏み出すだけでも一苦労だ。それでも政子は本宮に行かねばならない。その理由は分からないが、とにかくあの懐かしい本宮にたどり着きたい。

――お願い。行かせて。

だが足は鉛のように重い。

――どうして。

ふと足元を見ると、無数の手が政子の足に絡みついている。

その恐ろしさに声を上げそうになり、ようやく目が覚めた。

「お目覚めですか」

火鉢の向こうに駿河局が控えていた。どうやら座したまま眠ってしまったらしい。

「ああ、はい。白湯《さゆ》をいただけますか」

駿河局が手早く白湯を用意する。それを一口飲むと人心地がついた。

――千幡は、もはやこの世にいないのだ。

その現実が重くのしかかってくる。

外から小鳥のさえずりが聞こえてきた。千幡のいない一日が始まろうとしているのだ。

「もう朝ですか」

「いいえ、まだ夜明けにはしばらくあります」

障子の向こうは暗いままだ。

「あれから何かありましたか」

「今のところ何の知らせも入ってはおりません」

その時、慌ただしく長廊を走りくる音がすると、女房の一人の声がした。

「使者が参っております」

「使者と――。小四郎ではないのですか」

「はい。三浦駒若丸様です。火急の用と仰せになり――」

「火急の用――。分かりました。通しなさい」

やがて女房に導かれ、駒若丸が入ってきた。

駒若丸は十五歳になっていたが、いまだ元服を許されていなかった。というのも前年九月、御所内で明月を愛でながら和歌会が開かれている最中、駒若丸ら若者が御所内をそぞろ歩きし、それを咎めた宿直《とのい》の者たちと乱闘になったことで、出仕の停止を受けていたからだ。父の義村も長江明義との件で出仕停止とされていたので、「右大臣拝賀の儀」には、代理の者が参列していた。

「ご無礼仕ります」

駒若丸が堂々とした態度で入ってきた。

「人払いいたしますか」

駒若丸がうなずくのを見た駿河局らが去っていくと、駒若丸が両手をついて弔辞を述べた。

「この度はまことにもって――」

「それは結構です。それより火急の用と聞きましたが」

「はい。父より使者を命じられて参りました。順を追って申し上げると、まず公暁の後見役の備中阿闍梨を捕らえました」

駒若丸がその顛末を語った。

実朝を討ち取った公暁は、自らの本坊には戻らず、後見役の備中阿闍梨の雪ノ下の本坊に赴いた。すでにその時、ほかの三人とは別行動を取っていたようだ。公暁から顛末を聞いた備中阿闍梨は驚愕したが、「腹が減った」というのでひとまず食事を出した。この時、公暁は血に染まった包みを持っていた。阿闍梨が「それは何か」と問うと、公暁は「将軍の首です」とだけ答え、それを大切そうに膝の上に置いたまま飯をかき込んだという。

「ああ、何と哀れなことか」

将軍でありながら、死後にも、それほどの屈辱を味わわされる実朝が哀れでならない。しかも実朝を殺したのは、政子が可愛がってきた公暁なのだ。

――仏よ、なぜ私は、さように辛い思いをせねばならないのですか。

だが政子は仏の答えを知っていた。

――すべては自業自得だ。

「申し訳ありません。つい口が滑りました」

駒若丸は実朝が政子の子ということを忘れ、備中阿闍梨の証言を正直に語ってしまった。

「構いません。続けて下さい」

はらはらと流れる涙を懐紙で拭うと、政子は先を促した。

「それでは」と言って駒若丸が先を語った。

「ここまでの話は、後に阿闍梨を尋問して語らせたことです。われらがかかわるのは、ここからです」

その後、阿闍梨は公暁に自首するよう懇々と諭したが、公暁は聞き入れず、乳母子で従者の弥《や》源太《げんた》を呼び出すと、三浦家への使者に立てたという。

この頃、三浦家も大混乱に陥っていたが、弥源太が公暁の使者だと名乗ったので招き入れ、その口上を聞いた。

「弥源太によると、公暁は『将軍の闕《けつ》ができたので、自分を東関《とうかん》の長《おさ》にするよう計らえ』と言っているとのことでした」

闕とは闕所といった言葉で使われるが、「空きができた」という謂で、東関の長とは「関東の主」の謂《いい》になる。言うまでもなく将軍位のことをほのめかしている。

「それで、そなたらはどうしたのですか。まさか取り計らったのでは」

駒若丸が顔の前で手を振って否定する。

「滅相もない。そんなことをしていたら、それがしはここに来ておりません」

「つまり此度《こたび》の一件を、三浦の者どもは事前に知らなかったのですね」

「はい。誰一人として知りませんでした」

「ではなぜ、公暁はそなたらを頼ったのですか」

「以前のつながりからでしょう。われらとしては迷惑千万ですが」

「そなたも此度の陰謀を知らなかったのですか」

駒若丸が口を尖らせて抗弁する。

「言うまでもなきこと。幼き頃から公暁の知遇を得て、長じてからは門弟として仕えてきたそれがしに何も知らせず、事後に『よきに計らえ』では、あまりに虫がよすぎます」

駒若丸は公暁のことを呼び捨てにした。そこからも駒若丸の怒りが真実だと伝わってくる。

「分かりました。続けなさい」

駒若丸は大きく息を吸い込むと続けた。

「使者の弥源太から顚末を聞いた父は、弥源太に『分かった』とだけ言うと、一族の主立つ者を別室に集めました。そこで父ははらはらと涙をこぼし、将軍家の死を悼みました」

それは大げさだとしても、駒若丸の話が真実で、此度の一件に三浦一族が絡んでいないとなると、公暁は後ろ盾なしに将軍位に就けると思い込んでいたことになる。

――そんなはずはない。

聡明な公暁が、勝算なくしてこれだけのことをするとは思えない。

それは後で考えるとして、政子は先を促した。

「それでどうしましたか」

「怒りに任せて弥源太を斬ったところで何にもなりません。それゆえ父は、弥源太に『お迎えの兵を送るので、しばしそこでお待ち下さい』と公暁に伝えるよう命じました。それで弥源太は勇躍して飛び出していきました」

「それだけですか」

「いいえ。父は右京兆（義時）様の許に使者を走らせ、事の次第を告げました。すると右京兆様は、使者に『誅殺せよ』と命じてきました」

――それはおかしい。

義時なら事件の背景を探るために、何としても公暁を「捕らえよ」と命じるはずだ。あの周到な義時が、短絡的に「殺せ」などと命じるはずがない。

「それは真《まこと》か。右京兆は『捕らえて尋問せよ』と命じたのではないか」

「いいえ。右京兆様の許に行った使者が『誅殺せよ』という返答を告げ、父が『それは真か』と確かめるのを、それがしもこの耳で聞きました。すると使者も聞き間違いかと思い、右京兆様に『よろしいので』と問い質したというのです」

「それで間違いなく『誅殺せよ』と命じたと――」

「はい」

政子は腑に落ちないが先を促した。

「それでどうしました」

「父は『公暁は武芸に長じているので、よほどの武芸の練達者でないと討ち取れない』と言い、最も屈強な家人の長尾《ながお》定景《さだかげ》を送りました」

「何と――」

「その頃、公暁は弥源太の帰りを待ちくたびれたようで、鶴岡八幡宮の裏手の山を登り、われらの許に向かっていたようです。その途次――」

「長尾らと遭遇したと申すか」

駒若丸がうなずく。

「して、討ち取ったのですか」

「はい。相当てこずったとのことでしたが、その場で討ち取り、首を持ち帰りました」

「その首を、そなたは見たのですか」

「もちろんです。それを確かめた上で、ここに参りました」

――さすが義村。

義村は義時の指示に従い、公暁を自らの家人に討ち取らせることで、自らの疑いを晴らした。だが公暁を捕らえずに殺すことは、義村には利があっても義時にはない。

——だが義時とて人の子。将軍家を殺された怒りに、われを失ってしまったのかもしれない。

政子はそう思おうとした。

「それで、将軍家の首はどうしました」

「公暁から奪い、当家に安置してあります」

——よかった。

これで実朝の首が酷い仕打ちを受けることはなくなった。

「それでそなたは、この顚末を告げるために、ここに来たのですか」

「そうです。何はともあれ、此度の一件が当家には一切かかわりのないことだと、尼御台様に知っていただきたかったのです」

「それは分かりました。それで右京兆はどうしたのです」

「当家にやってきて、父を促し、それがしを尼御台様への使いとしました」

「そういうことだったのですね」

つまり駒若丸は義村の弁明使ではなく、使者にすぎないのだ。それで十五歳の駒若丸を寄越した理由が分かった。

——事の次第を述べるだけなら、駒若丸で十分だ。

政子は当初、義村が政子経由で義時に弁明してほしいと依頼してきたと思っていた。

「事の次第は分かりました」

「実は、それだけではないのです」

「まだ何かあるのですか」

それまでの歯切れのよさと打って変わり、駒若丸はもじもじしている。

「何なりと申しなさい。悪いようにはいたしません」

それでも駒若丸は言いにくそうだ。

「いったいどうしたのですか」

「ここからは内密にしていただきたいのですが――」

「内密に――。分かりました。この尼は仏に仕える身。内密にとそなたが申すなら、仏に誓ってそうしましょう」

「ありがとうございます」

平伏すると、駒若丸が懐から書付のようなものを取り出した。

「それは何ですか」

「公暁の書いた尼御台様への書状です」

「えっ」

政子は啞然とした。

「帰ってきた長尾に酒を飲ませて慰労していると、長尾が『困ったものを持っている』と申すのです」

「それがその書状ですね」

「はい」と答えて、駒若丸がそれを政子の目の前まで差し出した。だが政子は、それを手に取ることができない。実朝を殺してその首を持ち去った公暁の書いたものなので、忌まわしくて触れられないのだ。

「長尾によると、公暁が事切れる寸前、懐に手を入れて長尾に託したもので、宛先が『お袋様』と書かれていたので、己の判断で処分していいかどうか分からず、だからといって父たちに託せば握りつぶされるだけなので、それがしに判断を委ねたとのこと」

「よくぞ――、よくぞお持ちいただけました」

政子は震える手でそれを取った。むろん封は開けられていない。

「では、これにて」

「お待ちなさい」

政子が駒若丸を手招きすると、駒若丸が不審そうな顔をした。

「そなたの赤心は分かりました。しかし万が一、万が一ですぞ。そなたの身が危うくなれば、ここに逃げ込みなさい」

「えっ、まさか右京兆様が、われらを討つと――」

「おそらくその心配はないでしょう。しかし鎌倉は夜叉の都です。何があるか分かりません」

駒若丸の顔が引きつる。

「分かりました。そのお言葉を忘れないようにいたします。では――」

来た時とは別人のように蒼白な顔をして、駒若丸が去っていった。

政子は一人になると、公暁の書状の封を開いた。

三

長い夜が明け、翌一月二十八日の朝になった。何はともあれ、後鳥羽院に実朝逝去を伝えるべく、使者が京に向かった。この使者は、二月二日に水無瀬殿に滞在する後鳥羽院に拝謁し、事の次第を告げることになる。

事件の余波は大きかった。

翌日、御台所の信子を筆頭に、大江親広（広元嫡男）、安達景盛、中原季時（親能の子）、二階堂行村、加藤次景廉ら百人近い御家人が出家を遂げた。頼朝の時ですら厚恩を受けた数人が出家しただけなので、皆がいかに実朝を慕い、その威望がいかに大きかったかを物語っていた。

同日、実朝の遺骸は勝長寿院に葬られた。

二十九日から始まったのが、公暁以外の下手人や関係者の探索だ。しかし暗がりでの犯行の上、顔を隠した袈裟頭巾姿だったこともあり、その顔は判然としなかった。

取り調べを受けた僧の中には、平氏の血を引く者が多かった。鶴岡二十五坊供僧《ぐそう》という地位にある顕信《けんしん》は門脇《かどわき》中納言教盛《のりもり》の孫にあたり、世が世なら平家の公達《きんだち》となっていた者だ。それに従った良祐《りょうゆう》と良弁《りょうべん》という僧も平氏の縁者だった。

ところが三人は、本坊を没収されて所領を改易されただけで死を免れている。暗がりで人定《じんてい》できず、三人が断固として一挙に加わっていないと主張したので罪に問えなかったらしい。だが拷問もされないのは不可解だった。三人が改易に処されたのは、事前に公暁の一挙を知っていながら通報しなかったことが理由だった。

彼ら三人のほかに公暁と三人の下役となった僧が一人いたが、その僧も改易されただけで命は救われた。

その後、公暁に近い僧が何人か捕まったが、とくにお咎めはなく、ただ一人備中阿闍梨だけが、雪ノ下の屋敷と武蔵国の所領を没収された。備中阿闍梨は公暁の一挙に与したわけではないが、逃れてきた公暁を匿い、通報しなかったことを罪に問われたのだ。

鎌倉の人々にとって、何とも歯切れの悪い幕引きとなった。

二月五日には、右大臣拝賀の儀に招待されていた公卿や殿上人《てんじようびと》が、京に帰っていった。和やかな雰囲気だった行きとは対照的に、悲嘆の涙に暮れながらの帰途となった。

実朝の葬送の儀が一段落すると、実朝亡き後の政治体制の再編に取り掛からねばならない。

義時は政子を尼将軍として擁立し、自分がその執政の立場で政務を取り仕切る体制を築いた。だがそれも一時的なものなので、できるだけ早く次の将軍を決めねばならない。

本来なら源氏の血筋に連なる者を将軍とすべきだが、実朝が親王将軍を望んでいたことは誰もが知っている。それゆえその方針を否定するわけにはいかず、しかも朝幕融和を維持していくためにも、親王将軍の擁立は最も妥当な選択だと思われた。

同月十三日、義時ら宿老は二階堂行光を使者として、後鳥羽院の親王の鎌倉下向を求めることにした。

そんな最中の同月十五日、頼朝の別腹弟で今は亡き阿野全成の子の時元《ときもと》が、駿河国の阿野郡で挙兵したという一報が届く。これを聞いた義時は十九日、政子の名で義時の家人の金窪行親率いる追討軍を差し向けた。金窪らは二十二日には反乱を鎮圧し、時元を自害に追い込んでいる。

政子には「時元挙兵」とだけ伝えられたが、実際のところは分からない。噂によると実朝横死の一報が届くや、かねてより野心のあった時元は、朝廷に「東国管領《かんれい》」の宣旨《せんじ》を下すよう奏請《そうせい》したという。

源氏の血に連なる者が朝廷の宣旨を受けて将軍職に就くことは、後鳥羽の目指す権門体制を肯定することであり、義時の目指す東国自立方針に相反する。それゆえ義時は、宣旨が届く前に時元を討ち取らねばならなかった。

だがその波紋は大きかった。何と言っても時元は、政子の妹の阿波局の息子だからだ。時元の死を聞いた阿波局は怒り狂い、政子と義時を罵った末、御所の奥を取り仕切っていた職を辞し、伊豆の山に隠遁してしまった。

追討令は政子の名で義時が勝手に出したもので、政子も時元挙兵の経緯は全く分からない。だが義時は断固たる態度で「すべては事実で、こうするしかなかった」と言い切ったので、政子には抗弁すらできなかった。

鎌倉にいる唯一の姉妹の阿波局との関係が断絶してしまったのは、政子にとって痛恨事だったが、鎌倉幕府の安定を図るには義時の決断もやむなしと思い直した。

また同様の謀反を防ぐべく、義時は三月二十七日、駿河実相寺の僧となっていた時元の弟の道《どう》暁《ぎょう》を殺した。道暁は阿波局の腹ではなかったが、源氏に連なる者の血を根絶やしにしようという義時の決意は固かった。翌承久《じょうきゅう》二年（一二二〇）四月には、頼家の遺児の禅暁も、公暁の企てに加わった嫌疑で殺されることになる。

義時は朝廷に対しても矢継ぎ早に手を打った。実朝の死が朝廷に衝撃をもたらしたと聞いた義時は、中原季時に替えて伊賀《いが》光季《みつすえ》と大江親広の二人を京都守護に任命した。二人とも文士だが交渉事を得意とするので、またとない人選だった。

この間、朝廷では幕府の要請にどう応えるかの審議が続いていた。その結果、閏二月四日に後鳥羽が下した結論は、「親王二人のうちの一人を下向させるが、今すぐではない」という回答だった。

同月十二日、行光の使者から報告を聞いた政子と義時は、十四日にその使者を送り返し、再び奏聞させることにした。

数日後、京から戻った使者によると、後鳥羽の意向は変わらず「今すぐではない」と繰り返したという。二人は同じ返答が繰り返された場合のことも考えていて、「では、いつになりますか」と使者に奏聞させたが、それについての返答はなかったという。


その夜、義時が政子の住む大倉屋敷にやってきた。

「此度の院の返答を、いかにお考えか」

さすがの義時でも、後鳥羽の胸の内までは読めないようだ。

「かつて私が使者となり、親王将軍を迎えたいという将軍家の意向を伝えた時、院は快諾なされました。しかし此度は『今すぐではない』というご返答でした。これはいわば『送らない』という示唆ではありませんか」

「姉上もそう思われましたか。いかにもこの後退は、そうとしか取れません」

「やはり将軍家の横死が、院のお心に何かを生じさせたのでしょうか」

「おそらくそうでしょう。院とて子は可愛い。将軍家が二人続けて殺されるような危うき地に息子を送り込むことに、嫌気が差したのかもしれません」

灯明皿の灯りに照らされた義時の顔は、いっそう皺深くなっていた。義時も五十七歳になり、すでに老境に入っているのだ。

「しかし親王将軍を擁立できれば、院の構想は実現できるはず」

院の政権構想は、治天の君が最高権力者として君臨し、その下に権門として治安維持を司る武家が存在するというものだ。つまり武家政権なるものは存在せず、その権力は朝廷あってのものという考え方だった。

「姉上、そうとは言い切れません。院はわれらが親王将軍を傀儡《かいらい》にし、場合によっては人質にするとでも思っているのかもしれません」

「だとしても、院と縁もゆかりもない者が将軍になるよりはましでしょう」

「もちろんです。しかし院は、仲のよかった前将軍家をむざむざと殺させたわれらに信を置いていないのでしょう」

「いかにも。かつて院の信頼厚かった平賀朝雅殿も殺されましたからね」

政子の皮肉に義時が鼻白む。

「あれは致し方なかったことです。逆にあの時、謀反の芽を摘み取っておいたからこそ、前将軍家の世は安泰となったのです」

——それを本気で言っているのですか。

義時は父の時政同様、機先を制することを得意としている。相手が死んでしまえば何ら抗弁できず、またこの世に残った一族も力を失い、逆らえなくなるからだ。

——そういえば、佐殿もそうでした。

頼朝のそうした手法が効果的だったことで、それに時政が倣い、義時も倣っているのだ。

「姉上、何をお考えか」

「いえ、何も——」

「いや、お考えは読めます。院は、われらをお疑いになっていると思っているのでは」

「お疑いとは、われらが千幡を殺したとでも」

義時がうなずく。

「そなたはまだしも、私は母ですぞ」

「そうでした。それを失念しておりました」

義時が苦笑する。

――そうか。院は鎌倉府を一枚岩として見ていないのかもしれない。

後鳥羽が信用できないのは、鎌倉幕府そのものではなく義時なのだ。

「小四郎、院は将軍家を守れなかったそなたに怒っているのではありませんか」

「何と、それがし一人に責を負わせるおつもりか」

「そうではありません。院のお気持ちを忖度しているのです」

「では、どうしろと言うのです」

義時が開き直ったように問う。

「間もなく弔問使が参りましょう。それで院のお考えが明らかになるはずです」

これでこの日の密談は終わった。

ここに来て義時の独断専行が過ぎると、政子は感じていた。おそらく五十七歳という年齢から自らの死後を見据え、焦りが生じているのかもしれない。しかも義時は、北条氏の次代を担う泰時との仲は良好とは言えない。政子がいるから、二人は仲違いせずにここまでやってこられたと言っても過言ではなく、もしいなくなれば、事あるごとに対立するに違いない。さらに悪いことに、政子と義時の異母弟の時房は泰時と親密で、義時とは距離を置いている。

――つまり小四郎は孤立し始めている。

義時はそれが癪《しゃく》に障り、独断専行に拍車を掛け、何事にも強硬手段を取ることにつながっているのかもしれない。

――だが鎌倉府を守るには、小四郎を押し立てていかねばならない。

義時なくして鎌倉幕府を守っていくことは覚束ない。それゆえ政子は心情的には泰時と時房に与していても、あくまで義時との二人三脚という体制を崩すわけにはいかないのだ。

――親王将軍の擁立だけでも、早急に実現させねば。

それが実朝の遺志であり、鎌倉幕府の総意でもあるからだ。

政子はひとまず弔問使の来着を待つことにした。

だがこの頃、後鳥羽は「どうして将来、この国を分かつようなことができようか」と側近に語ったと『愚管抄』には記されている。実朝がいてこそ「朝廷が武門を包摂する」、すなわち権門体制が実現できると後鳥羽は信じており、実朝抜きの幕府など認められないのだ。

京と鎌倉、双方の気持ちは徐々に擦れ違い始めていた。

四

閏二月二十九日、一条信能《いちじょうのぶよし》が政子の許に暇乞いにやってきた。信能は後鳥羽の院近臣出身で、実朝との間の連絡を円滑にするため長らく鎌倉にいたが、後鳥羽から帰還命令が出されたので帰京するという。後鳥羽との距離がさらに開くことを案じた政子は引き止めたが、信能は「帰還しなければ官職を解く」と後鳥羽から言われているとのことで、帰還を許可せざるを得なかった。

三月九日、後鳥羽の弔問使として鎌倉に下向した藤原忠綱《ただつな》を、政子は大倉屋敷で迎えることになった。将軍が不在のため、弔問は御所でなく、政子の住む屋敷で行われるのだ。

忠綱は院の北面を務めた後、内蔵頭《くらのかみ》や左馬頭《さまのかみ》を歴任し、この時は細工所別当という朝廷の造営事業の長に就いている中堅官僚だ。

儀礼的な弔問を申し述べた後、忠綱はついでとばかりに一つの提案をしてきた。それが摂津国の長江と倉橋という二つの荘園の地頭を改補《かいふ》してほしいという要求だった。この二つの荘園の地頭は義時だった。

長江と倉橋は後鳥羽が愛妾の亀菊《かめぎく》に与えた荘園だが、その収穫物や権益が地頭に侵されたと訴えられ、以前から後鳥羽は頭を痛めていた。だが地頭の改補要求は、公式文書では地頭職解任の院宣《いんぜん》となり、鎌倉幕府の存在意義を揺るがすに等しいものだった。

実は後鳥羽の底意には、改補要求を認めれば親王将軍を下向させるという交換条件があり、それによって実朝健在の頃と変わらず、朝幕融和を進めてもよいという含みがあった。

この二つの荘園は神崎川と猪名川《いながわ》の合流点にあり、川を下れば瀬戸内海に通じ、川をさかのぼれば後鳥羽の別荘のある水無瀬から鳥羽、そして京へと通じる水運の要衝だ。かつて頼朝は、朝幕が手切れになった時の事を考え、京への物資輸送の喉首を押さえるこの地を義時に与えたのだ。

一方、後鳥羽にしてみれば、それほどの要地を義時に押さえられていたのではたまらない。

結局、鎌倉幕府としては、この場は返答を保留し、後に使者を送って伝えることで忠綱を納得させた。

忠綱が都に帰った後の三月十一日、御所の大広間には政子、義時、時房、泰時、そして大江広元が集まり、この件を審議することになった。

実朝亡き後の鎌倉幕府は、広元を除けば北条一族だけで運営されており、かつての十三人の合議制など夢のような話だった。

政子と義時の異母弟・時房は時政の三男で、年齢は義時より十二も若い四十五歳になる。泰時は義時の庶長子で、三十七歳の働き盛りだ。

「皆は、これをいかに思う」

義時が切り出すと、すぐに時房が口を開いた。

「替地さえ用意しない地頭職の一方的な解任は、受け容れられるものではありません」

「一所懸命」を旨とする御家人にとって地頭職の解任は死活問題であり、いかに各地に所領を持つ義時とて、「はい、そうですか」と承諾できるものではない。だいいちこんな前例を作ってしまえば、後鳥羽はこれからも要求を激化させていくだろう。

「おそらく――」と広元が額に皺を寄せて言う。

「院は右京兆殿を試しておいでなのでしょう」

「何を試すというのか」

義時が憤然として問い返す。最近の義時は、広元に対してもぞんざいな口調で接する。

「院としては、将軍家亡き後も朝廷と友好的な関係を続ける気があるかどうか、われらに探りを入れておるのではないかと」

政子が疑問を口にする。

「なぜ院は言葉で確かめず、こうした試し方をしてきたのでしょう」

時房が答える。

「都から入ってくる雑説によると、朝廷は以前に比べて兵力が強化され、また西国の御家人たちに官職を勝手に授けることで、手なずけることに成功していると聞きます」

「まさか院は、われらと戦うつもりなのでしょうか」

義時が憤然として言う。

「そこまでは考えておるまい」

広元が首を左右に振る。

「いやいや、人というのは増長します。院は己の威光を過大に評価し、一度声を掛ければ、万余の兵が集まると思っているのかもしれません」

「馬鹿馬鹿しい」

泰時がうそぶくと、義時が厳しい声で叱った。

「金剛《こんごう》、大官令に無礼だろう」

泰時の幼名は金剛という。

「これはご無礼仕りました。しかしいかに院とて、武を専らとするわれらに戦で勝てるはずがありません」

政子が釘を刺すように言う。

「その通りです。しかしわれらが一枚岩ではなかったとしたら――」

四人の顔が険しいものに変わる。

「西国の御家人たちは表裏定まりません。まずは大内惟義」

惟義は六カ国の守護に任命され、在京御家人の代表として後鳥羽の信頼も厚い。しかも源家一門に連なるので、息子の惟信を将軍職に就けたいという野心があるという噂も聞こえてくる。

都の事情に精通する時房が言う。

「大内殿は、かつて弟の平賀朝雅殿を殺され、われらに恨みを持っています」

泰時がしみじみと言う。

「朝幕間の融和を取り持っていた平賀殿を、こちらの事情で殺したのですから、院もさぞやお怒りでしょう」

義時が再び叱る。

「そなたは何が言いたい。格別の計らいで同席させているのに、何か含みがあるなら出ていけ！」

すかさず政子が仲裁に入る。

「右京兆殿、駿州殿は次代を担うお方ですぞ。己の思うところをはっきりと言わせることが大切です。駿州殿も議題を逸らすようなことを申してはいけません」

泰時はすでに駿河守に任官していたので、駿州と呼ばれる。

「申し訳ありません」と泰時が政子に謝る。だが義時には一瞥もくれない。

義時が独り言のように言う。

「つまり朝廷の武の柱は大内ということだな」

「兄上」と時房が険しい声音で返す。

「誰かを送り込むなど、ゆめゆめ考えてはおりますまいな」

「誰かを送り込むだと――」

「はい。大内殿を殺すのは軍勢でないと無理です。下手な者を送り込めば――」

「分かっておる！」

このところ義時は短気になっていた。

――まるで誰かを見るよう。

それが晩年の頼朝なのは明らかだった。だが義時の場合、病から来る短気ではなく、泰時と時房が自分に同調せず、反論することが多くなった歯がゆさから来ているに違いない。

――しかし大内殿をうまく仕留められれば、院も武力で対抗することはあきらめるやもしれぬ。それによって戦が防げるなら、それに越したことはない。

「右京兆殿、絶対に仕損じない自信はありますか」

「尼御台様まで、そんなことを――」

時房が憤然として言うと、泰時が首を左右に振った。

「仕損じれば院は激怒し、本当に戦となります。院は、すべての武士に父上追討の院宣を下すでしょう」

「なぜわしなのだ。鎌倉府ではないのか」

「鎌倉府とは、父上のことではありませんか」

「そんなことはない！」

政子が二人を制する。

「お待ち下さい。私は仕損じない自信があるかどうかを問うているのです」

義時の顔に残忍そうな笑みが浮かぶ。

「姉上、それはご心配なきよう」

――そういうことか。

義時はこんな時に備え、死をも厭わぬ者たちを飼っていた。彼らは仕損じれば死を選ぶ。それによって鎌倉に住む係累が恩賞を受けられるようにしているからだ。もちろん係累は人質の役割りも果たしている。

広元が言う。

「一人の死が多くの者を救うなら、致し方なきことと思います」

「大官令までさようなことを申すか」

泰時がため息をつくと、政子が断じた。

「やりなさい」

義時がうなずく。その顔は、魔に憑りつかれた者特有の陰湿さに溢れていた。だがそれは政子も同じなのだ。

この二カ月後、大内惟義が急死を遂げる。後鳥羽は怒り狂ったが、毒殺かどうか分からなかったので、あからさまに鎌倉幕府を指弾できなかった。

「それはそれとして――」と広元が切り出す。

「右京兆殿は長江と倉橋の地頭職を返上するおつもりか」

「そのつもりはない」

義時が断固として言う。

「では、院宣を蹴るということですな」

「そうだ」

「お待ちあれ」と時房が言う。

「院は、この国に生きる者すべてが己に従わねばならないと思っているお方です。それにあからさまに盾突けば、行くところまで行くしかなくなるでしょう」

義時がにやりとする。

「朝廷に何ができる」

「父上」と泰時が膝を進める。

「これまで治天の君に盾突いて勝った者は、一人としておりません」

「だとしたら、このわしがその最初の一人となってみせよう」

「何と畏れ多いことを！」

政子が咎めたが、それを手で制して泰時が続けた。

「この鎌倉にいる御家人たちも、院宣が出てしまえば表裏定まらぬ動きをするでしょう」

「それは違う」

義時が決然として言う。

「御家人どもの所領と権益を守るのは、朝廷ではなく鎌倉府だと知っている」

その言葉は決定的な意味を持っていた。だからこそ頼朝は幕府を開けたわけで、それ以後も幕府が続いている理由だからだ。

しばしの沈黙の後、広元が確かめる。

「右京兆殿は、院と戦う覚悟がおありなのだな」

「あちらが戦うつもりなら、致し方ありますまい」

「お待ちあれ」と再び時房が発言を求める。

「合戦を未然に防ぐには、威圧することが大切では」

「どうやって」

「それがしが一千の御家人を率いて上洛します。それで院に断りを入れます」

時房は後鳥羽と公家たちを威嚇することで、戦などしても鎌倉方には敵わないという意識を植え付けようというのだ。

――戦を避けるにはこれしかない。

政子は一抹の不安を抱えつつも、その案に同意した。

「異存ありません」

「致し方ありませんな」と泰時も応じる。

広元も渋々うなずく。

「保元の乱以来、公家どもは武家が恐ろしくてたまらぬのです。京で武威を示せば、たちどころに戦う意思をなくすでしょう。それは院も同じ」

「分かった」と言って義時が膝を叩く。

「相州、そなたにこの件を預ける。院の覚えめでたきそなただ。武威を示しつつも丁重に地頭職解任を拒否すれば、院にも分かっていただけると思う。そして武威を示すことで親王の下向をも促すのだ」

かつて時房は上洛した折、蹴鞠の技量を認められ、後鳥羽の覚えがめでたい一人となった。それ以来、北条一門で時房だけは特別の扱いを受けていた。

「承知仕った」

時房が力強くうなずいた。


三月十五日、一千の騎馬武者を引き連れた時房が、尼将軍政子の正使として鎌倉を発った。

二十三日に上洛を果たした時房は、二つの荘園はかつて頼朝から義時が賜ったもので、これらを返上することはできないと、後鳥羽に断りを入れた。また幕府の法では、守護・地頭は終身制であり、その者が大犯《たいぼん》を犯さない限り罷免《ひめん》できないとも告げた。

この威嚇行動に、後鳥羽が気分を害したのは明らかだったが、後鳥羽の返答がなかったため、了解したと受け取った時房は親王将軍の下向を要求する。だがそれにも後鳥羽の返答はなく、幾度か促してもなしのつぶてだった。貴人の返答がないのは「不快」の意思表示なのだが、時房には理解が及ばない。

地頭職の改補は、後鳥羽としては「今後も朝幕融和を進めていくかどうか」の試金石だったが、それがにべもなく拒否されたことで、後鳥羽の心中にある覚悟が生まれた。

五

建保七年（一二一九）は四月十二日に改元され、承久元年となった。

このままでは双方引くに引けなくなると思っていたところで、後鳥羽の方から歩み寄りを示してきた。後鳥羽はそれとなく自らの意思を側近に漏らし、それを鎌倉に伝えるようにしていたが、今回は後鳥羽の意向が三浦義村に伝えられた。

それは「関白や摂政の子だったら、鎌倉に下向させても構わない」というものだった。義村はこのことを義時に報告し、「武衛様の妹御の孫が産んだ子がよいのでは」と提案までした。

頼朝の妹の孫が産んだ子とは、摂関家の九条道家《みちいえ》の十歳になる長男の教実《のりざね》のことだ。

だが紆余曲折の末、鎌倉に下向して将軍になるのは、二歳になる道家の次男の三寅《みとら》に決定した。三寅は親幕府派公家の西園寺《さいおんじ》公経《きんつね》が養育しており、公経が強く推したからだ。これが後の摂家《せっけ》将軍・藤原頼経《よりつね》である。

六月三日に関東下向の宣下を得た三寅は同月二十五日、北条時房、同泰時、三浦義村ら迎えの者たちと一緒に京を出発した。

三寅一行は七月十九日に鎌倉に到着し、義時の屋敷に入った。かくして親王将軍の実現はならなかったものの、「次善の策」として摂家将軍が誕生した。しかし二歳では何もできない。それゆえ義時の思惑通り、鎌倉幕府は政子と義時が牛耳ることになった。

これで曲がりなりにも朝幕融和が成ったと思っていた矢先、京でとんでもない事件が起こった。同月十三日、かつて以仁王と共に平家打倒の兵を挙げた源三位《げんざんみ》頼政の孫で、大内裏の守護を務める源頼茂が大内裏に火を放ったのだ。

実朝の死去を聞いた頼茂は、摂津源氏の惣領の自分こそ将軍にふさわしいと思っていた。ところが三寅の将軍就任が決まったことで失望し、伊予の河野一党や遠江の井伊《いい》一族ら親しくしていた者たちに謀反を呼び掛けたという。それを誰かが院に注進したため、院は頼茂を呼び出して真偽を糺そうとした。

だが頼茂はそれに応じず、大内裏に籠もって在京御家人や西面《さいめん》の武士たちと一戦を交えたのだ。むろん衆寡《しゅうか》敵せず、頼茂は仁寿殿《じじゅうでん》に火を掛けて自害した。

それだけなら謀反人の追討で済んだのだが、御所の火は収まらず、多くの殿舎、諸門、宝物を焼いてしまった。しかも後日、武士たちが功を求め、頼茂に院の召喚の意を伝えずに討とうとしたことが発覚し、後鳥羽は武士たちへの怒りを募らせた。

大内裏を焼いてしまった責任は、後鳥羽に重くのしかかっていた。

兵火によって大内裏が焼け落ちるのはこれが初めてで、王権の象徴たる宝物の焼失は、後鳥羽の心に深い傷跡を残した。身体頑健な後鳥羽もこれには堪えられず、八月半ばから一月以上も病床に伏すことになる。

この事件は鎌倉幕府に関係のないものだったが、後鳥羽の怒りは、武士の象徴たる鎌倉幕府へと向けられていく。

承久元年の後半は、鎌倉でも不吉なことが続いた。

まず二階堂行光が五十六歳で病死する。行光は公家出身の文士（文官）だった父の行政の跡を継ぎ、京と鎌倉を結ぶ懸け橋のような役割を果たしていた。双方に顔の利く行光の死は、朝幕の距離をいっそう遠ざけることになった。

九月二十二日には、鎌倉が大火に包まれた。火は由比ヶ浜の北から起こり、折からの南風に乗って若宮大路まで焼き尽くした。幸いにして御所や政子の屋敷は類焼を免れたが、頼朝の鎌倉開府以来、これほどの大火はなかったので、京でも「不吉の前兆」と噂された。

十一月には大風が吹き、時房が新築した屋敷が倒壊した。十二月十七日には、政子が病を得た。この時はすぐに快癒したが、二十四日には、政子の所有となっていた大倉屋敷が失火から焼失した。政子は三寅の新邸に移り、同居することになった。

あまりに不吉なことが続くので、政子は実朝の追善供養として、勝長寿院の傍らに五仏堂と呼ばれる寺院を建立し、不動明王などの五大尊像を安置した。

様々なことが起こった承久元年だったが、それもいよいよ終わろうという十二月の夜、泰時が内々に政子の許にやってきた。

時候の挨拶を済ませた後、泰時が切り出した。

「近頃の父上の専横をいかにお思いか」

「そのことですか」

政子はため息を漏らした。かねてより義時と泰時の不仲には政子も頭を痛めており、それが鎌倉幕府の力を弱めることにつながらないか、政子は懸念していた。

「前将軍家が身罷《みまか》られた後、父上は尼御台様を尼将軍として祭り上げ、すべてをお二人の考えで進めてきました」

実際には義時が独断専行することが多かったが、それを泰時の前で言っても仕方がないので、政子は黙っていた。

「父上はこの九月、義兄の式部丞《しきぶのじょう》殿を二階堂殿（行光）の死で欠員となった政所執事に任命し、十月には伊予中将殿《いよちゅうじょう》を京から迎え、伊賀《いが》の方との間に生まれた娘を嫁がせました」

式部丞こと伊賀光宗《みつむね》は、義時の後室に妹の伊賀の方が入ったことで義時に重用され、侍所所司から政所執事に累進していた。

一方、伊予中将こと一条実雅《さねまさ》は三寅と共に鎌倉に下向してきた公家の一人で、次第に義時と緊密な関係を築き、義時の娘を室にしていた。まさに二人は義時を支える両翼となってきており、義時を中心にした権力構造から、泰時や時房は締め出されつつあった。

父子の確執に巻き込まれたくないという思いから、政子はあえて突き放した言い方をした。

「もちろんそのことは存じておりますが、それが何か」

「尼御台様、今更何を仰せか。これぞ父上が政を独占する兆しに違いありません」

「たとえそうであっても、それが鎌倉府と御家人たちにとってよきことなら、構わないではありませんか」

「そうでしょうか。政とは誰か一人が私《わたくし》するものではなく、様々な者が対等の立場で議論して進めていくものです」

「それはそうかもしれませんが、この尼も年を取りました。それゆえ右京兆は、この尼の死後を見据えているのでしょう」

「それでよろしいのですか。このままでは、父上の独裁を是認することになります」

「そなたに跡を譲るまでの、暫定的なものではありませんか」

泰時が首を左右に振る。

「それがしが父上の跡を継ぐことはありますまい」

「そんなことはありません。そなたが跡を取ることは、私と右京兆が決めたことで、そなたにも相州（時房）にも、すでに告げてあることです」

「それは聞いております。ですから父上は表立ってそのことには触れません。しかし尼御台様、無礼を承知で申し上げさせていただくと、万が一尼御台様が逝去すれば、父上はそれがしの後継の座を反故にし、悪くすると叔父上（時房）もろとも、それがしを亡き者にするでしょう」

「己の子を討つ親などおりません」

「父上なら――」と言って泰時が口をつぐんだ。

――いかにも小四郎ならやりかねない。

だが政子自身、頼家を死に追いやっているのだ。

「では、名越殿が後継に据えられるのですか」

泰時の別腹弟で十歳年下の朝時は、時政追放後、その豪壮な名越の邸宅を相続したため、名越殿と呼ばれる。

「いいえ。父上は四郎を後継に据えるつもりです」

四郎とは四男の政村《まさむら》のことで、現正室の伊賀の方の所生では長男にあたる。当初、義時は頼朝に懇請して室に迎えた姫《ひめ》の前《まえ》の所生の朝時を嫡男としていたが、姫の前は父時政によって滅ぼされた比企氏の出身だったので離別し、伊賀の方を正室に迎えていた。それゆえ政村には、北条氏の嫡男を示す四郎という幼名が与えられていた。

すなわち義時の後継者は、表向きは朝時から泰時となっていたが、政子が死せば、政村に変わるというのだ。

「それだけならまだしも、父上はそのうち三寅殿を廃し、伊予中将を将軍職に就けようと思っています」

「何と、それは真か」

それは政子も初耳だった。

「あくまで風の噂ですが、伊予中将が将軍となれば、姑の伊賀の方を中心とした閨閥《けいばつ》ができます」

それが実現すれば、実雅、政村、光宗の間で、相互に外戚関係が構築され、義時とその取り巻きの地位は盤石となる。

「しかしそんなことをすれば、摂家将軍を認めた院の顔に泥を塗ることになります」

「いかにも。それゆえ何としても父上の専横を阻止せねばなりません」

ようやく政子にも事態の深刻さが分かってきた。

「つまりそなたは、父の跡を取りたいからそう申しているのではなく、大局から鎌倉府の危機を案じているのですね」

「申すまでもありません。何よりも大切なのは鎌倉府を存続させることです。それがし一個のことなど、どうでもよいことです」

「そなたの気持ちは分かりました。しかしどうすればよいのか――」

すでに政子も義時とは距離ができ始めており、何を言っても聞いてくれるようには思えない。

「当面は何もせずとも構いません。本日のところは、父上の思惑を尼御台様に伝えておきたかっただけですから」

「そうですか。話の筋はよく分かりました。これからも注視していきましょう」

「はい。よろしくお願いします」

泰時が深く頭を下げた。

京と鎌倉の関係が冷め始めているこの時期、北条家中に亀裂が入り始めているのは、鎌倉幕府にとっても痛手だ。

――佐殿、どうすればよいのですか。

思い出の中の頼朝は笑みを浮かべているだけだが、その返答は分かっていた。

「武士の府の存続を第一に考えよ」

政子は、まだまだ生きねばならないと思った。


大内裏を焼失し、失意のうちに体調まで崩した後鳥羽だったが、病が癒えた承久元年後半には活力を取り戻し、大内裏の再建に着手した。だが「造内裏役《ぞうだいりやく》」という特別税を周辺諸国に掛けたため、国司、地頭、荘園領主たちから猛烈な反発を食らった。

後鳥羽の耳にも届くほどの不平不満の声は、建暦二年（一二一二）に実朝の協力の下、閑院内裏を造営した時とは、隔世の感があった。

こうした変化は、誰かが陰に回って邪魔をしているからではないかと、後鳥羽は勘繰っていた。現に北陸道の越後・加賀両国が大内裏の再建に協力しなかった。越後守護は義時、加賀守護は義時の次男朝時なので、後鳥羽の怒りは義時に向けられていく。

かつて後鳥羽は、実朝を通じて軍事権門の鎌倉幕府を掌握したつもりになっていた。だが実朝亡き後、摂家将軍を傀儡として推戴した義時の専横は目に余るものがあり、このままでは、後鳥羽の目指す権門体制の実現は困難になる。

それゆえ後鳥羽は、いかに義時を排除するかを考え始めていた。

こうした波乱の予兆を孕みながら承久二年（一二二〇）となった。

正月の行事や儀式も一段落した十四日、時房の息子の次郎時村と三郎資時《すけとき》が突然、出家を遂げた。表向きの理由は実朝の死を悼んでのことだというが、鎌倉の民の間では、時房が義時を討つために挙兵するので、それが失敗した場合に、息子二人に危害が及ばないようにしたのだという噂が流れていた。

不穏な空気が鎌倉を覆い始めていた一月末、今度は窟堂《いわやどう》周辺が火災に見舞われた。二月十六日には大町から由比ヶ浜にかけて焼失し、さらに二十六日には再び大町の辺りから火災が起こり、泰時の屋敷の手前まで火が迫った。

火災は鎌倉だけではなかった。京では三月二十六日には清水寺が、四月十三日には祇園本社が、十九日には慈円の吉水坊《よしみずぼう》が焼け、二十七日には御所で失火があり、前年に焼け残った殿舎と門のいくつかが灰燼《かいじん》に帰した。

異常なまでに火災の数が多いのを案じた後鳥羽は、延暦寺で千僧御読経《せんそうみどきょう》という千人の僧を集めての一大読経会を開いた。このことを知らせる使者が六月に鎌倉に来て、「若宮（三寅）の御祈禱を行うべし」と催促してきた。つまり「三寅に災いが及ばないように祈禱せよ」という命令だ。それゆえ広元が中心となって審議の上、鶴岡八幡宮で大般若経《だいはんにゃきょう》の転読を行った。

七月になると激しい風雨によって鎌倉中の民家が倒壊し、溢れ水で川の近くに住んでいた者たちの多くが溺れ死んだ。

九月には大風で失火が起こり、義時の屋敷の手前で何とか消し止められた。十月も大規模な火災で町屋が南北二町も焼失した。

そうした最中の十二月、様々な反対に遭っていた大内裏の再建が成った。だがこれは形ばかりの再建で、本来の姿にはほど遠かった。かくして後鳥羽の鬱屈は次第に大きくなっていく。

六

承久三年（一二二一）になっても、朝幕間の緊迫は続いていた。それでも双方は互いに無視するかのように、儀式や行事を行っていた。

鎌倉では、実朝の三回忌法要が執り行われていた。

長く続く読経の声は眠りを誘う。若い頃は眠気など何でもなかったのだが、ここのところそれが難しい。幾度となくはっとして姿勢を正すのだが、眠気はすぐにやってくる。

やがて読経が終わり、導師を務める寿福寺長老の荘厳房律師《しょうごんぼうりつし》行勇が座に戻った。

その時、衣冠束帯姿の誰かが、こちらにやってくるのが見えた。

――あれは千幡では！

政子は目をこすろうとしたが、そこが法華堂で、実朝の三回忌法要の場だと思い出し、手を引っ込めた。だが実朝とおぼしき人物は堂々と胸を張り、導師を務める行勇の許へと歩んでくる。

――ああ、千幡、生きていたのですね。

この場が法華堂でなければ、政子は立ち上がって抱きしめたいと思った。周囲からどよめきのようなものも聞こえてくるので間違いない。

やがて実朝は政子の目の前まで来た。その時、初めて政子は気づいた。

——千幡ではない。

その青年は、千幡に姿形は似ているものの別人だった。

——いったい、誰。

記憶を手繰り寄せ、それが一条実雅だと分かった。落胆が波のように押し寄せてくる。

実雅は堂々たる態度で、行勇に近づくと目録を渡した。

——その役は小四郎のはず。

「お礼の品々」を読み上げる役は義時だと事前に聞いていたので、政子は意外だった。先ほどの周囲のどよめきも、義時でないことに驚いてのものだったと気づいた。

「此度の追善供養をつつがなく執り行っていただき、感謝の言葉もありません。つきましては、お礼の品々を披露いたします」

そう言うと実雅は「砂金五十両、鞍付きの馬三頭、上絹百疋《ぴき》、そして亡き将軍家が最後に帯びていた細太刀一腰」などと読み上げた。さらに貧民への施行や罪人の恩赦なども発表された。

その時、堂の入口付近がざわつくと、義時が現れて後方に座した。

——いったいどういうこと。

実雅が義時の代理だと分かったが、代わった理由までは分からない。

その時、政子に閃《ひらめ》くものがあった。

——御家人たちが参集するこの場で、小四郎は次の将軍家のお披露目を行ったのだ。

義時の真意が分かると、沸々と怒りが湧いてきた。

——本来なら次期将軍に内定している若宮（三寅）が行うべきことだが、三歳ではとても務まらない。それゆえ小四郎自ら若宮の代理を務めると言い出した。しかし小四郎は私にも内緒で、実雅に代理の代理を務めさせたのだ。

やがて法要が終わり、御家人たちが外に出ていく。義時も悠然と立ち上がると、親しい御家人たちと歓談しながら去っていこうとしている。

その時、此度の法要の奉行を務めた安達景盛の姿が目に入った。景盛は実朝の死を悼んで出家し、今は亡き父の盛長同様、高野山に参籠していたので、長らく鎌倉を不在にしていた。昨年ようやく帰還し、それ以来、政子のよき話し相手になっている。

「高野入道《こうやにゅうどう》、これはどういうことです」

景盛は高野入道と呼ばれていた。

「おそらく右京兆殿には、次の将軍家は伊予中将という含みがあるのでしょう」

景盛が険しい顔で言う。

「やはりそうでしたか。ご足労ですが、小四郎にわが邸に参るよう伝えていただけませんか」

「御意のままに」と言うや景盛は袈裟を翻し、義時の後を追った。

その日の午後、景盛に導かれるようにして義時がやってきた。

「姉上、どうかいたしましたか」

義時は明らかに不貞腐れていた。

「どうもこうもありません。本日のこと、そなたは何を考えているのですか」

「本日のこととは」

政子が理由を話すと、義時が冷笑を浮かべながら答えた。

「よく考えると、それがしが将軍家の代理を務めるのは僭越な話です。しかし若宮はまだ幼少。それなら傅役《もりやく》の伊予中将に若宮の代理を担ってもらえばよいと思ったのです」

「しかしそれでは――」

政子の話を最後まで聞かず、義時が言葉をかぶせてきた。

「姉上は何をお考えか。まさか修理亮に代理を務めさせればよかったとでも言いたいのですか」

義時の代理なら泰時が適任だが、三寅の代理なら、傅役の実雅でもおかしくはない。

「では、聞きます」

「何なりと」

「そなたが伊予中将を将軍職に就けようとしているという風聞が入ってきています」

義時が不快をあらわにする。

「いったい誰がさような風聞を流すのですか。われらは、あれだけ苦労して若宮をもらい受けたのですぞ」

「それは本当ですか。そなたには別の構想があるのでは」

義時がため息をつく。

「姉上は、いつまで武士の府を己のものとするつもりですか」

義時の言葉には、強い非難の色が込められていた。

「そなたは、姉をないがしろにするのですか」

「そうではありません。ただ向後のことは、それがしにお任せいただけませんか」

「お待ちなさい。そなたとてもう五十九。隠居してもよい年です。にもかかわらず、家督も執権の座も修理亮に譲らないのは、どういう考えからですか」

執権という役名が正式なものになるのは次代からだが、この頃から、将軍の政を代行する者は執権と呼ばれるようになっていた。

「それこそ、北条家中のことではありませんか。姉上はすでに源家の人であり、北条家のことに口出しできる立場にありません」

「今更何を言うのです！」

建て前はその通りだが、それなら頼朝に輿入れした時から政子は源家の人間となり、北条家中のことに関与できないことになる。だが時政も義時も、政子を都合よく利用してきた。

その時、広縁に控えていた景盛が膝を打たんばかりに言った。

「お待ち下さい。今の右京兆殿のお言葉で埒《らち》が明いたではありませんか」

義時が吐き捨てるように言う。

「何の埒が明いたというのか！」

「右京兆殿、入道に無礼ではありませんか！」

「これはしたり。ご無礼の段お許し下さい」

義時は謝罪したが、不機嫌そうに横を向いたままだ。

「いや、拙僧が悪かったのです。埒が明いたという拙僧の言葉に誤りがありました。伏してお詫び申し上げます。要は右京兆殿に他意はなく、将軍家は若宮、次の家督と執権は修理亮殿でよろしいのですね」

——さすが入道。

景盛はこの場を借りて、義時から言質《げんち》を取ろうというのだ。

義時が憎々しげな顔を景盛に向ける。

「それは内々のこと。鎌倉府内で何の役にも就いていない高野入道に申し上げるべきことではありません」

「拙僧についてはその通り。しかし鎌倉府を打ち立てたのは、今は亡き武衛様と尼御台様のお二人。尼御台様には、次代の構想をお話ししてもよいのではありませんか」

かつて一枚岩だった頃のように、政子が優しげな声で言う。

「小四郎、いや右京兆殿、そなたの本音を聞かせてほしいだけです」

義時がうんざりしたように言う。

「若宮はいまだ三歳。一人前の将軍になるまで、十五年は掛かりましょう。それゆえその間、誰かを将軍代行の地位に就けねばなりません」

ようやく義時の本音が見えてきた。

「それが伊予中将だと言いたいのですね」

「ほかに誰がおりましょう。幼き頃から若宮に近侍し、若宮と強い絆で結ばれた伊予中将だからこそ、若宮の意志を反映できます。しかし傅役のままでは、御家人たちは言うことを聞きません。それゆえ、それなりの地位に就けねばならぬのです」

「それを本心から申しておるのですか。なし崩し的に伊予中将を将軍職に就けようなどと思っていませんね」

「当然のことです。さようなことをすれば、後鳥羽院との信頼関係は断ち切られます」

三寅は渋る後鳥羽と折り合いをつけながら、もらい受けてきた将軍候補なのだ。

だが政子は、義時が「院の信頼」などと平然と言うことに抵抗を覚えた。

「院の信頼などと、よく申せますね。そなたは、院の地頭改補要求に応じなかったではありませんか。それだけでも院の不興を買っています」

かつて義時は、後鳥羽から出された二つの荘園の地頭改補要求を蹴った。実朝の生前まで、鎌倉幕府と蜜月関係を続けていた院の衝撃は大きかったらしく、不快の念をあらわにしているという話も聞こえてくる。

「それを今更持ち出されても困ります。皆も合意したことではありませんか」

「こちらはそれで片付いたとしても、院がご立腹という噂が京から漏れ伝わってきています」

「私の知ったことではありません」

義時が不敵な笑みを浮かべる。

「尼御台様」と景盛が声を掛ける。

「話がずれてきております。今日は、ここまでといたしましょう」

「分かりました。では最後にお聞かせ下さい」

義時が腹立たしそうに答える。

「何なりと」

「そなたはもう年です。突然の病に襲われ、万が一のことがあるやもしれません。その時のために、次の家督と執権を誰にするか明言しなさい」

「ですからそれは、姉上の関知するところではありません」

「しかし右京兆殿――」

景盛が何か言おうとしたが、義時はそれを制止した。

「入道、差し出がましいぞ！」

それだけ言うと、義時はその場から去っていった。

七

二月から四月にかけて、京都守護の伊賀光季や親幕派公家の西園寺公経から、後鳥羽の不穏な動きが鎌倉に伝えられてきた。

実は正月が明けて早々、後鳥羽は高陽院《かやのいん》や閑院で五壇法や七仏薬師法といった密教修法を行わせた。これらは国家鎮護のための調伏法《ちようぶく》で、表向きは何ら怪しいものではなかったが、特定の個人も調伏できるので、京雀《きようすずめ》たちは様々に噂し合っているという。

一月二十七日には、後鳥羽の臨席の下、鳥羽の城南宮《じようなんぐう》で笠懸《かさがけ》が行われた。後鳥羽が在京御家人や畿内の武士に参集を呼び掛けたので、腕自慢の武士たちが集まり、大いに盛り上がった。その後には酒宴があり、すでに後鳥羽に与すると決めている武士たちが、単なる笠懸だと思ってやってきた武士たちに、朝廷に忠節を誓うよう誘いを掛けたという。

後鳥羽の動きはさらに活発化していく。二月四日には二十九回目の熊野詣に出掛けた。この時、どのような祈願が行われたかは定かでなかったが、後に義時追討の祈願が行われたことが明らかになる。

さらに後鳥羽は四月二日、伊勢・石清水《いわしみず》・賀茂の三社に奉幣して「重厄《ちようやく》」を祓い落とすと、御家人たちの取り込み工作を始めた。

かつて源頼茂を追討した折、在京御家人たちは何の疑問も抱かず後鳥羽の命に従った。それゆえ声を掛けるだけで武士なら誰もが馳せ参じると、後鳥羽は確信していた。

中でも最も力を入れたのが、三浦義村の弟で人望人徳を兼ね備えた「平判官《へいほうがん》」こと胤義《たねよし》の籠絡だった。

これまで胤義は「造内裏役」を拒むなど、どちらかと言えば幕府に忠実な在京御家人だった。それゆえ口説き落とすのは容易でないと思われたが、後鳥羽の寵臣で北面の武士の藤原秀康が胤義を自邸に招き、酒を酌み交わしながら懇々と説いて味方に引き入れた。この背景には、胤義の兄義村への不満と対抗意識があった。


こうした風聞が政子の耳に入ったのは、西園寺公経からの書状によってだった。そこには、「伊賀殿を通じて右京兆殿に院の不穏な動きを伝えてもなしのつぶて。それゆえご迷惑とは知りつつも、尼御台様にお知らせします」と書かれていた。

これに驚いた政子は義時に使者を立てて「院の不穏な動き」を知らせるが、義時は迷惑そうに「分かっております」と答えるだけで相手にしない。しかも毎夜、取り巻きを集めて酒宴に興じているという噂も聞こえてくる。

自らに対抗する者がいなくなり、義時が増長してきたのは間違いない。少年の頃から、義時には傲慢で自信過剰な一面があった。しかしこれまでは慎重にそれを隠してきた。だが己の立場を脅かす者がいなくなった今、あからさまな態度を取り始めたのだ。

——だが小四郎なくして、今の鎌倉府は立ち行かない。

いつも行き着くのはそこだった。京に後鳥羽院という大物がいる限り、それに対抗できるのは義時を措いてほかにいない。

それでも次々と不穏な話が聞こえてくるので、政子は探索役を送り込むことにした。誰がよいか景盛に問うたところ、「波多野次郎（朝定《ともさだ》）なら機転が利くのでよろしいかと」と答えたので、早速、波多野朝定を呼び出し、「伊勢神宮への奉幣」を名目に送り出した。

その朝定が鎌倉に戻ったのは、四月十七日だった。


政子が対面の間に入ると、朝定を従えた景盛が待っていた。

挨拶もそこそこに朝定が報告する。

「まずお知らせせねばならないのは、譲位の沙汰が下ったことです」

「どういうことですか」

朝定によると、後鳥羽は順徳天皇から懐成《かねなり》親王（後の仲恭《ちゅうきょう》天皇）への譲位を行わせるつもりだという。四歳の践祚《せんそ》という異例の譲位は、後鳥羽の右腕と言ってもよい順徳の身を軽くすると同時に、何があっても自らの皇統を伝えていくという強い意志の表れだった。実際に、この三日後の二十日に践祚の儀が行われる。

景盛が嘆息しつつ言う。

「この急な譲位は、万が一われらと戦って敗れても、皇統を乱すことはさせないという院の意向の表われです」

「院は覚悟を決めたというのですね」

朝定が答える。

「そうとしか思えません。それだけでなく、近衛《このえ》家実《いえざね》殿が関白を辞し、左大臣だった九条道家殿が摂政となりました。これは、近衛殿が挙兵に強く反対していたためだとされています」

摂政や関白の首をすげ替えるのは尋常なことではない。これも後鳥羽が戦時態勢へと移行しつつある証左だった。

「これは風聞ですが、挙兵に反対なのは、近衛家実殿だけではありません」

朝定によると、近衛基通《もとみち》と藤原頼実《よりざね》という朝廷の重鎮二人も後鳥羽を繰り返し諫めているという。だが後鳥羽は聞く耳を持たないらしい。

「なぜ院は、そこまで頑なになっているのですか」

それには景盛が答える。

「もしかすると、『治天の君』の威光を過信しておられるのかもしれません」

「一つ疑問なのですが」

政子が首をひねる。

「院の狙いはどこにあるのでしょう」

「倒幕ではないのですか」

「いや、それでは御家人たちを集められません」

幕府を倒してしまえば、御家人たちが拠って立つものがなくなり、かつてのように、武士は荘園領主に使役されるだけになる。

朝定が言いにくそうに言う。

「様々な話をまとめると、どうやら院の狙いは右京兆様一個にあるようです」

「どういうことですか」

「院は前将軍家健在の頃のように、鎌倉府と蜜月を続けたい。しかし鎌倉府の権勢を一手に握った右京兆様は傲慢で、院の立場をないがしろにしています。それゆえ右京兆様と北条家だけを取り除こうとしているのだと思われます」

「では、誰を執権の座に就かせるのです」

「それは分かりませんが、藤原秀康殿か大内惟信殿、ないしは鎌倉府との戦いで大功を挙げた御家人でしょう」

「修理亮はどうです」

意外な名だったのか、景盛が首をかしげる。

「右京兆殿が退任を強いられた後に、北条家の血縁者が継ぐのはちと難しいかと」

「そうでした。忘れて下さい」

――皆の目には、小四郎と修理亮が一枚岩に映っているのだ。

政子は言葉に気をつけようと思った。

「入道、いかがすべきか」

「事が事だけに慎重を要します。下手に騒げば浮足立っていると思われかねません。それゆえ、まず拙僧が親しくしている御家人たちに、院から誘いが来ても断るよう申し聞かせます」

「とくに三浦家ですね」

「はい。三浦殿はご舎弟（胤義）が在京しているので、ご舎弟が籠絡されれば、どうなるか分かりません」

「頼みましたぞ」

「それと、もう一つ」

景盛が険しい顔で言う。

「院側は、あくまで敵は右京兆殿一人と言うでしょう。しかしこちらは、武士の府そのものが危ういと喧伝せねばなりません」

「なるほど。尤もなことです。で、右京兆には何と伝えますか」

「これから波多野次郎を連れ、大官令殿の許に参り、洗いざらい伝えます」

大官令とは大江広元のことだ。

「大官令殿から右京兆を動かすのですね」

「はい。もはやそれしか手はありません。とくに大官令殿は嫡男が京都守護として在京していま す。しかも院の挙兵を鎌倉に伝えてくるのは、もう一人の京都守護の伊賀殿と公家の西園寺公経殿ばかり。もしかすると――」

「大江民部《みんぶ》（親広）が宮方になったというのですね」

「断定はできませんが、まだ間に合うなら、大官令殿から宮方にならないよう使者を差し向けていただきます」

「分かりました。波多野殿――」

「はっ」

「此度は大儀であった。褒美は後で取らすゆえ、高野入道と共に、もうひと働きして下さい」

「もちろんです」

朝定が力強くうなずく。

「では、これにて」

二人が慌ただしく去っていった。

――何事もなく収まればよいのだが。

だが、そんな政子の願いなど吹き飛ぶほどの大乱が目前に迫っていた。

八

四月二十七日、流鏑馬汰《やぶさめぞろえ》を名目に、後鳥羽は在京御家人や畿内の武士たちに召集を掛けた。

翌日、高陽院に集まった武士は一千に及び、その前で「鎮護国家」「仏敵降伏《こうぶく》」の祈禱が行われ、最後に義時の調伏も行われた。

その中には、後鳥羽とその近臣の立案した綿密な計画に乗せられるようにして宮方となった武士もいた。彼らに主体性はなく、盛り上がりに乗っただけなので、興奮が冷めた後は一人抜け二人抜けという状況になっていく。

後鳥羽に与すると決めた者には、三浦胤義、大内惟信、後藤基清《ごとうもときよ》、佐々木広綱《ささきひろつな》、同高重《たかしげ》、八田知尚《ともひさ》といった鎌倉幕府の在京武士を代表する面々もいた。その中には和田朝盛の姿もあった。和田一族の滅亡後、一命を救われた朝盛は僧として一族の菩提を弔っていたが、後鳥羽が挙兵するという風聞を聞きつけて入京したのだ。

こうした情報が鎌倉に伝わると、さすがの義時も不安になったのか、主立つ者たちを集めて評定を開いた。だが「いまだ後鳥羽が挙兵したわけではないので軽挙を慎もう」という消極的意見に押され、しばらく事態を静観することにした。この時、泰時と時房は一千騎ほどを引き連れて上洛し、宮方を牽制・威嚇することを勧めたが、義時は「もう少し出方を見よう」と言って取り合わない。

これを聞いた政子は、義時の衰えを覚らざるを得なかった。これまでの義時なら、迅速果断な対応で問題を未然に摘み取ってきたが、最近は決断力と行動力に欠けるところが見られるようになった。

一方、五月十四日、後鳥羽は京都守護の伊賀光季と大江親広を御所に呼び出し、味方するように迫った。これに親広は従ったが、光季は拒否する。拒否すれば殺されるのは目に見えていたので、親広は致し方なく従ったが、光季は死を覚悟して断った。

同日、後鳥羽は鎌倉幕府に近い西園寺公経とその子の実氏《さねうじ》を内通者として幽閉した。二人が度々鎌倉に使者を送っていたことがばれたのだ。

そして翌十五日、後鳥羽は藤原秀康に命じて伊賀光季邸を攻撃させた。宮方が一千余騎で屋敷を囲んだので、光季は十四歳の息子を刺し殺した上、屋敷に火を掛けて自刃した。

これにより、宮方と鎌倉方の関係は抜き差しならないものになった。

光季の死を聞いた後鳥羽は、間髪を入れず「義時朝臣《あそん》追討の院宣」を下した。この院宣には「義時が政治を私しているので、義時の奉行（政治を行う権利）を差し止め、すべてを叡襟《えいきん》（天皇の判断）で決する」と記されていた。あくまで後鳥羽は討伐対象を義時個人に絞り、鎌倉幕府の分裂を図ろうとしていた。

院宣は三浦義村、武田《たけだ》信光《のぶみつ》、小笠原長清《ながきよ》、小山朝政、宇都宮頼綱《うつのみやよりつな》、長沼宗政《ながぬまむねまさ》、足利義氏、そして北条時房という八人の有力御家人に出された。彼らに共通するのは在京経験が豊富で、後鳥羽と密な人間関係を築いていることだ。それゆえ後鳥羽は、彼らが味方すると確信していた。

さらに後鳥羽は官宣旨《かんせんじ》を五畿七道に下した。こちらの宛先は「諸国荘園の守護と地頭」となっており、後鳥羽が広域にわたる動員をしようとしていたと分かる。

こうした院宣と官宣旨は、院の下部《しもべ》で藤原秀康の所従の押松《おしまつ》に託された。押松は十六日の早暁に京を出立し、鎌倉に向かった。

五月十九日、鎌倉に相次いで使者が入り、後鳥羽の挙兵を伝えてきた。その中には伊賀光季が送った使者もいたが、その後に到着した別の使者が光季の死を伝えてきた。

鎌倉は上を下への大騒ぎになった。誰もが後鳥羽の行動を一種の示威だと思い込んでいたからだ。近郷からは状況も分からぬままに御家人たちが駆けつけ、武者たちが何事か喚きながら、鶴岡八幡宮の周辺を走り回る姿が見られるようになった。

義時邸の中にある仮御所で軍評定が開かれているという話を聞いた政子は、呼ばれていないにもかかわらず、仮御所に向かった。

「尼御台様、お待ちを」と言って押しとどめようとする義時の郎従の手を振り払って評定の間に入ると、そこには義時を筆頭に、泰時、時房、大江広元、三浦義村、安達景盛の顔が見えた。さらに障子が開け放たれており、縄掛けされた若い男が庭に座らされていた。

「姉上、何用です!」

義時が鬼のような形相で言う。

「何用かは、そなたが最も分かっているはず。さような仕儀に至るまで何もしなかったのは、そなたの落ち度ではありませんか」

「何もしなかったとは聞き捨てならぬお言葉。われらは宮方の動きを事前に集め、挙兵に備えておりました」

「それはおかしい。院が挙兵したのは、そなたが静観していたからです。早急に威嚇の兵を京に送っておけば、院は『とても敵わじ』と思い、挙兵を思いとどまったはず」

「それは後解釈（結果論）です。院が挙兵など考えていないにもかかわらず威嚇の兵を送れば、逆に院の怒りの火に油を注ぐことになったでしょう」

「それは詭弁です！」

義時がうんざりしたようにため息をつく。

「そんなことはありません。われらは敵、いや宮方の先手を打っております。かの者をご覧になられよ」

義時が顎で庭先を示す。

「あそこに縛られておるのは押松という院の使いです。院宣やら官宣旨を携え、鎌倉の御家人たちの間を回っていました」

「卒爾《そつじ》ながら――」と三浦義村が皆に聞こえるように大声で言う。

「押松と共に下ってきた平判官（胤義）の使者とも会い、われらも宮方になるよう誘われましたが、きっぱりと断りました。わが舎弟ながら、平判官は全くもって不届きな輩。この手であの素っ首を落としてくれるつもりです。それがしのほかに院宣を賜った七人も同じ。早速、使者を送り『院宣には従わぬように』と伝えたところ、七人全員が『承知』と返事をしてきました。院は道を踏み外しております。それを正すのは臣下の務め。われら一丸となり、院の周囲にたむろする佞臣《ねいしん》どもを一掃する所存！」

政子が目を向けると、景盛が軽くうなずいた。景盛が宮方の先手を打ち、うまく根回ししたのは明らかだった。

義村の長口上が終わるや、得意げに義時が言った。

「姉上、さように事は運んでおります」

「それは分かりましたが、これからどうするのです」

政子が将軍のために空けてある最上座に座ると、義時が不快をあらわにして言う。

「それは姉上にかかわりなきことです」

「お待ちあれ」と、広元が義時を押しとどめる。

「われらが心を一にするためには、尼御台様にいらしてもらうのがよろしいでしょう」

「何を言う。姉上は――」

義時が反論しようとするのを、安達景盛が制した。

「大官令殿の仰せの通りです。われらは尼御台様の下でこそ一丸となれます。すなわち院に対抗できるのは、尼御台様だけなのです」

「無礼ではないか！」

義時が目を剝く。

「無礼を承知で申し上げました。いかにも右京兆殿の知恵には誰も及びません。しかしながら――」

景盛が力を込めて言う。

「果たして今の右京兆殿の下で、御家人たちはまとまりますか」

「何ということを――」

義時のこめかみに青筋が走る。

「無礼とお思いなら、この場で拙僧をお斬り下さい。戦陣の血祭りには少し物足りませんが、御家人たちを鼓舞するには十分かと」

「此奴――」

「右京兆殿」と広元が口を挟む。

「わしも無礼を承知で申し上げるが、高野入道の言葉は的を射ている。ここは尼御台様におすがりするしかない」

「大官令殿までさようなことを——。そこもとの息子は、命が惜しくて宮方に付いたというではないか。本来ならそなたを幽閉すべきところを、こうして評定の場に加えているにもかかわらず、何と無礼な——」

広元が不快をあらわにして口をつぐむ。

景盛が断定するように言う。

「朝敵とされた鎌倉府が宮方に勝つには、尼御台様に立っていただくしかありません」

——鎌倉府が求心力を保つには、この尼が必要だというのか。

政子は義時こそ鎌倉幕府の中心だと思ってきた。だがここ数年の傍若無人な振る舞いによってか、義時の人望は地に落ちており、政子なくして鎌倉幕府は立ち行かなくなっていたのだ。

その時、「父上」という泰時の声がした。

「冷静になって下さい。皆は父上を糾弾しているのではなく、最善の策は何かを語り合っているのです。昔日《せきじつ》のように、尼御台様と父上が手を組んで事にあたればよいだけではありませんか」

政子が冷静な声音で言う。

「右京兆殿、皆に問えばよいだけです。この尼が邪魔と思う者はおりますか」

座が沈黙に包まれる。この中で最も義時に近い義村でさえ、俯いて黙ってしまった。

その様子を見て、義時がようやく白旗を上げた。

「致し方ありませんな。尼御台様におすがりいたします」

「右京兆殿、礼を言います。では、尼を気にせず軍評定《いくさひょうじょう》をお進め下さい」

咳払いを一つすると、義時が言った。

「では、軍評定を始める」

その時、襖の外で慌ただしい足音がすると、郎党の一人がやってきて義時に何事か耳打ちした。

「院宣の宛先となった六人が来ておるという。六人は軍評定に加わりたいと申しておる」

六人とは武田信光、小笠原長清、小山朝政、宇都宮頼綱、長沼宗政、足利義氏のことだ。院宣の送り先になったのは、この六人に時房と義村を加えて八人になる。たまたま八人とも鎌倉にいたのが幸いした。

そこにいる面々が「異存なし」と答えたので、六人が招き入れられた。

六人が座次《ざなみ》に従って座に着く。

「さて、すでに聞き及んでいるとは思うが、院が挙兵した。このままでは、鎌倉府は朝敵として討伐される」

院の院宣や官宣旨は、義時一個の排除を目指したものだが、政子の助言を聞いている義時は、それを幕府の討伐にすり替えた。

討伐という言葉は征伐や征討と同義で、公権力すなわち朝廷が、兵を派遣して逆賊を平定する意味で使われる。

「そこで、われらはどう出るべきか。皆で忌憚《きたん》のないところを語ってくれ」

時房が膝を進める。

「まず、われらが朝廷に弓引くつもりがないことを示すべく、箱根と足柄の二つの関を固めて待ち戦に徹すべし」

六人の間からも「そうだ、そうだ」という声が上がる。上方に攻め上れば逆賊の烙印《らくいん》を捺され、討伐の対象となる。誰もがそれを避けたいのだ。

「それはどうかと思います」

広元が首をかしげたので、義時が追及する。

「では、大官令殿には妙策でもあるのか」

その言葉で、義時が消極策を取ろうとしていると分かった。

広元が確信を持って言う。

「われらと違い、宮方は烏合の衆です。大将が誰になろうと、下の者たちはその手腕を信じられず、また大将のために命を賭して戦おうとはしないはず。しかしこちらが怯えているところを見せれば、図に乗ってくるは必定」

「つまり、どうしろというのか」

「宮方がまとまりを欠いているうちに、一気に都まで攻め上るべし」

「では大官令殿は、鎌倉府が朝敵になっても構わぬと申すか」

「もとより」

その言葉に評定の間は凍りつく。

「しかし錦旗《きんき》が翻れば、尻込みする者も出てくるのでは」

錦旗とは錦の御旗のことで、それに弓引けば逆賊となる。

「右京兆殿、それでもわれらは亡き武衛様の打ち立てた武士の府を守り抜かねばなりません」

その言葉は政子にとっても重かった。

広元が続ける。

「ここで中途半端な態度を見せれば、院の思うつぼです。戦わぬなら早々に降伏して鎌倉を明け渡すべし。戦うなら先に仕掛けるに越したことはありません」

「そうか。それで京まで攻め上り、君側《くんそく》の奸《かん》を排除するのか」

「いいえ」

広元の声が緊張で上ずる。

「除くのは君側の奸だけではありません」

「どういうことだ」

「後鳥羽院にも、それを支持している順徳上皇、そして今上天皇《きんじょう》にも退いていただきます」

「今上天皇は践祚したばかりだ。院や上皇も退かせようがないではないか」

「いいえ、地位ではなく京から退かせるのです」

「つまり、どこぞの島に流せと申すか」

「しかり」

義時の顔から血の気が引く。

「さようなことをすれば、わしの名は未来永劫、逆賊として青史《せいし》に刻まれるぞ」

「それが嫌なら隠居なされよ」

「何だと！」

「父上」と泰時が発言を求める。

「それがしが逆賊の汚名を着ても構いません」

「何を言うか――」と言って義時が絶句する。

「治天の君」を克服することは、平清盛も頼朝もできなかった。若い頃から頼朝に付き従ってきた義時もそれは同じなのだ。

――しかし修理亮にはできるというのか。

時代の担い手が変わっていくことを政子は痛感した。

「右京兆殿」と政子が声を掛ける。

「父に代わって、そなたの息子が汚名を着ても構わぬと申しています。そなたが逆賊の汚名を着たくないなら、執権の座を修理亮殿に譲るべきです」

「兄上」と時房も口添えする。

「身を引くなら今が潮時です。若が汚名を着る覚悟があるなら、この時房が院に対して一の弓を引きます」

一の弓とは、合戦の際、最初に敵に向かって放たれる矢のことだ。

「待て。分かった。わしが総大将となる」

泰時が確かめる。

「では、逆賊にされようと、都に攻め上るということでよろしいか」

義時が皆を見回す。その瞳は落ち着きなく動き、動揺しているのが明らかだ。

「皆はどう思う」

義村が御家人たちを代表して答える。

「ここまで来たら戦うしかありません。戦うとしたら、守り戦より攻め上った方がよろしいかと」

義村の言に残る六人もうなずく。

「よし」と言って義時が膝を叩いた時だった。使番《つかいばん》が再びやってきて何か耳打ちした。

「どうやら御家人どもが庭で待っているらしい」

時房が立ち上がりつつ言う。

「京に攻め上ることに決したと告げてきましょう」

義時が不快そうに言う。

「それは、わしがやる」

「お待ち下さい」と景盛が制止する。

「ここは皆の気持ちを一つにすることが肝要かと」

義時が怪訝な顔で問う。

「高野入道には何か策でもあるのか」

「はい。かような時こそ尼御台様の出番かと」

「えっ、私ですか」

政子は戸惑った。なぜ尼にすぎない己が御家人たちの前に出て出陣を命じなければならないのか分からないのだ。

「誰もが武衛様に大恩を感じています。この場は武衛様に成り代わり、尼御台様が皆に出陣を命じれば、皆の気持ちは一つになり、意気は天を衝くばかりになるでしょう」

広元も同意する。

「それはよい。尼御台様、ぜひに」

義時以外の者たちは、政子の出馬を望んでいた。

「分かりました。では何を語るか、別室で少し考えてから皆の前に参ります」

政子が立ち上がると、景盛も「拙僧がお手伝いいたします」と言って後に続いた。

義時が威儀を正すと、この場を仕切っているのが誰かを皆に思い出させるように言った。

「では、われらは甲冑に着替えて、皆と一緒に庭で待ちます」

政子は「それでよろしい」と言うと、別室に向かった。

鎌倉幕府を率いているのが政子なのは、誰の目にも明らかだった。


――夜叉がいる。

別室に下がり、和鏡に映る己の顔を見ながら、政子はそう思った。

――私はもう女ではない。母でも尼でもない。敵を倒すために手段を選ばない夜叉なのだ。

ここまで罪業《ざいごう》が深ければ、もはや何も恐れるものはなかった。

――朝敵となる罪は、私が一身にかぶろう。さすれば武士の府は続いていく。

ここで御家人たちの前に出て出陣を促すということは、鎌倉方の大将軍の地位に就くも同然だった。それを女であり、出家している政子が担わねばならないのだ。

――それ以外に武士の府が続いていくことはない。

政子は名実ともに尼将軍となるのだ。

「尼御台様、よろしいか」

「はい。構いません」

次の間に控えていた景盛が静かに身を入れてきた。景盛が目で合図すると、政子の周囲に控えていた女房たちが下がっていく。

「外のざわめきが、ここまで伝わってきます。御家人たちは相当集まっておるようです」

「入道、わが御家人たちは、果たして朝廷に弓を引けるでしょうか」

「それは尼御台様のお話次第」

「私の話で、鎌倉が一つになれるのですね」

「しかり。尼御台様は亡き武衛様と一心同体。お姿を見せて御家人どもに言葉を掛けるだけで、皆の気持ちは一つになり、たとえ敵が朝廷であろうと躊躇なく立ち向かえます」

「分かりました」と言うや政子が立ち上がる。

広縁に出ると、そこに控えていた女房二人が左右から手を取る。ここのところ膝の痛みがひどく、政子は歩行にも困難を来していた。

――佐殿、私も老いました。しかし仕事は残っています。どうか見守っていて下さい。

政子はもう六十五歳になっていた。

二人の女房に左右から支えられるようにして、政子が長廊を進む。

喧騒が次第に大きくなる。

――もはや、私に残されたのは鎌倉府だけ。それを守ることが私の使命。

次第に足取りがしっかりしてきた。皆の前に出る直前、政子は二人の女房の手を離し、一人で行くという意思表示をした。

「入道、では行ってきます」

「ご武運を」

やがて視界が開けてくると、前庭にひしめく御家人たちが見えてきた。

「お袋様だ！」

「尼御台様がいらしたぞ！」

御家人たちが口々に声を上げる。

寝殿の南面にある五級《ごしな》の階《きざはし》に立った政子が、厳かな顔つきで御家人たちを見回すと、先ほどまで喧騒が渦巻いていた前庭は、水を打ったかのように静まった。

「尼御台様、出陣する者どもに、お言葉を賜れますか」

御家人たちの中にいた義時が前に出て、政子を促す。

「皆、心を一つにして承るべし。これが尼の最後の言葉です」

政子は声を振り絞った。

九

「故右大将軍が朝敵を征伐し、鎌倉府を草創して以来、御家人たちは官位も俸禄も手に入れてきました。その恩は山よりも高く、海よりも深し。そのご恩に報いる時が来たのです。院は今、逆臣の讒言《ざんげん》によって誤った綸旨《りんじ》を下しました。名を惜しむ者どもは、今こそ院の周囲にたむろする君側の奸を取り除き、三代続いた将軍の偉跡《いせき》を守るのです。ただし――」

政子が一拍置くと悲しげな調子で続けた。

「もしも院に従いたければ、今この場で申し出なさい。われらは去る者は追いません。後に相見《まみ》えた時、正々堂々と弓矢の沙汰で決しましょう」

政子の声が次第に強くなる。

「この鎌倉を――、源氏将軍三代の墓所を、西国武士に蹂躙《じゅうりん》されてもよいのですか。よいわけがありません！」

政子が声を限りに叫ぶ。

「命を惜しむな。名を惜しめ。行け、勇者どもよ。東夷《あずまえびす》の力を見せつけてやるがよい！」

「おう！」

御家人たちの雄叫びは喊声《かんせい》と化し、やがて鬨《とき》の声がそこかしこで巻き起こった。

仮御所の前庭は、歓喜と興奮の坩堝《るつぼ》と化していた。

それが一段落すると、政子の立つ階の下で義時が叫んだ。

「先駆けしたい者は、このまま出陣せよ。いかに戦うかはこれから決める。先駆けの者どもには後で知らせるので、箱根の関で待っていろ！」

この言葉に応じるかのように、多くの武士たちが雄叫びを上げながら出陣していった。それを見届けた政子は奥に戻った。

——佐殿、これでよかったのですね。

その時、少しふらついた政子を景盛が背後から支えた。

「尼御台様、見事でした」

政子は薄れていく意識の中で、その言葉を聞いていた。


軍評定は政子抜きで進められたが、義時は知恵者の本領を発揮し、見事な作戦を組み上げた。鎌倉幕府にとって、やはり義時はなくてはならない存在だった。

義時は、軍勢を東海道軍、東山道軍、北陸道軍の三手に分けて進ませる作戦を立てた。一つの道に大軍を集中させると、行軍が滞る上、その地域の兵糧《ひょうろう》が足りなくなる。そうなれば十分な力が発揮できず、その地域の農民に多大な負担を掛けることになる。また三道に分けて進ませることで、それぞれの地域に鎌倉方の威容を見せつけ、味方に馳せ参じる者を増やしていくという計算があった。

東海道軍は北条泰時、同時房、三浦義村、足利義氏らに、東山道軍は武田信光、小笠原長清、小山朝長《ともなが》、結城朝光らに、北陸道軍は北条朝時、結城朝広《ともひろ》らに率いさせることにした。

しかしいまだ上洛戦に反対する者もいて、義時は最終決定が下せないでいた。

そのため再び政子が呼ばれ、箱根と足柄の関で守り戦に徹するか、京まで攻め上るかの最終確認が行われた。

政子は「武蔵国の御家人たちが到着次第、すぐに上洛の兵を発すべし」と告げた。しかし広元はさらに強硬で、「武蔵国の兵が集まるのを待っていれば、心変わりする者も出てくる。誰か一人でも出陣すれば、ほかの者は後を追う」と主張した。

それでも決断がつかない義時は、広元と共に鎌倉幕府を支えてきた三善康信に意見を求めた。康信は八十二歳という高齢で、死の床に就いていたが、毅然として「早急に兵を出すことに合意したにもかかわらず、いたずらに日を経ているのはどうしたことか。大将一人でも進発すべし」と言った。

二人の長老が上洛戦を支持したことで、義時も遂に決心した。

二十二日の早暁、小雨降る中、泰時がわずか十八騎で出陣していった。これに続くように、用意のできた御家人から陸続《りくぞく》として出陣していった。

二十六日にこの一報を聞いた後鳥羽は驚愕した。草木も靡《なび》くように誰もが自分に味方すると思っていたにもかかわらず、美濃国以東の武士たちの大半が鎌倉方となったのだ。

六月一日には釈放された押松が京に戻り、義時の言葉を伝えた。それは「東海道、東山道、北陸道の三道から十九万騎の若武者がそちらに向かいましたので、西国武士との合戦を御簾《みす》の間からご覧下さい」という自信に溢れたものだった。

六月五日、東海道・東山道両軍は尾張国の一宮で合流を遂げると、木曽川にある五つの渡河地点で五手に分かれて攻め寄せた。この木曽川河畔の戦いで、承久の乱は幕を開けた。

だが戦いは一方的になり、宮方は退却に退却を重ねる。八日には北陸道軍も宮方の防衛線を突破した。

同じ八日、木曽川の戦線から京に戻った藤原秀康が「敵は大軍で、とても敵いません」と後鳥羽に告げると、後鳥羽は比叡山延暦寺に逃げ込もうとした。しかし延暦寺からは「衆徒の力では到底防げません」と断られ、都に戻るしかなかった。

後鳥羽は残る兵力を使って、最後の決戦に武士たちを駆り立てた。

十三日、鎌倉方は瀬田と宇治に兵を分かち、それぞれが宮方の防衛線を突破することにした。瀬田は時房が、宇治は泰時が大将となって攻め寄せた。ここを突破されれば敗色が濃厚となる宮方も必死に防戦する。

とくに宇治の戦いはまれに見る激戦となったが、渡河に成功した鎌倉方が宮方を押し切った。時房も瀬田を突破し、十五日の入京を宮方に通達した。

宮方の公家や武士たちの大半は京から逃げ出したが、三浦胤義は東寺に立て籠もり、兄義村に一騎討ちを呼び掛けた。しかし義村が応じなかったので逃亡し、後に自害して果てた。

大江親広と和田朝盛は姿をくらました。親広は父広元の功績から、朝盛は息子の佐久間《さくま》家盛《いえもり》が幕府方として活躍したことから命を救われた。

ちなみに家盛はこの時の活躍が認められ、尾張国御器所《ごきそ》に所領をもらい、室町時代に織田《おだ》家の宿老となる。その一族の代表的人物が、信長《のぶなが》の片腕として活躍した信盛《のぶもり》となる。和田義盛の血は絶えず、佐久間氏に受け継がれていくことになる。

かくして承久の乱は鎌倉方の圧勝で終わり、十五日、鎌倉方の兵が陸続として入京を果たした。北陸道軍も数日遅れて入京した。

鎌倉方の兵は略奪をほしいままにし、宮方に付いた武士たちの屋敷を焼いて回った。それゆえ泰時の許に後鳥羽から勅使が下され、「義時朝臣追討の宣旨」の撤回と、「何事も申請に任せて聖断を下す」という事実上の無条件降伏が告げられた。また此度の大乱は「後鳥羽の叡慮から出たものではなく、謀反を企む者たちが起こしたものであり、後鳥羽の関知するところではない」とも伝えられた。

この大勝利の知らせが鎌倉に届くと、武士も庶民もなく祝賀の宴が連日のように続いた。義時も得意の絶頂となり、「今は何も思うこともない（言葉もない）。自分の果報は王（後鳥羽）の果報に勝っていたのだ。前世のよい行いが一つ足りなくて武士のような下臈《げろう》の身に生まれたに過ぎなかっただけだ」と述べた。

本来なら鎌倉幕府を率いる者として、人望人徳に溢れる言葉を残すべき時だが、あまりのうれしさに、つい本音が出てしまったのだ。これを聞いた市井の人々は、「北条氏も長くはない」と小声で噂し合ったという。

早速、戦後処理に取り掛かった広元は、元暦二年（一一八五）の平家滅亡時の先例に基づく処断内容を作成し、それに義時が手を加える形で完成させ、京にいる泰時に届けた。

義時は後鳥羽の皇統を絶やすべく、仲恭天皇を廃位させ、後鳥羽と順徳を配流《はいる》とした。践祚してから四カ月に満たない仲恭天皇は母方の実家の九条家預かりとされ、後鳥羽を隠岐へ、順徳を佐渡へ配流と決まった。また此度の乱に消極的だった土御門は自ら配流を希望し、土佐へと旅立った。後鳥羽の二人の親王も但馬《たじま》国と備前国に配流となり、後鳥羽の皇統は断たれたも同然となった。

義時は後鳥羽の同母兄の守貞《もりさだ》親王を院に据え、守貞の三宮（三男）の茂仁《ゆたひと》親王を天皇と決めた。これが後堀河《ごほりかわ》天皇である。天皇位に就いたことのない守貞に院政を行わせるのも前例がなく、また守貞に太上天皇号を贈ることも異例だったが、義時は強行した。もはや義時に反対する者は誰もいなかった。

ちなみに仲恭天皇は七十八日しか皇位に就いておらず、これは歴代最短となる。母親の実家の九条家に引き取られた後も、周囲は復位の嘆願を続けたが、仲恭は十七歳で病没した。

後鳥羽は十九年、順徳は二十年にわたる流人生活を送った末、苦悶のうちに生涯を閉じた。唯一の救いは、後高倉院《ごたかくらいん》系の皇統が後堀河・四条《しじょう》の二帝で絶えたため、土御門の息子の後嵯峨《ごさが》天皇が即位し、後鳥羽の血統を伝えていったことだ。この皇統は持明院《じみょういん》統として続いていく。

後鳥羽派の公家や武士たちは、悲惨な末路を歩んだ。一部に北条氏との血縁関係などで助命された者もいたが、大半が斬首となり、武士に至っては梟首《きょうしゅ》に処された。

承久の乱ほど無意味な戦いはなかった。鎌倉幕府は朝廷の力を弱めようとは考えておらず、双方が協調しながら政治を行えばよいと思っていた。ところが朝廷は、後鳥羽という超人的な英雄を「治天の君」として頂いたがゆえに、その力を過信した後鳥羽によって無残な敗北を喫し、天皇制廃絶の危機にまで追い込まれた。そうした意味では、後鳥羽が武士の世を現出させてしまったことになる。

十

その後、義時は西国を中心に二十一ヵ国の守護を交代させ、北条一族で八ヵ国を独占した。また後鳥羽の経済的基盤となっていた四百ヵ所にも及ぶ荘園をすべて没収した。後に守貞に寄進されたものの、あらゆる土地の支配権と分配権が幕府、すなわち義時に集約されることになった。最終的に、後鳥羽の荘園を含む全体の没官領《もっかんりょう》は三千ヵ所に及んだ。これは平家滅亡時の五百ヵ所とは比較にならない規模だった。かくして鎌倉方となった御家人の次三男を中心とした新補地《しんぽち》頭が西国各地に散らばり、鎌倉幕府の支配を浸透させていった。平清盛も源頼朝も成し得なかった全国規模の独裁制を、義時は遂に確立したのだ。

こうしたこともあってか、義時の専横は次第に目に余るものとなっていった。

まず一条実雅への厚遇が目立ってきた。実雅は頼朝の義弟だった一条能保《よしやす》の子だが、兄で一条家の当主だった信能が後鳥羽の謀議に加わって斬罪となったため、その跡を継いで、公家社会での地位を向上させていた。

また伊賀朝光《ともみつ》の娘の伊賀の方への寵愛から、義時と伊賀の方の間に生まれた政村に対する扱いも違ってきていた。すでに義時は建保元年（一二一三）、政村をわずか九歳で元服させ、北条氏嫡流が代々名乗る四郎の仮名を与えていたので、後継ぎの可能性はあったが、義時には後継者と決めていた三十九歳の泰時がいたので、政村が跡を取る目はないと思われていた。

しかも泰時は建保六年（一二一八）に侍所別当の座に就き、承久二年（一二二〇）には義時の屋敷を譲られていたので、北条氏の家督と執権の座を相続すると誰もが思っていた。しかし後鳥羽という脅威が取り除かれた今となっては、泰時に家督と執権の座を継がせる必要性は薄れていた。さらに義時は泰時と時房を京にとどめおき、西国に目を光らせる役割を担わせていたので、誰の目からも、政権の中枢から遠ざけられているように映った。

また四代将軍の座も空白のままだったので、政子や広元が三寅の将軍就任と泰時の執権就任を再三促しても、義時は「口出し無用」と言って取り合おうとしない。そして義時邸からは連日連夜、酒宴の喧騒が聞こえてきていた。

義時の振る舞いは、次第に傍若無人なものになっていった。

貞応《じようおう》二年（一二二三）五月五日の節句には、三寅を前にして盛大な酒宴が催された。その時の余興に「歌女《うため》」が呼ばれ、美声を披露した。

それがあまりに心地よかったのか、興が乗った義時は着ているものを脱ぎ出し、それを歌女に祝儀として贈った。それを見た三浦義村や伊賀光宗も倣ったので、ほかの者たちも続き、宴席にいる男たちは下帯だけになってしまった。

これに驚いた政子は男たちを激しく叱責したが、義時らは笑って聞き入れない。それゆえ政子は三寅を抱くようにして別室に下がった。節句という三寅のために催した席で、家臣たちが下帯だけになるという行為は前代未聞であり、考えられない醜態だった。だが義時は平然として、下帯だけの男たちと酒宴を続けた。

その後も大庭野《おおばの》や三浦海岸で大宴会を催した義時は、わが世の春を謳歌していた。

こうした様子を横目で見ながら、政子はいよいよ覚悟を決めねばならないと思った。

貞応三年（一二二四）が明けた。義時は六十二歳になるが活力に溢れ、政務や行事を精力的にこなしていた。酒の方も相変わらずで、連日浴びるように飲んでいた。

そんなある日、取り巻きの一人が夢を見た。

その者が八幡宮に参籠していると、白髪の老人が現れ、「世の中の乱れを正すため、武内宿禰《たけのうちのすくね》を時政の子として遣わす」と言ったという。すなわち、義時が八幡神の命を奉じた武内宿禰の「御後身」ということになり、周囲は大騒ぎとなった。義時自身もこの話を半ば信じ、北条家が将軍を後見する家だという理由付けに使った。

そんな最中の六月十二日、政子は義時を自邸に招いた。この日は、二人の母の命日だったこともあり、共に墓参した後、夕餉を共にすることにした。

「姉上、こうして二人で夕餉を取るのは、いつ以来でしたか」

「さて、いつのことでしたか」

政子が壺に入った清酒を義時の盃に注ぐ。

「うまい。故郷の酒は、やはり格別ですな」

「そなたは十代から飲んでいましたからね。故郷の味が懐かしいのでしょう」

「姉上も若いうちから飲んでいましたよ」

二人が期せずして笑う。

「姉上も、ぜひ一献」

「ご存じのように、尼は出家してから酒を嗜《たしな》みません」

「以前はあれほど酒好きだったのに、辛くはありませんか」

「辛いことが多すぎて、酒などどうでもよくなりました」

「そうですな。われらの生涯は辛いことが多すぎましたな」

義時が感慨深そうに盃を干す。

「いずれにしても姉上、憂きことはすべてなくなりました」

「そなたの顔も、ここのところ晴れ晴れとしておる」

「はい。まさかこんな形で、武家の世が到来するとは思いませんでした」

義時にとっては、後鳥羽が自滅したように思えるのだろう。義時としては、いかに後鳥羽が権勢を振るおうと、己と鎌倉幕府の権益が侵されなければ、それでよかった。義時の念頭にあるのは競争相手の排除だけで、朝廷を支配下に置くなど考えてもいなかったからだ。

「それもこれも、そなたのおかげです」

「何を仰せですか。姉上あっての鎌倉府です」

「本当にそうお思いか」

政子が注いだ酒を、義時が一気に飲み干す。

「もちろんです。此度の大乱も、姉上が皆の前に立ってくれたからこそ乗り切れたのです」

「かように老いさらばえた尼でも、鎌倉府の役に立てて幸いでした」

「いえいえ、姉上のおかげで、われらはここまで来られたのです」

「しかし、われらの手は血で汚れています」

義時が不快そうに返す。

「今更それを言ってどうするのです。こうして武士の府を脅かす者がいなくなった今、われらの労苦は報われたのです。それこそ死んでいった者たちへの最高の手向けではありませんか」

「そなたはそれでよいかもしれぬが、死んでいった者たちの気持ちは収まらないでしょう」

「それを気にしていたら、埒が明きません。大局に立てば、かの者たちも『これでよかった』と思ってくれるはず」

「随分と独りよがりだこと」

「そんなことはありません」

義時のこめかみに汗が流れる。

「暑いのですか」

「今宵《こよい》はやけに蒸しますな」

だが庭に通じる障子は開け放たれており、涼やかな風も入ってきている。

「どうしたのだろう。息苦しくなってきました」

義時が襟を広げようとする。

「そなたは『鎌倉府を守る』という大義を掲げ、人を平然と殺してきました」

「それに姉上も同意しました」

「いかにも同意したものもあります。しかし私に告げなかったものもありますね」

「水を――、水を所望できませんか。誰かある！」

だが誰もやってこない。

「ううっ」と呻くと、義時が腹を押さえた。

「そなたは千幡を殺しましたね」

「何を――、何を仰せか」

「そなたは公暁をそそのかし、千幡を殺させました」

「何を無礼な。姉上でも許しませんぞ。ああ胸が熱い。どうしたのだ！」

「そなたはわが孫をそそのかし、わが子を殺させたのです。これぞまさに天魔の所業ではありませんか」

「ううっ、うぐう。ま、まさか姉上、毒を盛ったのですか！」

義時が横になって胸をかきむしる。その顔も手足も紅潮し、痺れたように痙攣している。

「ああ、苦しい。何とかしてくれ！」

「そなたは苦しんで死なねばなりません」

政子が胸にしまっていた書状を投げた。

「これが何だというのです」

「公暁が殺される直前、刺客に託した顛末書です」

「何と――」

「千幡を除いたのは、そなただったのです」

義時は何か言い返そうとするが、言葉にならない。

「それだけではありません。比企一族を討滅した際には、下郎に命じて殺さずともよい一幡を殺しました。そして此度は、若宮さえも殺そうとしましたね」

「何を――、何を言うのです」

「そなたは若宮に毒を盛ろうとし、若宮付きの女房を脅していました」

「なぜ、それを――」

「その女房は恐ろしくなり、私の許に駆け込んできたのです。それで、そなたから託された毒を私に献上しました。それを見て、私は天意を知りました。そしてそなたの酒にそれを入れました。あれほど幼い若宮に、そなたが今味わっている苦痛を与えようとしたのですぞ。あの時の万寿のように――」

頼家は時政と義時の共謀によって殺された。だが一幡、実朝、公暁、禅暁は、義時の一存で殺したのだ。

義時の目が憎悪に歪む。

「姉上、いつか怨霊となって姉上を殺しに参りますぞ」

「それはよかった。この尼も、そろそろ手じまいに入ろうとしていたところです。それよりもそなたが怨霊になれますか。到底なれますまい。そなたは冥府で武衛様に捕まり、今以上の苦痛を味わうのですから」

「ああ、この義時、取り返しのつかない不覚を取ったわ！」

義時が胸をかきむしりながら七転八倒し始めた。

「く、苦しい――」

「自分の犯した罪を悔やむのです。その苦痛の果てにこそ贖罪があるのです」

「誰か、誰かおらぬか！」

義時が声を絞り出す。

「いったい誰がそなたを助けるというのです。そなたは息子さえもないがしろにしたのですぞ」

「ああ、修理亮！」

「ようやく本音が出ましたね。そなたは修理亮を頼りにしていた。しかし家督を修理亮に譲らず、四郎（政村）に譲ろうとした。伊賀の方の甘言に惑わされ、心優しい修理亮を足蹴にしたのです。何の武功もない四郎に誰が従いますか。文武に秀で、此度の乱でも無類の活躍を示した修理亮が執権の座に就いてこそ、武士の府はまとまるのです」

この頃、泰時と時房はいまだ京におり、西国の統治を本格化させていた。泰時は家督継承の望みを捨て、西国の安定に一身を捧げようとしていた。

「ああ、苦しい」

義時の全身が痙攣する。

「そなたは苦しんで死になさい。それがそなたの贖罪なのです」

「ぐ、ぐわー。姉上、助けて下さい」

義時が政子を摑もうと手を伸ばす。それを政子が振り払った。

「もはや私にできることは、そなたを冥府に送り届けることだけです。あちらに行ったら、武衛様や殺した者どもに深く詫びるのですぞ」

そう言うと政子は数珠を取り出し、一心不乱に経を唱えた。

その横で義時は泡を吹き、身悶えしながら死んでいった。

すべてが終わり、政子は広縁に出て月を眺めた。月は何事もなかったかのように、天地に青白い光を放っていた。

――佐殿、すべてご覧になっていただけましたか。これがわれら二人の行き着いた場所です。

誰も近づけていないので、屋敷内は静寂に包まれていた。

――私は夜叉。

夜叉は悪鬼の類だったが、後に仏の教えによって改心し、仏法を守る八部衆の一人となった。

政子は己を夜叉に見立て、武士の府を守る悪鬼となった。

――佐殿、これでよかったのですね。

広縁から望む月は、澄んだ空に白々とした光を放っていた。

その光を浴びながら、政子は己の生涯がこれで完結できたと思った。

義時の死因は霍乱《かくらん》と発表された。霍乱は夏に起こりやすい激しい下痢や嘔吐を伴う病で、死に至ることもあった。だが『明月記』の嘉禄《かろく》三年（一二二七）四月十一日条に、興味深い記事が載っている。

承久の乱の後、逃亡していた首謀者の一人の二位法印尊長《にいのほういんそんちょう》（一条実雅の異母兄弟）が捕縛された時、「ただ早く頭（首）を斬れ。それが叶わぬなら、義時の妻が義時に飲ませた薬を、わしにも飲ませろ」と口走ったという。

だが義時と伊賀の方は運命共同体であり、伊賀の方が義時を殺して得をすることは何一つない。現に義時の死後、伊賀の方は落飾した。落飾は俗世への未練を捨て、亡き人の菩提を弔うためにすることなので、伊賀の方が義時と強い絆で結ばれていたのは明らかだ。

ただし尊長の言った妻という言葉を姉に変えることで、すべての辻褄は合ってくる。『明月記』の筆者の藤原定家は誰かを憚り、あえて妻としたとしか思えない。そして『明月記』を読んだ者に「察してくれ」と訴え掛けているような気がする。

義時の死後、政子は京から泰時と時房を呼び戻すと、貞応三年六月二十八日には泰時に執権職と家督を継がせた。

だが伊賀の方とその兄の光宗は、最後の抵抗を試みた。政村を執権に据え、その後見として光宗が支え、さらに実雅を将軍位に就けようというのだ。伊賀の方が頼ったのは三浦義村だった。義村もとくに拒否せず、幾度となく光宗一派と密談していた。

これを聞きつけた政子は七月十七日の深夜、義村の許を訪れて肚を決めるように迫った。この気迫に押された義村は、伊賀の方に身を引くよう説得することを約束せざるを得なかった。だが義村の説得にも伊賀の方は応じず、三十日の夜には甲冑を着けた与党を呼び集めるという事態に至る。

「鎌倉中物忩（物騒）」と『吾妻鏡』に書かれるほど再び不穏な空気が漂い始めたので、政子は三寅を連れて泰時邸に移った。

そして翌日、泰時が義村や広元らを集めて協議し、伊賀の方は伊豆国の北条へ、兄の光宗は信濃国へ、実雅は越前国に配流という線で一致を見た。この決定を御家人たちがこぞって支持したので、伊賀氏一派は何の抵抗もできずに降伏した。

閏七月、実雅が京に向かった。さらに光宗が政所執事を罷免され、五十二ヵ所に及んでいた所領を没収された上、信濃国へ流罪となった。八月には伊賀の方も伊豆国の北条へと向かった。また伊賀氏の係累も、それぞれ鎮西諸国への流罪となった。

政子は最後の難関を突破し、武士の府を守り抜いたのだ。すべてが片付いた後、政子はこんな言葉を残している。

「加様《かよう》に若より物思ふ者候はじ」（『承久記』）
（こんなに若い頃から悲しく辛い思いをした者はいないはずだ）

そんな政子にも最期の時が訪れた。嘉禄元年（一二二五）六月、政子に先駆けるように、大江広元が七十八歳で他界した。そして七月十一日、政子は六十九年の生涯を閉じた。

その半年後の嘉禄二年（一二二六）一月、晴れて三寅が将軍に就任し、頼経と名乗った。これにより鎌倉幕府は、将軍頼経、執権泰時という体制で新たな時代に乗り出していくことになる。

【参考文献】

『源頼朝　武家政治の創始者』元木泰雄（中公新書）
『源頼朝と鎌倉』坂井孝一（吉川弘文館）
『源頼朝』永原慶二（岩波新書）
『頼朝の天下草創　日本の歴史09』山本幸司（講談社）
『源頼朝と鎌倉幕府』上杉和彦（新日本出版社）
『頼朝の武士団　将軍・御家人たちと本拠地・鎌倉』細川重男（洋泉社歴史新書y）
『源実朝　「東国の王権」を夢見た将軍』坂井孝一（講談社選書メチエ）
『源氏将軍断絶　なぜ頼朝の血は三代で途絶えたか』坂井孝一（PHP研究所）
『北条時政と北条政子　「鎌倉」の時代を担った父と娘　日本史リブレット人０２９』関幸彦（山川出版社）
『北条政子　母が嘆きは浅からぬことに候』関幸彦（ミネルヴァ書房）
『北条政子』渡辺保（吉川弘文館）
『北条政子　尼将軍の時代』野村育世（吉川弘文館）
『北条氏と鎌倉幕府』細川重男（講談社選書メチエ）
『鎌倉源氏三代記　一門・重臣と源家将軍』永井晋（吉川弘文館）
『執権　北条氏と鎌倉幕府』細川重男（講談社学術文庫）
『北条義時　これ運命の縮まるべき端か』岡田清一（ミネルヴァ書房）
『鎌倉将軍・執権・連署列伝』日本史史料研究会（監修）細川重男（編）（吉川弘文館）
『承久の乱と後鳥羽院（敗者の日本史）』関幸彦（吉川弘文館）

『承久の乱　日本史のターニングポイント』本郷和人（文春新書）
『承久の乱　真の「武者の世」を告げる大乱』坂井孝一（中公新書）
『相模三浦一族とその周辺史　その発祥から江戸期まで』鈴木かほる（新人物往来社）
『安達泰盛と鎌倉幕府　霜月騒動とその周辺』福島金治（有隣新書）
『畠山重忠　シリーズ・中世関東武士の研究第七巻』清水亮（編著）（戎光祥出版）
『武蔵の武士団　その成立と故地をさぐる』安田元久（有隣新書）
『相模のもののふたち　中世史を歩く』永井路子（文春文庫）
『中世都市鎌倉を歩く　源頼朝から上杉謙信まで』松尾剛次（中公新書）
『武家の古都「鎌倉」を歩く』日本の歴史と文化を訪ねる会（祥伝社新書）
『城塞都市鎌倉』北条氏研究会編（洋泉社歴史新書）
『武家の古都、鎌倉　日本史リブレット21』高橋慎一朗（山川出版社）
『日本の歴史7　鎌倉幕府』石井進（中公文庫）
『現代語訳　吾妻鏡』第一巻〜第八巻　五味文彦・本郷和人（編）（吉川弘文館）
『愚管抄　全現代語訳』慈円　大隅和雄（訳）（講談社学術文庫）
『源平合戦事典』福田豊彦・関幸彦（編）（吉川弘文館）

各都道府県の自治体史、論文・論説等の記載は、省略させていただきます。

装画　松山ゆう
装丁・図版制作　征矢武

初出　「別冊文藝春秋」二〇二〇年七月号～二〇二一年七月号

伊東潤（いとう・じゅん）

一九六〇年、神奈川県横浜市生まれ。二〇〇七年、『武田家滅亡』（KADOKAWA）でデビュー。『国を蹴った男』（講談社）で「第34回吉川英治文学新人賞」を、『巨鯨の海』（光文社）で「第4回山田風太郎賞」と「第1回高校生直木賞」を、『峠越え』（講談社）で「第20回中山義秀文学賞」を受賞。最新作に『琉球警察』（角川春樹事務所）がある。

伊東潤公式サイト　https://itojun.corkagency.com/
ツイッターアカウント　@jun_ito_info

夜叉《やしゃ》の都《みやこ》

二〇二一年十一月二十五日　第一刷発行

著　者　伊東潤《いとうじゅん》
発行者　大川繁樹
発行所　株式会社 文藝春秋
〒一〇二―八〇〇八
東京都千代田区紀尾井町三―二三
電話　〇三―三二六五―一二一一

印刷所　大日本印刷
製本所　若林製本工場
組　版　萩原印刷

ISBN978-4-16-391467-1